T0244046

Las chicas de Olimpia

La ganadora se lo lleva todo

1.ª edición: marzo de 2024

© Del texto: Raquel Tirado Fernández, 2024
© De esta edición: Fandom Books (Grupo Anaya, S. A.), 2024
C/ Valentín Beato, 21, 28037 Madrid
www.fandombooks.es

Ilustración de cubierta: Gema Vadillo
Diseño de cubierta: Lola Rodríguez
Imágenes interiores: 123RF (irdev)

ISBN: 978-84-19831-03-3
Depósito legal: M-900-2024
Impreso en España - Printed in Spain

PAPEL DE FIBRA
CERTIFICADA

*Reservados todos los derechos. El contenido de esta obra está protegido por la Ley,
que establece penas de prisión y/o multas, además de las correspondientes
indemnizaciones por daños y perjuicios, para quienes reprodujeren, plagiaren,
distribuyeren o comunicaren públicamente, en todo o en parte, una obra literaria,
artística o científica, o su transformación, interpretación o ejecución artística fijada
en cualquier tipo de soporte o comunicada a través de cualquier medio,
sin la preceptiva autorización.*

RAQUEL TIRADO

Las chicas de Olimpia de

La ganadora se lo lleva todo

FANDØM BOOKS

A quienes hacen que luchar
por un sueño sea menos solitario.

YA HAY FECHA PARA EL NUEVO REALITY SHOW DE OLIMPIA

Año nuevo, vida nueva. **El 12 de enero de 2025** *Las chicas de Olimpia* **llegarán a la academia** donde se formarán durante once semanas.

Olimpia, escritora, modelo, cantante y empresaria, ha dejado claro que este no es un *reality show* o un concurso al uso. Las cámaras grabarán la convivencia de las concursantes las 24 horas del día, pero el objetivo será su formación y crecimiento como artistas. Para ello contarán con reputados profesionales que impartirán clases de cultura musical, baile, interpretación, escritura creativa, marketing y modelaje.

La ganadora del premio se llevará 500 000 €, la mitad de los cuales se donarán a una asociación benéfica de su elección, mientras que la otra se destinará al impulso de su carrera.

Desde que Olimpia iniciara su trayectoria mediática en 2005, cuando ganó Miss Universo estando embarazada de siete meses, la artista no ha dejado de sorprender. Con *Las chicas de Olimpia*, quiere dar voz a mujeres comprometidas y llenas de talento que buscan su hueco en una industria cada vez más competitiva. Sin embargo, para Olimpia hay algo más importante. «En realidad, para ganar este concurso no tienes que ser la más guapa ni la más lista ni la más influyente ni la más talentosa... Para ganar este concurso lo más importante es contar una buena historia», ha explicado la empresaria en su última rueda de prensa.

El programa se estrenará en el Canal 88, el 12 de enero, presentado por la propia Olimpia. Todas las galas se emitirán en abierto semanalmente y el canal 24 horas podrá seguirse en plataformas de *streaming,* además de en redes sociales. En la web *lasdeolimpia.ai* ya pueden consultarse los perfiles de las 15 aspirantes a concursantes (solo 13 entrarán en el concurso tras la gala 0) entre las que destacan la *influencer* Bea Pecas, que acumula veinte millones de seguidores entre todas sus redes sociales, y Arizona Yagami, hija de los actores Laura Lago e Ichiro Yagami.

LAS CHICAS DE OLIMPIA
CONOCE A LAS TRECE CONCURSANTES

BEA PECAS
Creadora de contenido que a sus veintidós años acumula más de veinte millones de seguidores en redes sociales.

CHRISSY DUBOIS
Esta bailarina de danza clásica y contemporánea de veinte años ha necesitado menos de doce meses para alcanzar el millón de seguidores en redes sociales.

MIRANDA RUS
Modelo de veintidós años con experiencia en pasarelas de todo el mundo.

LOLA DURÁN
Con solo veintitrés años, se ha graduado en Derecho y Ciencias Políticas y trabaja como actriz y modelo.

ALICIA KANE
Esta cantante y música de veinticuatro años es la exbatería del popular grupo de rock Tierra, trágame.

ENARA ZION
Esta actriz de teatro de veinte años tiene diez de experiencia, ¡la mitad de su vida en los escenarios!

VALENTINA PALOMARES
Modelo de diecinueve años que cambió las pasarelas por los micrófonos al crear su rompedor pódcast *Pasado pisado.*

CELIA ANÍS
Esta escritora y creadora de contenido de veinticuatro años es la autora de la obra autobiográfica *Cómo conocí a mis padres.*

HELENA INVERNAL
¿Cuál es la profesión de esta joven de veintidós años? Ni ella misma se decide. Algunos meses se centra en su carrera de bailarina y música experimental, otros se marcha a la playa en caravana y se dedica solo a hacer surf.

SINDY B. JONES
Nuestra concursante más joven (¡tiene dieciocho años!) es actriz de televisión y saltó a la fama por su papel protagonista en la comedia romántica *Operación cliché.*

ARIZONA YAGAMI
Esta joven de veintiún años es cantante, autora del álbum *Escape.* Probablemente la conozcas por ser la hija de los actores Laura Lago e Ichiro Yagami, ¡menuda familia de artistas!

FABIANA LÓPEZ
A los dieciocho años montó su primera exposición de fotografía y a los veinticinco compagina este arte con el baile.

JIMENA MONTIJANO
Esta modelo y creadora de contenido de veintitrés años se hizo con la corona en el certamen Miss España 2023. ¿Repetirá su éxito en este concurso?

Gala 2

Arizona

DOMINGO

19:15

Nunca me acuerdo de dar las gracias. En las galas, cuando Olimpia nos da paso antes de una actuación, mis rivales son encantadoras. «Oh, quería aprovechar para darle las gracias a mi familia, porque sin ellos no sería nada». «Gracias a mi club de fans por apoyarme en cada nueva aventura». «Gracias a Olimpia, por supuesto, y gracias a todas las personas que hacen posible este programa, desde el equipo de producción hasta el de peluquería».

Podría vomitar por una sobredosis de falsedad y cursilería. ¡Y les sale tan natural! Joder, ¿cómo hacen para que les salga tan natural?

—Muchas gracias... Núria —me despido de mi maquilladora, que está acabando de perfilarme las cejas. ¡Espero no haberme equivocado con el nombre! La mujer constriñe la cara en una mueca rarísima; está claro que mi comentario le ha sonado de a todo menos a genuino.

Joder, qué difícil es esto.

Fake it until you make it, ¿no? Hoy le daré las gracias de nuevo a Núria y también al equipo, a mi compañera de actuación y hasta a mis padres. Sí, utilizaré la carta de mis padres, esa que me juré no mostrar. Estoy nominada y haré cualquier cosa con tal de salvarme. *Arizona Yagami: nominada y desesperada* sería un gran título para mi biografía. Joder, qué pena doy.

Miro un reloj que cuelga de la pared cuando salgo de la sala de maquillaje y compruebo que todavía faltan veinte minutos hasta que los de producción se pongan histéricos y empiecen a gritarnos que tenemos que ir al plató.

Yo ya estoy lista, pero como no puedo salir ni hacer nada, decido entrar en la sala de vestuario.

La habitación está llena de ropa perfectamente ordenada en dos burros situados al lado de la pared. También hay un corcho *vintage* con un montón de fotografías de distintos conjuntos de ropa, que imagino que los estilistas habrán tomado como inspiración, y otras instantáneas en las que se ve a una resplandeciente Olimpia. No hay ventanas, pero sí espejos con marcos llenos de bombillas y de los que emana una luz artificial que lo ilumina todo. También hay dos sofás de color verde ocupados por cuatro de mis compañeras: Chrissy Dubois, mi compañera en la gala de hoy; Bea Pecas, mi compañera en la gala de la semana pasada y la culpable de que esté nominada; Fabiana López, la otra nominada en la gala de hoy y que a su vez fue compañera de Chrissy la semana pasada, y su compañera en la gala de hoy, Celia Anís. Joder, los espectadores van a necesitar que les hagan un croquis para entenderlo. En fin, ya nos irán conociendo.

La gala de hoy está centrada en la actuación, y a todas nosotras nos han asignado una escena de una película u obra de teatro. Tiene su gracia que actuar no sea mi fuerte cuando mis padres son Laura Lago e Ichiro Yagami, que han conseguido un puñetero Oscar cada uno. Se supone que tampoco es el punto fuerte de mi compañera Chrissy, que es bailarina, pero a ella todo se le da bien. Además, está claro que ha salido ganando con el vestuario.

Chrissy y yo interpretamos una escena de la película *Grease,* concretamente esa en la que Danny le pide disculpas a Sandy en el campo de béisbol de su instituto. Ella es Sandy y yo Danny. Chrissy lleva el cabello pelirrojo recogido de manera que parece un poco más corto de lo que es en realidad, una camiseta roja de manga corta y una minifalda-pantalón blanca. Le queda bien.

Mi *outfit,* un chándal de dos piezas de color gris hormigón que me va un poco grande y el pelo corto engominado por detrás de las orejas, es bastante menos favorecedor.

—Estás guapísima, Yagami —dice Bea, que está sentada al lado de Chrissy, con una sonrisa maliciosa.

—Que te jodan, Pecas —replico yo.

Fabiana, en el sofá de enfrente, se lleva las manos a la boca, como escandalizada, y después mira a Celia, que se ríe disimuladamente.

Pongo los ojos en blanco.

Es verdad que mi propósito en el día de hoy era caer bien y ser amable y agradecida, pero en vestuario no hay cámaras y no necesito impresionar a ninguna de estas personas. Fabiana se irá hoy, más le vale. Bea Pecas y yo intentamos llevarnos bien al inicio del concurso, ya que ambas decidimos ponernos juntas como pareja en la primera semana. ¿Para qué engañarnos? Yo me acerqué a ella porque es la *influencer* más querida de este país y tiene veinte millones de seguidores. Supongo que a ella también le atrajo mi fama, o más bien, la fama de mis padres. Cantamos una canción juntas, y, de verdad, trabajar con ella es lo peor que me ha pasado en la vida. ¿Cómo una persona con un nombre tan ridículo puede tener tanto ego? ¿De verdad cree que canta bien? ¡Si ni siquiera es cantante! ¡Yo sí que soy cantante! ¡Tengo diplomas que lo demuestran, joder!

Bea manipuló a todo el mundo para que creyeran que la diva insoportable era yo y que se lo había hecho pasar fatal esa semana, y sé con seguridad que ella y su ejército de «pecosos» (sí, así se llaman sus fans) son los culpables de mi nominación.

—Eh, que estos trapos tampoco resaltan mi belleza natural.

—La *influencer* señala su vestuario.

En esta gala ella es la única que actúa en solitario. Tiene un monólogo en el que interpreta a la protagonista de *Perdida*, y lleva una camisa gigante de color mostaza y el cabello rubio, largo y suelto, cayendo sobre los hombros sin ningún ápice de vida. Apenas la han maquillado. O, bueno, seguro que le han puesto un montón de maquillaje, pero no parece que lo lleve.

—A ver, tienes razón en que no estás guapa, pero es que tampoco hay mucha belleza natural que sacar... —respondo, y le enseño los dientes.

Bea pone los ojos en blanco.

—Nosotras sí que vamos bien, ¿no? —Fabiana corre un velo sobre la conversación, señalando su vestido y el de Celia. Ellas llevan ropa de época y el cabello recogido en moños de lo más tirantes. Interpretan a dos de las hermanas de *Mujercitas*, pero no recuerdo a cuáles.

—Estáis preciosas, de verdad, y además sé que haréis una actuación genial —Chrissy habla por primera vez y después nos mira a Fabiana y a mí mientras hace un puchero—. Debo estar maldita o algo, mi compañera de esta semana y la de la pasada han acabado nominadas las dos.

—¡No digas eso! ¡No puedes estar maldita, porque ser tu compañera fue toda una bendición! —Fabiana mira a Chrissy, le da un fuerte abrazo y pega los mofletes a los de mi compañera—. De verdad, si me fuese hoy, ya habría ganado solo por haberte conocido.

Mientras ellas siguen abrazándose, Bea Pecas y yo nos miramos asqueadas.

Me cuesta admitirlo, pero debería aprender algo de haber trabajado con Chrissy esta semana: ella está centrada en su concurso, pero, al mismo tiempo, se esfuerza por hacer sentir bien a quien tiene al lado, contagia su entusiasmo allá donde va y nunca se olvida de dar las gracias. ¡Joder, qué rabia me da! La he observado bien estos días y, o es la mejor actriz del mundo o es... genuinamente, una buena persona.

Observo su cara iluminada por una sonrisa y la mejilla de Fabiana pegada a la suya y termino inclinándome por la segunda opción. Probablemente sea una buena persona, lo que la convierte en una rival todavía más peligrosa.

La puerta de la habitación se abre entonces cuando un hombre cuyo nombre no me han dicho nunca, visiblemente nervioso, vestido con sudadera roja, pantalones cargo negros y el cabello recogido en una gorra aparece para decir:

—Chicas, os reúno a todas y nos vamos para plató. ¡Venga, en pie!

—La siguiente actuación es la de Fabiana y Celia, que interpretarán una escena de la versión más reciente de *Mujercitas*. —Olimpia se gira hacia el público mientras habla, luciendo ese vestido rojo que multiplica sus curvas, después, se dirige a las protagonistas de la actuación, que están sentadas cada una en una butaca a su lado—. Contadme, chicas, ¿ha sido difícil trabajar juntas?

—¡Para nada! —exclama Fabiana mientras intenta colocarse detrás de la oreja un mechón de cabello que no encuentra porque tiene toda la melena recogida en un moño—. ¡Celia es encantadora! La quiero como a una hermana y sé que estará conmigo siempre.

En el plató, todas las concursantes estamos sentadas en un sofá enorme, mientras que las que van a actuar inmediatamente se mueven a unas butacas cerca de Olimpia para poder responder a sus preguntas. El resto observamos sus expresiones a través de una pantalla gigante, al igual que hacen los cuatro miembros del jurado.

—Dime, Fabiana —interviene Olimpia de nuevo—, ¿crees que estar nominada ha afectado a tu concentración?

La chica ríe y se tapa la boca con la mano antes de responder.

—Siendo sincera, no me he quitado la nominación de la cabeza... solo espero no repetir el desastre de la gala pasada —suspira—. Pero también me ha animado a esforzarme lo máximo posible para demostrarte a ti, Olimpia, a mis fans y a mi familia que merezco estar aquí y lo agradecida que me siento por vuestro apoyo.

Los aplausos empiezan tímidos en el público, pero enseguida cogen fuerza y lo envuelven todo, haciendo que hasta yo tense mi sonrisa.

—Y Celia, cuéntanos. ¿Cómo te has sentido esta semana, después de que en la gala pasada nadie quisiera ser tu pareja? —pregunta Olimpia—. ¿Crees que te está costando integrarte?

Joder, cómo se nota que quieren sacar titulares hasta de las concursantes más discretas...

—No creo que tenga ningún problema para integrarme, la verdad —responde Celia sin inmutarse—. Lo que pasa es que en la prueba de la gala 1, las parejas se formaron por intereses comunes, y yo no destaco tanto.

Olimpia se ríe y se acerca un poco más a ella para rozarle el hombro, amable.

—Quizás no destaques, pero te puedo asegurar que ninguna de las personas que hay aquí me ha impresionado tanto con una novela como tú. Eres una escritora brillante —dice Olimpia.

Es verdad, Celia es la única escritora que hay entre nosotras, aunque quizás la calificaría más como *influencer*. Es algo mayor que yo, lleva gafas de montura gruesa de color blanco, que resaltan sobre su tez oscura, y el cabello lleno de trenzas azuloscurascasinegras recogidas en un moño. Saltó a la fama cuando empezó a compartir en redes cómo era su vida y sus experiencias con un padre y una madre que no tenían ninguna relación sexual o afectiva entre ellos. A la gente le hizo gracia, supongo, y Celia terminó escribiendo un libro que ha sido un *best seller*.

—Muchas gracias, Olimpia —dice Celia—. Siguiendo con lo que te decía, en la primera gala mis compañeras se unieron por intereses y afinidades previas, y es cierto que ahí igual no encajo del todo, ¿no? Por ejemplo, Miranda y Lola se conocían de antes, ya habían hecho campañas de publicidad juntas. Sindy y Enara son actrices las dos, Fabiana y Chrissy son bailarinas y Bea Pecas y Yagami son las que venían con más seguidores de fuera, así que entiendo que eso las animase a ponerse juntas.

—¡¿Perdona?! —pregunta Bea indignada, levantándose un poco del sofá mientras las cámaras le apuntan a la cara.

Yo me río en voz baja. Eso me gusta de Celia. La tía habla poco, pero cuando lo hace no tiene miedo a meterle a nadie un navajazo verbal en la tráquea.

Olimpia hace un gesto con la mano, como si quisiera apartar el tema, y después continúa hablando.

—Bueno, guapísimas, os deseo muchísima suerte. Ninguna de las dos tiene experiencia como actriz, pero los mejores actores son esos, ¿no? Los que no tienen ni idea de actuar. Eso me dijo Charlize Theron una vez, cuando la consolé en un Burger King de Los Ángeles tras una terrorífica gala de los Oscar, y si ella lo dice... —Olimpia guiña un ojo, como hace cada vez que menciona una anécdota estúpida con alguien exageradamente famoso, lo cual ocurre muy a menudo—. Y ahora, mientras nuestras estrellas se preparan, veremos en la pantalla unas imágenes de sus ensayos para la prueba en la academia durante esta semana.

21:30

—Una tía guay. Los hombres siempre dicen eso, ¿verdad? Es su cumplido definitorio. «Es una tía guay». —Mientras interpreta el icónico monólogo del clásico *Perdida*, Bea se mueve por el espacio y clava la vista en el público antes de soltar una risotada y exclamar—: Una tía guay está buena. Una tía guay es divertida.

La actuación individual la meten más o menos en la mitad de la gala y ha venido precedida por la de Helena y Jimena y por la de Celia y Fabiana. Fabiana no lo ha hecho mal, al menos no tan mal como en la última gala, pero su interpretación ha sido poco memorable y por eso mantengo la esperanza de salvarme.

Mis compañeras, el jurado y el público entero contienen el aliento mientras Bea continúa con su actuación y se tira al suelo con las piernas abiertas y exclama:

—¡Una tía guay nunca se enfada!

¿De verdad podemos hacer algo así en este horario televisivo?

Bea Pecas lo está haciendo muy bien, pero yo ni quiero ni puedo cabrearme ante lo bien que lo está haciendo porque no dejo de pensar en que, después, serán las diez menos cuarto y a las diez menos cuarto tenemos un descanso de quince minutos antes de continuar con la gala, quince minutos durante los que me encontraré con el técnico de sonido de cuyo nombre sí me acuerdo y que me dará un teléfono móvil que me permitirá hablar con Nil.

Tener teléfonos en el concurso está completamente prohibido, sobre todo porque no podemos recibir información del exterior, que es exactamente lo que pretendo hacer yo. De alguna manera tendré que asegurar mi permanencia, ¿no?

—¿Creerías que dejaría que me destruyera y acabara más feliz que nunca? Ni de puta coña.

Bea termina su interpretación con el rostro sudoroso, clavando sus fieros ojos color miel en el público hasta que el contacto se rompe y el plató se deshace en aplausos. De entre mis compañeras, Chrissy es la primera en ponerse de pie para aplaudir y la que vitorea más fuerte; incluso se lleva los dedos a la boca para silbar.

La *influencer* sale de su personaje para mostrar una sonrisa, llevarse las manos al pecho y hacer una pequeña reverencia.

¡Cuánto la odio!

Entre todo el ruido, Olimpia aparece y aplaude un poco más a una Bea que tiene el pecho hinchado de orgullo.

Y yo busco en algún sitio un reloj para saber qué hora es.

Olimpia da el turno a una de las miembros del jurado.

—Todavía es muy pronto para hacer una valoración completa, pero creo que mis compañeros y yo coincidimos en que esta es, hasta el momento, la mejor actuación de la noche... —dice pegando los labios al micrófono—. A ver qué nos regala Yagami Junior, claro.

Un gruñido se escapa de mi boca, pero me esfuerzo por sonreír y aparentar calma porque sé que la cámara me está enfocando. No tengo tiempo ni de hablar ni de enfadarme; no dejo de pensar en el descanso y en lo que vendrá después.

A las diez menos cuarto, el descanso.

Dos minutos después, el teléfono de contrabando en mis manos con los mensajes de Nil esperándome.

Entonces, ¿me contará algo de las reacciones del público que me ayude en el concurso?

Hola, Arizona. Voy a ser claro. No vas bien. Había mucho *hype* contigo pero se ha ido a la mierda porque no te dejas conocer.

Tienes que mostrarte más accesible, ¿entiendes?

No te subestimo, pero no creo que puedas conseguir parecer accesible en una sola noche. Con suerte te quedarás y puedes tenerlo en cuenta para lo siguiente.

Ah, y una cosa más.

Hay gente que te *shippea* con tu compañera, Chrissy. La verdad es que quedáis superbien juntas en pantalla. Que hayáis preparado *Grease* también ayuda, supongo.

Pero eso. Que os quieren juntas. Han creado un *hashtag* con vuestros nombres y todo.

Haz lo que puedas con todo esto.

Sé... una versión mejorada de ti misma, vale????

Te quiero.

Vete a la mierda, Nil

En la mierda estás tú, querida.

¿De verdad alguien cree que Chrissy
y yo hacemos buena pareja?

Ya te he dicho que sí.

Chrissy no podría interesarme menos.
Se esfuerza demasiado por caerle bien
a la gente, como si tuviera que justificar
su existencia. Es la más falsa.

Pues la gente está simpatizando mucho con
ella y se está luciendo en las actuaciones.
Tiene madera de ganadora.

No me puedo creer que el público sea tan
tonto como para tragarse personajes así.

Aprovéchate. Si dices que complace
a todo el mundo, igual se une a tu plan.

¿Qué quieres decir?

Fingid una relación.

Ni de coña.

Inténtalo.

Seguro que se pilla de mí a la
mínima que le haga un poco de caso.

Tampoco te pases de capulla.

Ya. Lo intentaré. Te dejo.

Quizás pueda parecer que los dos minutos, que es lo que dura nuestra conversación, no bastan para decidir mi futuro, pero mi mejor amigo y yo tenemos años de experiencia de relación a distancia, así que es suficiente.

Bloqueo el teléfono, meto el papelito con la clave que he utilizado para desbloquearlo en la parte trasera de la funda (probablemente Nil confiara en que me aprendiera la clave, pero yo no me fío de mi misma) y lo dejo todo en una balda del cuarto de limpieza a las diez menos diez.

«Vete a la mierda, Nil», sigo pensando mientras camino por el pasillo en busca de mis compañeras, concretamente, de la pelirroja de la minifalda-pantalón.

La lista de cosas que me gustan de Chrissy Dubois es tan larga como la lista de cosas que detesto de ella. A cada cosa agradable que descubro, añado un defecto más y, muy a mi pesar, con cada detalle deleznable al que me enfrento, también encuentro una virtud.

Pongamos que, por ahora, dejo la cuenta en tres.

Lista de cosas que no me gustan de Chrissy:

Uno: es demasiado amable. Demasiado sonriente. Demasiado agradecida.

Dos: la primera vez que nos quedamos solas en una habitación, leyendo nuestra escena tras una clase de interpretación, me habló de lo mucho que le gustan mis padres, de la profunda admiración que sentía por ellos. Me dijo que la conquistaron con su *remake* de *Indiana Jones* y que ese *remake*, concretamente la escena de su primer beso, hizo que se diera cuenta de que era bisexual, porque no sabía quién de los dos la atraía más.

¡Que nadie me malinterprete! Yo me alegro muchísimo de que la chica descubriera su bisexualidad y me alegro de que fuera a través de una bonita obra de ficción. Para eso está el cine, ¿no? Para que los espectadores se cuestionen cosas. ¿Pero de verdad tenía que vivir su despertar sexual con mis padres? Y lo que es peor, ¿tenía que contármelo? ¡¿Tenía que contármelo en nuestra primera vez a solas en una habitación?!

Tres: se le da fatal memorizar. Pero fatal fatal, de verdad. He perdido la cuenta de las veces que hemos pasado nuestra escena, y aún seguía equivocándose y quedándose en silencio cuando no tocaba.

Pero, si soy sincera, creo que, aunque se trabe en el escenario, la gente la escuchará igual. Y se dejará conquistar igual. Lo tengo bastante claro cuando encuentro a mi compañera en la sala de descanso y me quedo un poco perdida en sus mejillas sonrojadas, su nariz respingona y pecosa y sus preciosos ojos verdes.

Lista de cosas que me gustan de Chrissy:

Uno: es preciosa. Pero preciosa de verdad, no solamente por su cara o su figura, sino por toda ella; por la manera en la que todas las partes de su cuerpo están en armonía entre sí y con su personalidad. Todo en ella emana belleza, y toda esa belleza tiene... sentido. No sé.

—¿Te pasa algo, Arizona? —pregunta; supongo que porque me he quedado embobada mirándola.

Dos: siempre me llama por mi nombre o utiliza Ari como diminutivo. El resto de mis compañeras y cada miembro del jurado... todos me llaman por mi apellido, recordándome constantemente que mis padres son la única razón de que esté aquí.

—¿Puedes venir conmigo un momento? —pregunto.

La pelirroja asiente y se pone de pie, dejando que la guíe por el pasillo hasta que me planto delante de la puerta del almacén de limpieza, libre de cámaras.

—¿Qué haces, Ari? —inquiere. Yo abro la puerta y entro, así que ella accede y hace lo mismo a regañadientes.

He estado en este almacén hace unos minutos, pero esta vez estoy acompañada y quizás por eso el espacio me parece mucho más angosto y cada olor de producto de limpieza me incomoda.

—¡¿Me puedes decir qué está pasando?! —exclama, y yo le cojo la mano, su tacto suave contra el mío, y la obligo a mirarme a los ojos.

—Escúchame, Chrissy. Cuando acabe nuestra actuación, voy a darte un beso —digo con firmeza—. Si tú quieres, claro, por eso te lo comento ahora...

Chrissy frunce el ceño y hace una mueca de lo más extraña, pero no me dice que no y tampoco me suelta la mano ni se aparta.

Entonces tengo claro algo que hasta hacía unos minutos solo sospechaba. El tercer punto de la lista de cosas que me gustan de Chrissy Dubois: va a hacer que gane este concurso.

Chrissy

scúchame, Chrissy. Cuando acabe nuestra actuación, voy a darte un beso. —La voz de Arizona es profunda y me centro en su aliento para obviar el olor a lejía del cuarto de limpieza—. Si tú quieres, claro, por eso te lo comento ahora...

La chica me deja un poco de espacio, pero la mano con la que me ha cogido para llevarme hasta aquí y empujarme contra la estantería sigue tocando la mía. Yo no me separo, apenas respiro.

Arizona Yagami es la tía más rara de la academia, pero desde luego no me esperaba esto. No conectamos al principio del concurso, supongo que porque ella estaba más centrada en componer canciones y discutir con Bea Pecas. Cuanto más la conozco, más rara me parece, y, al mismo tiempo, mejor me cae.

Es inteligente y ácida, divertida, y frunce el ceño y arruga la nariz de una manera adorable. Es cierto que siendo ella Danny y yo Sandy hemos discutido bastante, sobre todo porque hay frases que a mí se me siguen resistiendo, pero no se lo tengo en cuenta ya que ella ha memorizado las intervenciones de ambas y siempre me ayuda, resignada, cuando yo me trabo.

El caso es que no entiendo qué está pasando.

—¿Un beso? —pregunto. Su mano, sorprendentemente suave, sigue acariciando la mía, así que me separo con brusquedad—. ¿Vas a explicarme para qué quieres darme un beso?

—Pues porque estoy nominada, está claro, que si no... —dice, y yo hago una mueca—. Espera. Deja que te lo explique. Esto...

supongo que lo primero que tengo que decirte es que he hecho un poco de trampas desde que empezó el concurso, aunque tampoco me ha servido de mucho.

—¿Qué clase de trampas?

Arizona se gira hacia la estantería de la habitación y de detrás de un bote de lejía saca un pequeño teléfono móvil.

—Lo he utilizado para hablar con un amigo de fuera.

No me lo puedo creer.

—¡Yo no quiero saber esto! —exclamo. Me tapo los oídos con las manos y me acerco a la puerta para salir del almacén.

—Espera, Chrissy —Arizona me agarra del brazo y hace que me vuelva para mirarla.

—Si se enteran, te echarán del concurso, y me vas a meter en un lío también —intento mostrarme confiada, pero me quedo sin aire a mitad de la frase—. Además... no entiendo qué tengo que ver yo con esto...

—Escúchame. Estoy nominada y, además, voy fatal... en general. He hablado con mi amigo sobre eso, dice que al público le cuesta conectar conmigo porque soy muy cerrada o no sé qué mierda...

—Es posible que tu amigo tenga razón, pero ¿qué pinto yo?

—Chrissy, a la gente le gustamos... nosotras. A los seguidores del concurso. —Siento cómo me arden las mejillas y las paredes del almacén en el que estamos se constriñen unos centímetros más—. Se han creído nuestro *Grease*... de verdad. Dicen que tenemos mucha química, han creado un *hashtag* uniendo nuestros nombres y publican constantemente fotos de nosotras juntas sin contexto.

—Pero si tú y yo no...

—¡Ya lo sé! Joder, Chrissy, tengo clarísimo que tú y yo ni nos gustamos ni queremos nada la una con la otra, ¡pero haríamos feliz a mucha gente y nos aseguraríamos una continuidad en el concurso!

Apoyo la espalda contra la estantería del almacén y observo a Arizona golpeando el suelo, nerviosa, con la punta del pie, como si marcara los minutos que nos quedan antes de que alguien empiece a sospechar de nuestra ausencia.

¿En serio quiere que finjamos una relación?

«Me llamo Chrissy Dubois y soy una mentirosa», esas fueron las primeras palabras que le dije a Olimpia cuando tuvimos una entrevista presencial semanas antes del concurso.

«Creo que eres muy sincera al reconocer eso», me respondió la mujer con una sonrisa que brillaba a causa de los diamantes incrustados en sus dientes.

«En ese caso, me llamo Chrissy Dubois y he sido una mentirosa», rectifiqué.

Mamá me compra un jersey que no me gusta, me lo pongo igual y le digo que me encanta. Una amiga hace algo que me sienta mal, mejor callarme. Y, evidentemente, Arizona me hace una sugerencia absurda y a mí me sabe hasta mal decirle que no. Quizás la palabra no es «mentirosa», pero el miedo al conflicto me ha llevado a ser, tal y como diría Taylor Swift, una «*pathological people-pleaser*».[1]

Siempre que he sido honesta ha sido a la fuerza, porque sabía que si no decía la verdad mi vida sería literalmente imposible. Por eso dejé el ballet, por eso me presenté al mundo como una mujer trans y por eso he entrado en este concurso.

«He sido honesta al presentarme a este concurso y te puedo decir, de verdad, que no hay nada que desee más que ganarlo y cambiar de vida», le dije también a Olimpia. Y sé que ella me creyó.

Imagino que ese es un requisito para entrar a la academia: la desesperación por ganar.

Así que entiendo que Arizona esté desesperada. Entiendo que quiera salvarse y que no le importe mentir para hacerlo, pero así no es como quiero afrontar el concurso.

Yo no he venido al concurso para esto. Yo estoy aquí para ser honesta, aprender, darme a conocer y ganar siendo yo misma.

---

[1] «Persona patológicamente complaciente».

—Arizona, la única que está en la cuerda floja aquí eres tú, no sé por qué debería ayudarte... —digo por fin.

—¿No se supone que eres buena gente?

—¡Lo soy! —exclamo indignada—. Pero no soy tan tonta como para saltarme las normas y ayudar a la competencia cuando encima yo lo estoy haciendo bien.

—¡Tú tampoco ganarás! ¡No vas tan bien como crees!

—¿Qué? —Frunzo el ceño.

—Mi amigo está al día de todas las opiniones del concurso y, aunque eres más popular que yo, a los espectadores les irrita que seas tan... falsa. —Esa palabra se me clava como un puñal en el corazón—. ¡Yo no pienso eso de ti, eh! ¡Que quede claro! Pero, ya sabes, no te has metido en ninguna discusión, no has creado ningún conflicto y te esfuerzas por llevarte bien con todo el mundo. Al público no le gusta la gente así.

No es la primera vez que insinúan eso sobre mí. Por un lado, soy amable y algunas personas lo interpretan como ser falsa. Por otro lado, está todo esto de las mentiras piadosas. Va con mi personaje, ¿no? Esforzarme muchísimo por no herir a nadie hasta el punto de perder la credibilidad.

Arizona Yagami me roza el hombro y me obliga a mirarla. Sus ojos son completamente negros, como una noche sin estrellas, pero también hay en ellos motas de luz.

—Escucha, Chrissy —susurra—. Olimpia siempre dice que para ganar este concurso lo importante no es ser la más guapa, ni la más lista, ni la más influyente, ni la más talentosa.

—Lo importante es contar una buena historia —digo, con la voz queda, completando la frase que he oído tantas veces.

—A ambas nos vendría bien eso, ¿no? Contemos la historia que la gente quiere escuchar y ganemos este maldito concurso.

Pienso en corregirla y recordarle que solo una puede ganar y que haré todo lo que esté en mi mano por conseguir la corona (es en serio, al final del concurso, la ganadora será coronada con oro y diamantes auténticos). Pero, la verdad, acaba de quedarse conmigo. Olimpia quiere que contemos una buena historia y yo no sé si seré capaz de dársela sola.

Antes de pensármelo asiento con la cabeza con fuerza y le tiendo mi mano para que me la estreche. A ella le sorprende un poco mi gesto, pero acepta.

—Contemos una buena historia —dice Arizona.

—Contemos una buena historia —repito.

Nuestros ojos siguen clavados los unos en los otros durante unos instantes, hasta que decidimos salir del almacén con todo el sigilo posible. El pasillo está despejado, pero se oye mucho ruido al fondo, supongo que porque nos hemos entretenido demasiado y es hora de ir al plató.

—Haz el favor de esconder bien el teléfono —le digo a Arizona cuando salimos, hablando contra su oído para que me oiga.

—Que sí...

—Y dame la mano.

—¿Por qué?

¿Yo acepto que ella me bese pero ella no acepta darme la mano sin recibir tres mil explicaciones antes?

—Pues porque es un poco sospechoso que hayamos desaparecido todo este rato. Si salimos de la mano, como si estuviésemos juntas, podemos hacer creer a la gente que hemos pasado los últimos minutos enrollándonos y decidiendo hacer pública nuestra relación al acabar la actuación —susurro—. Además, así nadie sospechará que nuestro beso ha sido para aumentar nuestra popularidad.

Arizona sonríe de medio lado y, en vez de cogerme la mano, me agarra por la cintura mientras nos encaminamos por el pasillo. Ahora es ella quien pega los labios a mi oído y dice:

—Es posible que te haya subestimado, Chrissy Dubois.

—Pues ya puedes ir arreglando esto, Arizona Yagami. Porque tengo los estándares muy altos para mis relaciones, incluso cuando son falsas.

* * *

—Me alegro de haber encontrado otro chico al que no le da vergüenza estar conmigo...

Arizona, completamente caracterizada y con un tirabuzón hecho con gomina en el nacimiento del pelo, tensa la mandíbula al ver que no respondo a su discurso. Después, me coge por el hombro y me obliga a mirarla.

—¡No me digas que sales con ese Tom! ¿El musculitos? Tiene el cerebro en los bíceps.

Sonrío de medio lado y la miro, vacilona.

—¿Estás celoso?

Arizona se echa hacia detrás y bufa.

—¿Celoso yo? Vamos, Sandy. No hagas que me mee de la risa.

Vuelvo a contar los segundos que faltan hasta mi próxima intervención y después, me pongo la mano en la cintura y digo:

—¿Qué has logrado tú en la vida? Él se ha tomado algo en serio, ha luchado y ha conseguido cosas de verdad. —La miro a los ojos al añadir—: No es pura apariencia como tú.

Arizona no reacciona a la provocación. Pone los brazos en jarra y dice:

—No me fastidies, yo tengo más fuerza que ese rubio presumido.

—¿Sí? Cuando lo vea lo creeré.

Arizona me acerca la mano al rostro y me alza la barbilla para que me vea forzada a mirarla a los ojos.

—Te vas a enterar —susurra, y mi cuerpo entero se contrae—. La próxima vez que convoquen pruebas para cualquiera de los equipos del instituto, te demostraré de lo que soy capaz.

Nuestra escena acaba aquí, pero Arizona sigue sujetándome la barbilla con firmeza y yo, que soy una Sandy locamente enamorada, siento que me tiemblan hasta las piernas. Retiro la mirada, apoyo con firmeza los pies en el suelo y respiro hondo para volver a la realidad. Después, le tiendo la mano a Arizona, que la acepta.

Su mano es una extensión de la mía cuando el público empieza a aplaudir y me mantiene flotando como un globo cuyo único amarre es la mano suave de mi compañera de actuación y novia falsa.

¡Es verdad! ¡Es mi novia falsa! ¡El beso!

Sonrío a nuestros espectadores, me llevo las manos al pecho y después miro interrogante a Arizona. Ostras, no hemos hablado de quién besa a quién. Ella me devuelve el gesto y frunce un poco el labio y me parece que se acerca a mí, porque noto su aliento un poco más cerca y mi corazón actúa en consecuencia.

Venga, voy a hacerlo, me acerco a ella, suelto la mano para aproximarla a su espalda. Deshago el espacio, giro la cabeza y entonces me doy cuenta de que ella hace lo mismo, busca mis labios justo a la vez y tiene que reconducir su trayectoria en el último momento.

Nuestros dientes chocan y retrocedo un poco, sobresaltada, algo humillada y lamentando que esto no lo hayamos hablado antes. ¡Con lo crucial que era! Aunque retrocedo, no me alejo, sino que me río, me pierdo en la sonrisa de medio lado de Arizona.

Ella me coloca la mano en la cabeza, aproxima mi rostro al suyo

y yo
simplemente
me dejo llevar.

LAS CHICAS DE OLIMPIA: RESUMEN DE LA GALA 2

ARIZONA YAGAMI es el nombre de la hija de Ichiro Yagami y Laura Lago, la concursante de *Las chicas de Olimpia* que ha revolucionado la academia en una formidable interpretación de *Grease*, junto a la bailarina, CHRISSY DUBOIS, que es una sensación en redes con más de un millón de seguidores. La actuación acabó con un genuino beso lleno de pasión entre las jóvenes.

«Estoy muy orgulloso de que mi pequeña haya heredado las grandes dotes de actuación de su madre. Ambos estamos deseando darle un abrazo», ha declarado Ichiro Yagami a las puertas de su casa.

La química ha traspasado pantallas y los fans se han vuelto locos dándole la bienvenida al *ship* del momento.

La primera expulsada de la edición ha sido Fabiana López. La fotógrafa ha querido dedicarnos unas palabras: «La comida en la academia es un asco y de mis compañeras hay pocas que me lleve conmigo. Pero agradezco a Olimpia la oportunidad y repetiría la experiencia sin dudarlo. Quien sabe, quizás nos veamos en una repesca».

¿QUÉ SUCEDERÁ EN LA PRÓXIMA GALA?

Hasta mañana no tendremos información sobre las parejas que saldrán juntas al escenario en la gala 3, pero Olimpia nos ha confirmado que será una gala en la que se honrará el papel de las mujeres en la cultura *drag*.

LAS NOMINADAS DE ESTA SEMANA:

La actriz Lola Durán y la Miss España Jimena Montijano han sido nominadas después de sus actuaciones. A través de la página web: *lasdeolimpia.ai/nominaciones* puedes votar a quien creas que merezca ser salvada.

> **@marina_pecosa16** La actuación de Bea Pecas ha sido increíble, DADLE TODOS LOS PREMIOS. Qué pena que os olvidéis de ella por un puto *shippeo* de mierda.

> **@luciamg** No soy pecosa, pero hoy Bea me ha hecho llorar. Merece ganar el concurso!!!!!

> **@cleo_patria** SE HAN COMIDO LA PUTA BOCA, CLARO QUE SÍ!!!!!! Gracias por tanto, perdón por tan poco!

@candelapetttt QUÉ BUEN DÍA PARA SER LESBIANA.

@bennie Con #CHRISAMI hasta el puto final.

@la_gata Hasta la polla de las *nepo babies* y de las que se hacen famosas contando sus miserias en internet.

@dakotalajota Mi madre me dio la vida pero #CHRISAMI la razón para vivirla.

@trinidad Baby Yagami es igual que su padre, solo se salva cuando se lía con su compañera de pantalla.

@rotter_g Quién es Fabiana López????? La adoro.

Semana 3

Chrissy

—¿Estás segura de que no nos meteremos en ningún lío? —pregunto en voz queda.

—Solo si nos pillan —susurra Arizona de vuelta.

Apenas he dorido en toda la noche después de la gala de ayer. Los recuerdos de lo que pasó tras nuestro beso llegan a trompicones. Los aplausos del público, la sorpresa de mis compañeras y los halagos por parte del jurado. Tengo fogonazos de la sonrisa brillante de Arizona, de sus ojos, del sudor que perlaba su cuerpo y tonificaba cada músculo.

Al llegar a la academia, me metí en la cama e intenté dormirme, pero una parte de mí seguía viviendo en las ovaciones y las luces de la gala, como si fuese un sueño. Por eso, cuando Arizona me ha despertado a las seis menos cuarto de la mañana de hoy, lunes, para proponerme una salida a la playa privada que rodea la academia, le he dicho que sí. A pesar del frío y a pesar del cansancio.

Me ha parecido una buena idea poder hablar con ella y planificar nuestra relación falsa de cara al resto de la semana.

Ahora estamos delante de la puerta que da a la playa, esa que atravesamos todos los días a las nueve y media para nuestra sesión de *running* con Olimpia. Cuando Arizona la abre, desoyendo mis dudas, temo que empiece a sonar una alarma o algo por el estilo. Pero no pasa nada. No pasa absolutamente nada.

—¿Ves? —pregunta Arizona—. Te asustas por nada.

Meneo la cabeza, la aparto de un empujón y soy la primera en atravesar la puerta. Ella me sigue y la playa nos recibe en completa oscuridad. De nuevo, soy la primera en andar hacia delante y me río al oír a Arizona ponerse nerviosa.

—¡Mierda! ¡Espérame, que no veo! —exclama, acercándose un poco, y yo me detengo al notar su contacto.

—Cógeme del brazo. Tendrías que haber pensado en esto, ¿no crees? Son las seis de la mañana, aún faltan horas para que amanezca... ¡Y menudo frío!

—¡Ya podría haber luna llena o algo, joder! Es que estamos en medio de la nada. Ni farolas, ni casas alrededor, ni coches, ni estrellas —exclama—. No veo una puta mierda, de verdad. ¡Y ya sé que hace frío!

—No grites, que aún nos oirá alguien —la regaño.

—Por favor, vamos a sentarnos aquí, delante de la puerta.

—¿Tienes miedo, Danny? —vacilo, y mataría por poder ver su expresión más allá de unas pocas sombras—. Vamos juntas hacia la orilla, que tan cerca de la academia podrían oírnos.

Se agarra a mi brazo, como si fuésemos las dos una pareja de ancianas, y me sigue hasta que yo decido que es buen momento para sentarnos. La arena está gélida bajo mis dedos. Cuando supe que la academia estaba al lado de la playa, me alegré muchísimo, pero no esperaba poder disfrutarla... a solas. En la oscuridad, la soledad se multiplica, el mar ruge con más fuerza y yo desearía embotellar ese sonido para siempre.

Entierro las manos un poco más en el interior de los bolsillos de mi abrigo y sonrío al encontrar un trozo de papel arrugado. Lo miro y compruebo que es un recibo del restaurante al que fui a cenar con mis padres y mi hermana hace una semana. Sabíamos que iba a ser nuestra última cena antes de que todo... cambiara. Suspiro. Solo llevo unos días sin mi familia y ya la echo terriblemente de menos. Vuelvo a guardar el papel, meto la mano en el bolsillo y me siento más tranquila al sentir su contacto.

—Chrissy —Arizona y sus ojos gigantes reclaman mi atención—. Esto... Te he hecho venir a la playa porque... ¿quieres que hagamos una lista de normas para nuestra relación falsa? —pregunta finalmente.

Río.

—Eres toda una romántica, ¿eh?

Ojalá pudiera ver si se le han sonrojado las mejillas, porque siento que las mías están ardiendo.

—Hay que ser profesionales —dice.

—Claro, nuestra misión es llegar a la final, ¿no?

—No, mi misión es ganar —matiza ella, medio bromeando medio en serio.

—Entonces mi misión es que no ganes.

Volvemos a reírnos.

—Venga, haremos tu lista. Pero cada una dice una regla, ¿te parece bien? —pregunto.

—Me parece bien —dice Arizona—. Primera regla: esto tiene que ser un secreto entre nosotras, no se lo podemos contar a nadie. Bajo ningún concepto.

—Bueno, será un secreto entre nosotras dos y tu contacto secreto.

—Sí. Entre nosotras y Nil.

—Pues quiero conocerlo. ¡Regla número dos! ¡Cuando salgamos tienes que presentármelo! —exclamo—. ¡Importante, tenemos que llevarnos bien cuando salgamos, nada de malos rollos! ¡Y tienes que dejar de hablar con él por teléfono, que van a acabar pillándote!

—¡Para! —Arizona me da un golpe suave en el hombro—. ¡No puedes decir tres reglas de golpe, no te flipes!

—¿Alguna te parece mal?

—Las tres que has dicho —masculla—. He guardado el teléfono en mi cuarto y no lo encontrará nadie, pero pensaba seguir hablando con Nil, la verdad. Y no me gusta pensar en qué pasará cuando acabe el concurso...

Cruzo los brazos en el pecho, poniéndome firme.

—Pues lo siento, pero esto es todo o nada. Si sigues haciendo trampas, nos meterás en un lío a las dos.

—Bien. Acepto. Aunque no sé por qué querrías seguir llevándote bien con la chica que te ha quitado la corona —me vacila Ari.

—Está claro que de las dos tú eres peor perdedora —replico yo—. Venga. Regla número cinco, sigues tú.

—Haremos reuniones secretas semanales para revisar nuestra lista de normas...

—Vale —acepto—. Número seis: además de las reuniones secretas también tenemos que pasar tiempo juntas... en general. —Me siento un poco nerviosa de repente, como si estuviese pidiendo algo exagerado—. No hace falta que estemos pegadas todo el día o que seamos muy cariñosas, pero... yo creo que un mínimo es importante.

—Claro. Seré la mejor novia falsa que hayas tenido nunca. —Ella se ríe, y yo me esfuerzo por reírme también, buscando rebajar la tensión que hay en mi pecho. La verdad, dudo muchísimo que pueda ser una buena novia, pero eso no voy a decírselo—. Y regla número siete: no podemos sabotearnos la una a la otra, no hasta la final. A partir de ahí, sálvese quien pueda.

—Bien —accedo—. La número ocho: también tienes que pasar tiempo con el resto de las chicas.

—¡Una mierda! —exclama ella.

—Si quieres parecer más cercana tendrás que esforzarte —digo con seriedad—. ¡Y no pido nada del otro mundo! Solo que participes en los juegos que hacemos por las noches, que no te vayas a dormir la primera de todas, que te unas a las conversaciones en la mesa... cosas así.

—¿De verdad eres tan buena persona, Chrissy? Es imposible que todas las chicas te caigan bien.

—¡No todas las chicas me caen bien! Por ejemplo, al principio a ti no te aguantaba.

Me parece que Arizona se ha acercado más a mí, porque de repente siento que su respiración se mezcla con la mía.

—¿En serio? —murmura.

—No es nada personal, no me gustan las chicas malotas que se creen mejores que el resto. —Me río y todo se queda en silencio, así que me muero de miedo al pensar en que mis palabras pueden haberle hecho daño—. Es broma, ¡eh! No tenía intención de ser tu amiga, pero ya no me caes mal. Vas de tía dura, pero tienes buen fondo.

El silencio se mantiene unos segundos que me torturan el alma.

—¿Ves? No puedes ser mala ni intentándolo —dice Arizona—. Menos mal que me tienes a mí.

Ahora soy yo la que la golpea en el hombro.

—Capulla —digo.

El silencio vuelve y es envolvente y un poco pegajoso, como la humedad en el aire.

—Regla número nueve... —empieza a hablar Arizona—. ¿Hay algo que no quieras que te haga?

Si tuviese agua en la boca seguro que se me habría salido por el agujero que no tocaba, me habría atragantado o algo parecido. Creo que estoy sudando a pesar del frío. Sí, fijo que estoy sudando tanto que puedo olerme a mí misma. Intento recomponerme.

—¿Qué quieres decir?

Mi mano y la de Arizona se rozan y yo me aparto un poco recuperando espacio.

—Pues... no sé. Cosas que reserves para parejas... de verdad, líneas rojas que no quieras que atraviese —dice, y me parece que quiere hacerme sentir exactamente como me estoy sintiendo: intimidada, un poco aturdida.

—Bueno... Si quieres hacer... algo... pregunta antes. El consentimiento es sexy.

—El consentimiento es sexy, sí —repite ella.

—Yo... pues... eso, recordemos que hay cámaras. Yo estoy bien con... no sé. Que nos cojamos de la mano. Que nos demos un abrazo. Un beso en la mejilla. Alguno en la boca. —Tengo las mejillas completamente encendidas.

—Como quieras, Sandy —dice, pero no hay resignación en su voz, simplemente parece estar de acuerdo.

—Y ahora la regla número diez —consigo hablar—. Si una de las dos cambia de opinión en algún momento, se acabó.

—Bien —dice Arizona.

—Bien —respondo yo.

—Pero no tienes intención de dejarlo, ¿no? —interviene Arizona de nuevo.

—No —respondo—. ¿Tú tienes intención de dejar la relación?

—¡Pero si soy yo la que te la ha propuesto! —exclama ella riendo.

—Es verdad —digo, y yo también me río.

Así que ahí estamos las dos, riendo en voz baja hasta que las voces desaparecen y el frío regresa.

—¿Qué? ¿Entramos? —Arizona es la primera en hablar—. Aún podremos descansar un poco antes de que venga Olimpia a correr.

—Sí, así aprovecho para pincharme... —comento.

—¿Cada cuanto te hormonas? ¿Y por qué quieres hacerlo de madrugada?

—Pues una vez a la semana. Y de madrugada porque, al pincharme sola, tengo que hacerlo en el muslo y después me duele una barbaridad... así que me pincho antes para no empezar el día cojeando.

—Bueno, pues si algún día necesitas ayuda, dímelo.

—Por ahora preferiría no enseñarte el culo —río.

—Pues qué pena, porque me parece que lo tienes muy bonito. —Arizona carraspea—. Perdón. Me he pasado. Olvida que te he dicho eso.

—Olvidado.

Ayudo a Ari a ponerse de pie y las dos nos encaminamos hacia la puerta, pero después de moverme hasta donde considero que está la pared, tanteando el terreno con las manos, estallo en una risa nerviosa.

—¿Qué demonios te pasa? —masculla ella.

—Pues que no sé dónde está la puerta.

—¡No me jodas! —exclama, y su indignación me hace reír aún más—. ¡Encima no te rías! ¡Estamos... atrapadas!

—No te puedes quedar atrapada en una playa.

—¿Cómo que no? Eso díselo a los de *Perdidos* —replica resoplando.

Finalmente, Arizona se rinde y empieza a reírse también. Aunque la haya oído reírse antes, es la primera vez que suena... así. Sus carcajadas van de menos a más, como si estuviese conteniéndose. Cuando se libera y se da cuenta de que puede reírse, es nasal y descontrolada, un poco como esas risas que lo eclipsan todo y se te meten por dentro. De esas que no invitan a acompañar sino a guardar silencio y escuchar. Así que me quedo en silencio y sigo empapándome de su voz, apreciando cada vez un matiz diferente.

Noto entonces un tirón en el brazo. Arizona está en el suelo y me invita a sentarme también, así que me coloco a su lado.

—Mejor que nos sentemos y esperemos a que amanezca para encontrar la puerta —explica.

—Así que te has rendido por fin —digo, y me dejo caer a su lado.

—Bueno, al final en *Perdidos* los rescatan...

—¿Has visto *Perdidos?* —pregunto, y me río otra vez.

—No.

Arizona

GALA 3

PRUEBA: *LIP SYNC* Y DESFILE *DRAG*

Chrissy y **Jimena** interpretarán *Suerte*, de Shakira
Lola y **Alicia** interpretarán *Dancing On My Own*, de Robyn
Enara y **Valentina** interpretarán *So Emotional*, de Whitney Houston
Celia y **Helena** interpretarán *Break free*, de Ariana Grande
Miranda y **Bea** interpretarán *Seducción*, de Thalía
Sindy y **Arizona** interpretarán *I Say a Little Prayer*, de Aretha Franklin

Canción grupal: *Feel Like A Woman*, de Shania Twain

LUNES

19:15

Llevo tres semanas sintiéndome incómoda en esta academia (por las cámaras, por los horarios estrictos y por mis compañeras); lo último que me faltaba era tener que preparar una actuación con tacones y tener que bailar y hacer *lip-sync, (playback,* de toda la vida, ¡el mayor desprestigio para una cantante!) para salvarme. Por lo menos no estoy nominada, que si no...

Todas las mañanas acudimos al amplísimo estudio a una clase de baile. Hoy en concreto estamos preparando la coreografía inicial en la que todas las chicas interpretamos *Feel Like A Woman*, dejando hueco para la aparición estelar de Olimpia en la mitad de la actuación, como si ella fuese la primera mujer en pisar la Tierra. El estudio, que al igual que el resto de las habitaciones de la academia, está decorado con fotografías de Olimpia en distintas etapas de su vida, se caracteriza por tener una de las paredes convertida en un interminable espejo. Con el espejo, no solo podemos vernos bien mientras bailamos, sino que somos conscientes de cada una de nuestras imperfecciones y captamos con lujo de detalle nuestras meteduras de pata. El problema no es que nosotras podamos observarnos al milímetro, sino que nuestra profesora lo puede hacer también. ¡Nadie puede cometer un error con ella al lado! Es agotador...

Ya hemos acabado de bailar y no puedo más con mi vida, pero por lo menos tengo claro que me sé los pasos y que, si consigo no caerme, no haré el ridículo nada más empezar la gala.

Todas estamos rendidas cuando nos dirigimos al comedor para desayunar. En la academia, nos dejan toda la comida imaginable en las despensas y en las neveras, y nosotras pasamos un rato preparando el plato que queramos. Yo me he hecho unas tostadas con aguacate, Chrissy un yogur con cereales... Si no fuera por la regla número ocho, esa que me obliga a pasar tiempo con las chicas, estaría desayunando sola, como siempre. Ya lo echo de menos.

Las primeras en llegar al comedor y sentarnos en una de las mesas somos Chrissy, su compañera Jimena, la mía (Sindy) y yo.

El silencio se establece entre nosotras mientras desayunamos. Chrissy suele llevar el peso de las conversaciones, pero diría que está tan cansada que no consigue ni hablar.

—Esto... lo de Chrissy es una maldición, ¿eh? —Abro la boca, porque alguien tendrá que llenar el silencio de alguna manera, ¿no?

—¿Perdona? —Chrissy frunce el ceño, pero yo estoy mirando a Jimena.

—¡Tú misma lo dijiste el otro día! Siempre te ponen de pareja con personas que están nominadas o que lo estarán al final de la noche... —sonrío y Jimena hace una mueca rarísima, apartándose un mechón de pelo marrón de la cara—. Ya sabes, si quieres romper la maldición te va a tocar darle un beso.

Sindy empieza a reír y Jimena ríe un poco también.

—¿Quieres que le dé un beso a tu novia? No sé si ella estará muy de acuerdo —dice Jimena y yo me tengo que reír también.

Chrissy se acerca a mi cabeza y me da un beso corto, como diciendo: «tía, las interacciones sociales no son lo tuyo». Pues sí, ya he aprendido a entender sus besos, porque llegan a montones, cortos y punzantes, en la mejilla, en el nacimiento del pelo o en la punta de la nariz (aunque creo que el día que me dio un beso en la nariz fue porque se equivocó de dirección). No me hacen sentir incómoda, pero sí que me sorprenden, y hoy debo contener un respingo. Mis compañeras, por el contrario, parecen haberse acostumbrado al afecto antes incluso que yo.

Lo siguiente que oigo es al resto de chicas entrando en el comedor. Han decidido ponerse los tacones todo el día para practicar y hacen muchísimo ruido. Yo, la verdad, antes que llevar puestos tacones todo el día preferiría morirme.

12:30

—El *drag* no consiste en imitar a un hombre o a una mujer. No, el *drag* busca explorar los límites del género y en mi caso me permite jugar con partes de mí misma con las que no convivo en mi día a día.

Para la clase de cultura musical de hoy, tenemos una charla con una amiga *drag queen* de Olimpia que la inspiró para crear la prueba de esta semana.

—Utilizo mi *drag* para explorar mi feminidad y mi sensualidad. Parece que por el hecho de ser mujer debería ser femenina, pero no tiene por qué. En mi vida normal paso desapercibida, pero así, ¡despierto deseo! —Nos guiña el ojo y se aparta un mechón del cabello de la cara—. Cada *drag queen* busca algo distinto, claro. Lo que he venido a decir hoy, pues, es que el *drag* es una expresión artística y el objetivo principal es siempre divertirse. ¡Ah, y a dejar claro que aunque esta industria nos invisibilice a las mujeres, también nos merecemos tener un hueco en ella!

Aplaudo con fuerza cuando la explicación termina y la mujer se despide de nosotras. Estos días, en clase hemos hecho un repaso de toda la historia del mundo del *drag*.

Las clases como estas, en las que no debo estar alerta, sino sencillamente escuchar con mi cuaderno en mano, son todo un descanso.

El problema es que, después de cultura musical, llega mi peor pesadilla: la clase de estética y modelaje, en la que nuestra profesora, Lidia, se centra en la manera en que somos percibidas por el público. Sus clases consisten, básicamente, en colocarnos a cada una delante del espejo del estudio e ir describiendo cada detalle de nuestro físico. Una hora entera en la que trece pares de ojos analizan cada uno de mis movimientos.

En realidad, toda la experiencia en el *reality* es un poco así.

Pero peor, porque también hay que sumar a los espectadores al otro lado de las cámaras.

Si lo pienso, me mareo.

—Queridas, hoy vamos a hacer una clase especial. Observad, he traído conmigo ciento cuarenta y cuatro papelitos, ¡madre mía!, que ahora repartiré entre todas, doce a cada una. —Le tiende los papeles a Lola, que empieza a repartirlos—. Gracias, querida. El ejercicio de hoy consiste en que escojáis una palabra que consideréis que defina a cada una de vuestras compañeras.

—Pero cada una escribirá once papeles, ¿no? No vamos a escribirnos a nosotras mismas —pregunta Lola.

—Sí, claro. Fallo mío. Once a cada una.

—Y será anónimo, ¿no? —pregunta Bea Pecas, y Miranda, a su lado, deja caer una risita mal disimulada. No sé por qué lo ha hecho, quizás porque son pareja esta semana y últimamente Miranda parece una copia, una sombra mal hecha de Bea. Y si Bea me cae mal, su doble me cae peor.

—Sí, será anónimo.

Todas nos sentamos en el suelo, con la ristra de papeles en las manos. Yo voy cerca de Chrissy, con Sindy, Enara y Jimena también a mi lado.

—¡Eh, no mires! —se queja Chrissy cuando me acerco un poco a su hombro.

—La verdad, tenemos tantas compañeras que no se me ocurre nada que escribir de la mitad... —confieso.

Ella se ríe y yo asumo que no me va a ayudar, así que me encorvo sobre mí misma para que nadie me vea y empiezo a escribir.

—¿Qué ponemos exactamente? —pregunta Valentina, y yo apunto la palabra *tonta* en uno de mis papeles, debajo de su nombre. Después, pienso que es demasiado cruel y lo cambio por otro adjetivo. *Maja*, escribo. Bien, tengo que ser amable.

—Poned el nombre de la persona y después la cualidad, yo se lo leeré.

Pasamos así al menos quince minutos en los que Lidia se mueve de un lado a otro de la sala desesperada por nuestra lentitud. De hecho, soy la última en darle los papeles, solo por fastidiar.

—Bien, ya que eres la que más se ha hecho de rogar, ¿te parece si empezamos contigo, Arizona Yagami?

Me encojo de hombros, con resignación. Lidia se hace un poco de lío con los papeles, intentando ordenarlos todos bien, y finalmente me pide que me coloque recta delante del espejo.

—«Buena voz» —Es la primera palabra, o más bien, las primeras palabras, y yo sonrío, contenta con el halago—. Eres cantante, ¿no? Es importante que tengas buena voz, aunque no sea lo único, ya lo sabes —dice Lidia, rebajándome un poco la ilusión.

—«Fría». ¿Ves? A eso me refería. Puedes cantar bien, pero es muy importante cómo nos percibe el resto, por eso hacemos este ejercicio.

—También será importante cómo nos percibimos a nosotras mismas, ¿no? No creo que obsesionarse con los demás sea buena idea —me quejo.

—Toda la razón. La tercera palabra es: «inteligente».

Sonrío. Esa me gusta.

—«Borde» —Lidia frunce la boca, aguantándose las ganas de hablar—. «Inquisitiva»... Vaya, interesante.

Miro a Chrissy, que directamente me guiña el ojo.

—¿Interesante es una palabra? —pregunto.

—No, digo que me parece interesante que te hayan llamado inquisitiva. Pero, mira, justo, «interesante» es la número seis. Ese es un piropazo.

Y tanto.

—«*Nepo baby*». —Oh, qué sorpresa, que me recuerden que todo lo que he conseguido en la vida es gracias a mis padres—. «Calculadora». «Retorcida». La penúltima palabra es «borde» otra vez. Estoy viendo un patrón por aquí.

—Yo estoy viendo a gente que no se atrevería a decirme esto a la cara —mascullo.

—Venga, acabamos con una nota positiva. La última es «guapa».

Bien. Guapa no es mejor que interesante o inteligente, pero también me hace sentir contenta.

Después de mí, es el turno de Lola, Sindy, Valentina y Celia. A todas ellas les he puesto adjetivos vagos, porque no las conozco demasiado, y Celia me fulmina con la mirada cuando Lidia lee «escritora». ¿Tanto se nota que lo he puesto yo?

A Miranda la están destrozando incluso más que a mí. No digo que la tía no sea imbécil, pero me parece que se están pasando.

—«Copia de Bea Pecas» —dice Lidia; Miranda está conteniendo las lágrimas—. Madre mía, chicas, os puedo poner una palabra a todas: «metemierdas». Jolín, deberíais ser un poco más respetuosas. Bueno, la palabra ocho es «maja».

¡Esa es mía! Al final he sido la más educada.

El tiempo pasa a medida que las chicas se levantan y Lidia lee una palabra tras otra. Chrissy es la última en levantarse.

—La primera palabra es: «pelazo». Esta es buena. Es muy importante tener un sello distintivo —comenta Lidia, y se toma la libertad de acercarse a Chrissy y mesar uno de sus mechones pelirrojos.

—Sigo: «corazón». «Falsa». Creo que utilizáis este adjetivo muy a la ligera. «Amable». «Buena compañera». «Falsa»; ¿a qué os referís exactamente con eso?

Chrissy baja la mirada.

—Creo que mucha gente cree que eres una persona «falsa» por tener un mínimo de amabilidad con todo el mundo y por no decirle a nadie la primera cosa ofensiva que se te pasa por la cabeza —salto a defenderla, haciendo que Chrissy alce la vista hacia mí y el resto de mis compañeras me miren también.

—A ti, por ejemplo, no te llamarían falsa —dice la pelirroja sonriendo de medio lado.

—No, yo aquí soy de esas que suelta burradas con la excusa de ser honesta y decir las cosas a la cara —respondo sonriendo también.

Lola y Enara, sentadas, se ríen un poco y yo relajo mis pulsaciones, porque no quiero montar un espectáculo ni quedar de «novia falsa sobreprotectora».

Chrissy, de hecho, no sabe que no me caracterizo precisamente por la honestidad y que jugué sucio para meterla en esta relación. Ahora que la conozco mejor, me siento culpable por haberle dicho que el público no se la tragaba o que la leían como a alguien tan exageradamente amable que no parecía de verdad.

En fin, puedo ser superbuena ahora para compensar las maldades hechas en el pasado, ¿no?

—Continuamos con «dulce» y «talentosa».

Chrissy sonríe ante esa última palabra que por fin reconoce sus méritos artísticos. Yo me siento satisfecha y me gustaría ponerme de pie para asegurarme de que supiera que la he escrito yo.

—Las últimas palabras son «guapa», «chica buena» y repetimos con «talentosa».

Chrissy sonríe de nuevo y yo miro a mi alrededor.

¿Quién habrá escrito eso? ¿Y por qué me siento un poco... celosa?

Gala 3

Chrissy

Por alguna razón, respiro mejor en las galas que en la academia. Quizás porque sé que en el momento en el que entro en la limusina que nos lleva al plató, no hay nada que pueda hacer ya para cambiar mi destino. Todo lo que he trabajado, todo lo que he ensayado y todo lo que he vivido durante la semana... todo eso me lleva hasta donde estoy ahora, con las luces y las caras del público borrosas colapsando mi mente. Ya no hay nada que hacer, solo me queda dejarme llevar.

Tras unas horas de vestuario y maquillaje, además de algunas grabaciones que hemos preparado para las redes sociales del programa, las chicas y yo estamos en el escenario interpretando *Feel Like A Woman*. La verdad, hacer *lip sync* maquillada, vestida de *drag queen* y montada en unas plataformas infinitas es más difícil de lo que parece, sobre todo cuando te tienes que coordinar con once chicas más. Para colmo, Olimpia, seguro que a propósito, interpreta erróneamente una parte de la canción hacia la mitad de la actuación y al resto nos toca improvisar y recomponernos.

Sobre las ocho y veinte, cuando nos sentamos en el sofá común, espero que no me pregunten cómo considero que ha ido la actuación, porque sinceramente no sabría qué responder. Si me preguntan cómo me he sentido, puedo responder que bien o mal, segura o inquieta... pero que me libren de ser objetiva.

—Cuéntanos, Lola, ¿cómo te has sentido en la actuación? —pregunta la jurado Marina Mandarina a mi compañera.

—Bien. Ha sido todo un lujo preparar el número con mis compañeras y con Olimpia, aunque sea duro llevar estas plataformas... —Alguien se ríe en el público.

—¿Cómo te has sentido con tu nominación esta semana? —pregunta Lucas Safont, otro de los miembros del jurado—. No te luciste como actriz, pero eres muy buena en el escenario.

—¡Gracias! —exclama Lola. La verdad es que esta chica me cae de maravilla y se merece el halago. ¡Ojalá, expulsada o no, Lola pueda impulsar su carrera!—. Pues la nominación ha sido un poco como llevar tacones todo el día... no te impide hacer tu trabajo, pero te lo dificulta.

Eso hace que las carcajadas llenen el público con más fuerza. Yo me río también.

Marina abre la boca para hacer alguna pregunta más, pero entonces Olimpia aparece, completamente transformada en *drag queen*, con el cabello cardado, el maquillaje apropiado, las manos en la cintura y los tacones más altos que he visto jamás. El público aplaude con fervor al verla de nuevo después de nuestra actuación grupal, y ella toma el relevo de Marina.

—Como sabéis, esta semana hemos contado con una invitada muy especial, ¡mi genial amiga Letizia Conceta! —dice Olimpia, y saca de su vestido una fotografía en la que se las ve a ambas—. Mi objetivo con este concurso siempre ha sido favorecer a las mujeres que luchan por ser quienes ellas desean en una industria que no les pone las cosas fáciles... ¡Me hace muy feliz haber podido ceder algo de espacio a todas las mujeres que se esfuerzan por hacer del mundo un lugar mejor con su *drag!*

Todas nos levantamos y aplaudimos mientras en la pantalla gigante frente a nosotras proyectan imágenes de las clases de esta semana, incluyendo un montaje con caídas graciosas.

Lola y Alicia aprovechan el momento para irse a preparar su actuación. Cuando veo que me miran levanto los pulgares para desearles toda la suerte del mundo.

* * *

Las horas pasan y llega un momento en el que es increíblemente difícil permanecer alerta. Son demasiadas imágenes las que aparecen en la pantalla, demasiados aplausos, comentarios del jurado, comentarios de Olimpia, actuaciones, música, y siento que mis pestañas postizas pesan tanto y mis párpados están tan llenos de maquillaje que en cualquier momento se me cerrarán los ojos irremediablemente.

Miranda y Bea Pecas serán las siguientes en salir al escenario y desde producción han considerado gracioso crear un montaje que empieza con Miranda recibiendo el papelito de «copia de Bea Pecas» y continúa con un montón de momentos de la semana en los que, efectivamente, Miranda va detrás de ella, siguiéndola como un perrito faldero, o directamente imitando alguna de sus conductas.

Bea tiene una sonrisa tensa mientras ve las imágenes y Miranda tiene los ojos muy brillantes e incluso llorosos. No me llevo especialmente bien con ella, pero me parece fatal que le hagan esto, la verdad. ¿Quién sale al escenario después de una humillación así?

Pues ellas, claro, porque no les queda otra. Cuando acaban su interpretación, yo me pongo de pie y aplaudo muchísimo para intentar compensar el mal trago que han debido de pasar.

—No sé si sois un clon la una de la otra, pero habéis actuado con muchísima sincronía, y eso es digno de admiración —dice Daniella Ella, la tercera miembro del jurado.

Las siguientes sentadas en los sillones al lado de Olimpia son Arizona y Sindy.

—Chicas, esta semana os toca cantar *I Say A Little Prayer*, de Aretha Franklin. Sindy, en los comentarios anónimos, muchas de tus compañeras han calificado a Arizona Yagami como fría o borde. ¿Ha sido difícil trabajar con ella?

Aprieto los puños con fuerza, y me hago daño al clavarme las uñas postizas en la palma de la mano.

—¡Para nada! —exclama Sindy, y bajo los focos sus ojos azules brillan tanto como dos linternas—. Debo admitir que esto del *drag* ha sido un auténtico reto, pero ha sido muy divertido y hemos aprendido mucho.

Las chicas se dedican una mirada cómplice.

—De hecho, Sindy y yo nos hemos estado preguntando cuáles serían los nombres de los miembros del jurado si fuesen *drag queens* —murmura Arizona con una sonrisa pícara.

—¿En serio? ¿Y podemos conocerlos? —pregunta Olimpia.

El público empieza a gritar que sí y a levantar los brazos en aplausos apasionados.

—Vamos a hacer una cosa —sigue hablando Arizona—. Decimos los nombres de *drag* y vosotros adivináis a quién pertenece cada uno.

La gente sigue aplaudiendo.

—Da Yrrecibe. —Sindy da el primer nombre, pero no causa mucho efecto en el público. Sinceramente, lo entiendo, no ha tenido mucha gracia.

—Esa tienes que ser tú, Daniella —se apresura a decir Lucas, intentando eliminar el momento de tensión que se ha instalado entre nosotros. La aludida sacude su larga melena como respuesta.

Arizona y Sindy se encogen de hombros.

—Lu CeBohemia —sigue hablando Sindy, bastante más insegura ahora, y Lucas recibe un golpe en las costillas de parte de Marina Mandarina.

—Muy literario, como a mí me gusta —admite el hombre con una sonrisa tensa en los labios. Yo me esfuerzo por soltar una carcajada y así apoyar un poco a las chicas, porque este nombre tampoco ha sentado muy bien a la gente. No ha levantado ninguna risa. ¡Menudo desastre!

—Rómulo Yavanova, no sabíamos que serías el jurado invitado hoy, así que no hemos preparado nada —murmura Sindy de manera casi inaudible—. Pero te llamas Rómulo, así que creo que la Loba sería un nombre genial.

—¡Lo es! —exclama Arizona con entusiasmo, y, ahora sí, el público se ríe un poco, aunque probablemente sea bajo las indicaciones de un regidor—. El problema de todo esto ha sido con Marina Mandarina, que ya se ha puesto nombre de *drag queen* ella sola.

Una sonrisa tensa ocupa por completo la cara de la cantante, que acto seguido empieza a aplaudir y por fin deja el tema de los nombres zanjados.

—Bien, me encanta saber que esta semana os habéis divertido tanto —añade Marina después—. Aunque, por supuesto, también ha habido tiempo de romance. ¿No es así, *Chrisami*?

Frunzo un poco el ceño, confundida, y veo en el público a varias personas aprovechando para alzar carteles en los que se lee #CHRISAMI o #CHRISAMI4EVER.

Esas tenemos que ser nosotras. ¡Madre mía! Mi corazón da un brinco al ver la ilusión del público, aunque también me siento mal por estar engañándolos.

En la pantalla empiezan a aparecer imágenes sin contexto en las que aparecemos Arizona y yo. Hay planos de nuestros hombros rozándose cuando salimos a correr con Olimpia por la playa. Los hombros rozándose otra vez en la cocina. Muchas risas. Ese beso en el nacimiento del cabello. Dos únicos besos en la boca. Ya me esperaba este montaje, así que nada me sorprende hasta llegar al vídeo final. Soy yo, en el estudio. Llevo unas mallas negras y una camiseta morada ancha, el cabello recogido en un moño. Me acuerdo de ese día. Fue el... ¿miércoles? El resto estaba preparando sus coreografías, pero justo mi compañera Jimena tenía otra cosa que hacer, así que aproveché para irme al estudio a bailar. Estoy haciendo un movimiento de *chassé* bastante chapucero, seguido de un *assemblé*. Sé que hay cámaras grabándonos las veinticuatro horas, pero había asumido que estaba sola. Entonces la cámara graba a Arizona, que se queda delante de la puerta y me observa por el pequeño cristal de la puerta del estudio.

¿Qué hace ahí? ¿Por qué no entra?

Una sensación cálida trepa por mi estómago y acrecienta la curva de mi sonrisa.

Los aplausos son atronadores, pero cuando la cámara enfoca a Arizona me doy cuenta de que la chica se ha puesto roja.

—¿Cómo te sientes, Yagami? —pregunta Olimpia.

—Esto... contenta, claro. Me hace muy feliz haber conocido a Chrissy y poder disfrutar de esta experiencia con una persona como ella.

Ahora soy yo la que se sonroja hasta las cejas.

Sindy aplaude entusiasmada y el resto de mis compañeras se suman, lentamente.

—Estamos muy felices de presenciar una historia de amor tan bonita como la vuestra. ¡Aunque no hemos visto ningún beso como el que nos regalasteis en *Grease!* —dice Olimpia.

—Claro, porque ahí éramos Danny y Sandy, nos dejamos llevar... por la pasión, y quisimos aprovechar la oportunidad para abrirnos al público —responde Arizona—. Lo cierto es que en la academia somos muy conscientes de las cámaras y eso nos coarta un poco.

Olimpia parece satisfecha, pero entonces alza una ceja y pregunta:

—Quizás por eso salisteis de la academia en mitad de la noche, ¿no? —El corazón se me detiene—. Para tener intimidad...

—Yo... —balbucea Ari.

Las imágenes llegan enseguida, ocupando la pantalla. Arizona y yo estamos ahí, saliendo de la academia, adentrándonos en la playa y volviendo a entrar al amanecer. El corazón me da un vuelco.

—¿Algo que decir, chicas?

Me llevo las manos a la boca y Ari, en vez de buscarme con la mirada, se mantiene firme y dice:

—Perdón. Lo sentimos. Nos dejamos llevar, no estuvo bien y asumimos nuestra responsabilidad.

Bien. Ha hablado bien. Yo, la verdad, no consigo formular ninguna oración coherente. Siento la boca tan seca que parece que haya estado bebiendo agua de mar. A duras penas logro levantarme y, con un hilo de voz, decir:

—Solo queríamos pasar un tiempo a solas, lo sentimos.

Se oye un «oooh» tierno de parte del público.

Después, Bea se levanta.

—¡Y una mierda! —exclama cerrando los puños—. Está completamente prohibido salir de la academia, deberían expulsarlas a las dos. —Miranda se pone de pie para repetir sus palabras, y unas cuantas chicas las imitan.

El público grita a modo de respuesta:

—¡No es para tanto!

—¡Chrisami para siempre!

Dejándome llevar por las emociones, me abro paso entre mis compañeras y salgo del sofá conjunto para llegar hasta Arizona. Ella me fulmina con la mirada, pero yo hago caso omiso y tomo su mano, consciente de que la única manera de que salgamos indemnes de esta situación es darle al público lo que quiere.

Miro a Olimpia.

—Perdón —digo—. Lo que hicimos no tiene justificación, como dice Ari, nos dejamos llevar. En la gala pasada... no teníamos intención de hacer público lo nuestro. Fue un arrebato. Y después... sentimos la necesidad de hablar sin cámaras.

—Pero estáis en un concurso con cámaras —insiste Bea Pecas.

Un tiempo después se sienta de nuevo, como si se hubiera dado cuenta de que lo único que conseguirá poniéndose en nuestra contra será perder seguidores.

—Pensaré en vuestro castigo, chicas —dice Olimpia simplemente—. Escuchadme, vosotras y el resto: salir sin cámaras está prohibido, pero supongo que las normas están para romperse...

»Hasta este momento, no podíais salir solas, pero a partir de ahora, podréis hacerlo. Establecí la academia al lado de la playa por una razón. En mi carrera he pasado por muchos concursos, y en todos ellos he percibido que se pone por encima la audiencia a la salud mental de las concursantes. Yo no quiero hacer eso. Vuestra salud mental siempre será lo primero para mí, y comprendo que necesitaseis salir a tomar aire. Así que, a partir de ahora, la puerta estará abierta para vosotras siempre que lo necesitéis.

Arizona frunce el ceño, como si estuviera convencida de que hay gato encerrado. Yo, como siempre, decido confiar en Olimpia.

—Gracias —digo y aprieto la mano de Arizona una, dos y tres veces, comunicándome con ella, y Arizona hace exactamente lo que quiero que haga, porque se acerca a mí y me da un sonoro beso en la mejilla.

El público se vuelve loco de emoción, y yo me doy cuenta de que quizás la ventaja que nos da nuestra relación sea mucho más grande de la que hubiera imaginado.

—Repito que pensaremos en una sanción por vuestra falta, pero, si os parece, ahora vamos a continuar con la gala.

LAS CHICAS DE OLIMPIA: RESUMEN DE LA GALA 3

ARIZONA YAGAMI, la hija de Ichiro Yagami y Laura Lago, y CHRISSY DUBOIS, la bailarina e *influencer*, volvieron a acaparar la atención en la gala 3 de *Las chicas de Olimpia*, que ha convertido al Canal 88 en el líder de audiencia con un 13,8 % de *share*.

«Estamos siguiendo el concurso día a día, muy contentos por nuestra pequeña», ha dicho la madre de Chrissy Dubois, cuya declaración hemos podido captar a las puertas de la zapatería que regenta junto a su marido y en la que también trabaja su hija menor.

La pareja del momento suscitó críticas tras unas imágenes en las que se las veía saliendo de la academia sin supervisión, algo que estaba terminantemente prohibido. Olimpia hizo un alegato sobre la importancia de la salud mental y defendió a sus concursantes, aunque ha confirmado que recibirán un castigo.

La gala *drag* nos regaló actuaciones maravillosas, entre las que destacan la de Bea Pecas y Miranda Rus y la de Chrissy Dubois y Lola Durán, que sirvió para que la segunda se librase de la expulsión.

Tenemos la primera declaración de la segunda expulsada del programa, Jimena Montijano: «Siento que en este concurso he representado a todas las Miss España, demostrando que somos mucho más que una cara bonita. Aunque mi camino haya acabado, me siento muy afortunada y con ganas de seguir adelante».

¿QUÉ SUCEDERÁ EN LA PRÓXIMA GALA?

¡Intercambio de talentos! Una de las claves de este concurso es la diversidad en los talentos de nuestras chicas. Las parejas de esta semana (a excepción de una solista que actuará con Olimpia) realizarán una actuación con el talento de su compañera. *Influencers* y cantantes, escritoras y bailarinas, modelos y actrices. ¡Todo puede pasar!

Además, durante la semana conoceremos el castigo de Arizona Yagami y Chrissy Dubois.

LAS NOMINADAS DE ESTA SEMANA:

La escritora Celia Anís y la bailarina y música experimental Helena Invernal han sido nominadas después de sus actuaciones *drag*. A través de la página web: *lasdeolimpia.ai/ nominaciones* puedes votar a quien creas que merezca ser salvada.

@monique Qué me decís de ese beso en la mejilla?????? #CHRISAMI FOREVER!!!!!

@luciamg Harta de que se justifiquen cosas injustificables por la salud mental!!!! Cómo que las reglas están para romperlas????? Menuda vergüenza.

@cleo_patria Dirán lo que quieran de Miranda, pero su actuación ha sido espectacular.

@candechrisami Habéis visto cómo se ha levantado Bea Pecas cabreada???? Vaya zorra!!! Lo que tiene es envidia!!!! #chrisami

@olganalga Qué sentido ha tenido esta gala???? El *drag* perpetúa roles de género, Chrissy es una mujer trans, debería saberlo.

@la_gata Jimena es una WHO.

@dakotalajota Deberíamos poder elegir el castigo!!!! #CHRISAMI4EVER

Semana 4

Arizona

LUNES

09:15

Me sorprendo cuando, después del desayuno, una de las mujeres que trabaja en la academia nos informa de que hoy no tendremos carrera por la playa, pero que Olimpia vendrá de todas formas.

—¿Qué creéis que ha pasado? —pregunta Sindy.

—Igual después de lo de Chrissy y Yagami nos prohíben ir a la playa a todas... —murmura Bea Pecas.

—Pero nosotras vamos a la playa con Olimpia, no a escondidas —se queja Miranda.

—Bueno, anoche nos dijeron que no pasaba nada por salir a la playa sin cámaras —Alicia suelta un bostezo tan grande que su frase se pierde a la mitad del camino.

—Pero cuando ellas lo hicieron no lo sabíamos. Incumplieron las normas. Ahora nos dirán las consecuencias —afirma Celia. Sus gafas de montura blanca se le han deslizado hasta la punta de la nariz. Con resignación, la chica vuelve a colocárselas, con esos dedos largos y las uñas pintadas del mismo azul de su pelo.

—A mí me parece muy fuerte que hasta ahora la norma fuera no salir sin cámaras y ellas lo hayan hecho de todas formas. Espero que, por lo menos, ahora nosotras también tengamos carta blanca para hacer lo que nos dé la gana... —sigue diciendo Alicia, y la muy discreta me está mirando directamente a los ojos.

—Sí, estoy harta de los favoritismos —añade Valentina hinchando las aletas de la nariz.

—Chicas, ¿os importaría dejar de hablar de nosotras en tercera persona? ¡Estamos aquí! —mascullo.

Mis compañeras se hacen las sorprendidas y Chrissy me dedica una mirada cargada de súplica, como pidiéndome que deje estar el tema.

Nadie vuelve a abrir la boca en lo que queda de desayuno.

Y es raro, porque de veras que no han dejado de hablar de nosotras desde que salimos de la gala. Anoche oí hablar a algunas de ellas cuando ya estábamos en las habitaciones. La principal crítica era que «ahora para destacar en un concurso tienes que enrollarte con alguien». ¡Bueno! ¡Pues que lo hagan ellas también! ¡A ver qué tal les sale! Mi mente divaga sin control y no puedo evitar reírme al imaginar a todas las chicas declarándose unas a otras ahora que Chrissy y yo hemos creado tendencia.

Me he debido de reír en voz alta, porque tengo a Bea Pecas delante de mí y me está dedicando una mirada asesina.

Sé que todas, Bea incluida, se mueren de envidia. Y generar envidia tiene su parte buena, ¿no? Significa que el plan funciona.

Miro a Chrissy, que desmenuza una galleta y la sumerge en su taza de leche hasta que se deshace y ella, resignada, la tiene que recoger con una cuchara. Acostumbrada a llevarse bien con todas, debe de estar pasándolo bastante peor que yo.

Pero no me arrepiento de haber incumplido las normas. Ha servido para demostrar que el público está de nuestra parte y, ¿qué le voy a hacer? Me encantan los aplausos. He crecido con dos adictos a los aplausos, escuchándolos y envidiándolos, y esta ha sido la primera vez que las ovaciones han llevado mi nombre, aunque fuera gracias a un *ship* ficticio.

—Ni siquiera sabemos cuáles serán las parejas de esta semana —suspira Helena, una de las dos nominadas (junto con Celia).

Esta vez, lo de las parejas es especialmente importante. Intercambiaremos nuestros «talentos», o más bien, nuestros oficios. Si me toca de pareja con una *influencer*, yo tendré que imitarla y ella deberá cantar. Los resultados pueden ser desastrosos...

—Enseguida saldréis de dudas, chicas. —Una voz dulce pero estridente hace que todas apartemos los ojos de nuestros desayunos. Como siempre, la presencia de Olimpia se siente antes incluso de tenerla delante—. Recoged los platos y venid todas a la sala de reuniones.

No nos había visto recoger nada tan rápido en las tres semanas de concurso que llevamos.

Cuando llegamos a la sala de reuniones, nos topamos de frente con el cartel de las agrupaciones de la prueba de esta semana.

PRUEBA: INTERCAMBIO DE TALENTOS

Chrissy Dubois y **Bea Pecas**
Alicia Kane y **Valentina Palomares**
Celia Anís y **Arizona Yagami**
Enara Zion y **Sindy B. Jones**
Helena Invernal y **Lola Durán**
Miranda realizará un desfile acompañada de **Olimpia**

Actuación grupal: desfile

—¡Menudo asco que las nominadas tengamos que ir siempre en pareja! Hay muchos concursos en los que las nominadas actúan en solitario... —se queja Helena.

—Por lo menos no vas con Chrissy —suspira Bea Pecas poniéndole un brazo por encima del hombro—. Ya sabes, la maldición...

Chrissy no dice nada mientras Bea le da un golpecito en la punta de la nariz. Yo me dedico a enseñarle los dientes a esa imbécil. Olimpia ya está sentada en la sala, así que nosotras entramos también. Hoy lleva un jersey de una talla muy superior a la suya, las piernas desnudas y unas zapatillas de estar por casa con forma de cabeza de dinosaurio.

—Queridas, ya habéis visto las parejas para esta semana. ¿Qué os parece la prueba? ¡Yo no podría estar más emocionada! —exclama—. Me recuerda a aquella vez que tenía que cantar en una gala presidencial y me quedé afónica, pero mientras estaba en el baño ayudé a la secretaria a redactar un discurso brillante y ella cantó por mí.

Bea Pecas ríe en voz baja, ¿de verdad le encuentra la gracia? Yo nunca, nunca, nunca, entiendo las anécdotas de Olimpia, y tampoco entiendo por qué nos guiña el ojo cuando no estamos en la gala.

—En fin, ¡tengo una buena noticia! —Arruga la nariz y se coloca la mano en la barbilla—. O una mala, depende de a quién preguntes... ¡Hoy podréis hacer una videollamada con vuestras familias! Ya están todos avisados y preparados. Dentro de diez minutos entraréis en una sala para hablar con ellos...

La emoción se palpa en el ambiente y yo finjo que me hace ilusión también. De lo contrario, ya puedo leer el título de mi biografía: *Arizona Yagami, desgraciada y desagradecida*. Miranda, loca de alegría, se abraza a Bea, que no parece demasiado entusiasmada.

—Todas podréis ver a vuestros familiares... —anuncia Olimpia, y fuerza un silencio para añadir expectación—. Todas, excepto Arizona Yagami y Chrissy Dubois. Como castigo por vuestra escapada a la playa, hoy saldréis otra vez, pero a limpiar la orilla, y os perderéis la visita.

—¿Tanta basura hay en una playa privada como esta? —pregunto, porque, siendo honesta, me parece un castigo bastante flojo.

—Sí, Arizona, hay basura. ¡Siempre hay basura! —responde Olimpia.

Yo ya estoy preparada para marcharme, pero entonces veo a Chrissy a mi lado. Tiene el rostro encendido, tan rojo como su cabello, y juraría que oigo el ruido que hace la sangre bullendo en su interior.

—¡No es justo! —grita apretando los puños y el ceño fruncido.

—Tampoco fue justo que incumplierais las normas, ¿no crees? —le responde Olimpia con calma.

Si Chrissy fuese una de esas personas capaces de levantarse y marcharse de un sitio cuando están indignadas, sé que lo haría. Pero en vez de eso, se queda muy quieta, como si fuese una niña pequeña en mitad de una rabieta, y dice:

—No es justo que mi familia no me vea solo porque cometí un error...

—Si tanto quiere ver a su familia, no le tendría que importar que la expulsaran... en plan disciplinario —dice Miranda.

—Pues sí, una tiene que saber dónde se mete al entrar en un concurso —la refuerza Valentina.

¡¿Podrían dejar de hablar de ella como si no estuviera delante?! Es ridículo.

Chrissy hace caso omiso a los comentarios, y Olimpia también:

—Chrissy, cielo, las acciones tienen consecuencias. ¡Si fuera tú, estaría agradecida de que no me expulsaran! —dice—. Las llamadas empezarán en quince minutos. Iréis por turnos. Arizona Yagami y Chrissy Dubois, guardaréis la basura de la playa en unas bolsas de tela que encontraréis delante de la puerta. Tenéis media hora para recoger tanta como podáis.

Chrissy

El mar siempre ha conseguido relajarme. Inspiro cuando veo el agua tragándose las olas y dejando un rastro bañado en la arena. Expiro cuando las devuelve a la orilla burbujeando sin cesar y creando una brisa que se cuela en mis fosas nasales. Inspiro y espiro. Inspiro y espiro. Siempre ha bastado con perderme en el azul y apoyar mis pies descalzos firmes en la arena húmeda para sentirme tranquila y anclada al mundo.

Pero hoy no sirve.

El lunes no podría haber empezado peor...

¡Estoy tan enfadada! He puesto este estúpido plan por encima de mi familia y ya empiezo a pagar las consecuencias. ¡Y yo necesito verlos!

—Si tanta ilusión te hace hablar con tus padres, te puedo dejar el teléfono —dice Arizona cuando las dos emprendemos el camino.

Normalmente me gusta que me vacile, que me suelte una tontería y que me sonría de medio lado, pero en esta ocasión me cabrea.

—No lo entiendes... —suspiro, y recojo una botella del suelo—. Me parece injusto que nos hayan puesto este castigo.

—Lo han orquestado bastante a nuestro favor, ¿no crees? —pregunta Ari—. Quieren que estemos sin cámaras para que los fans puedan imaginarse lo que estamos haciendo... En su cabeza, seguro que multiplican por mil cualquier beso que nos demos.

—¡Pues entonces no están a nuestro favor, están a favor de la carpeta[2]!

—Es un poco lo mismo... —murmura ella mientras recoge una cabeza de una muñeca que hay varada en la arena.

¡Mierda! Estoy tan molesta con Arizona que no me concentro en limpiar nada. Dejo caer la bolsa en la arena y me siento, esperando que ella haga lo mismo, para que podamos hablar las cosas con un poco de calma.

—No es lo mismo, Ari —digo, y al meter la mano en el bolsillo toco el recibo arrugado de la última cena en familia—. Esto solo significa que... ahora en mi concurso pesa más mi relación que quién soy yo, que me estoy desviando de lo que me dije a mí misma. De lo que les dije a mis padres. Y ahora me quedo sin verlos y, lo que es peor, ellos se quedan sin verme a mí... Que no es que me echen de menos más que yo a ellos, pero ya me entiendes. Solo quiero verlos y que me digan si estoy haciendo las cosas bien y si están orgullosos de mí.

Arizona se sienta a mi lado. Se ha vestido con unos vaqueros rasgados azules y una sudadera, cuya capucha se pone encima de la cabeza, e intenta ordenar su corta melena ya que los mechones de pelo se han desperdigado a causa de la brisa del mar. Frunce el ceño antes de volver a mirarme.

—¿Crees que a tus padres no les parece bien que estés en una relación... falsa... conmigo? —tantea.

—No... no sé... Igual sí que les parece mal... —intento explicarme. Ella frunce el ceño un poco más—. ¡Si crees que es porque seas una chica, no vayas por ahí! A mis padres eso les parece bien. Quiero decir, yo soy su hija y soy bisexual y trans, en mi casa siempre ondea la bandera arcoíris... No es eso...

Arizona esboza una media sonrisa antes de volver a hablar:

—Quieres decir que quieren que ganes por ti misma y no por una relación, ¿no?

---

[2] Término utilizado para hacer referencia a una historia de amor surgida en un *reality show*.

Por fin sonrío, aliviada por que lo haya entendido.

—Exacto —respondo—. Mis padres confían muchísimo en mí. Toda mi vida me he formado como bailarina, así que cuando me llamaron para participar en el concurso no entendieron que yo aceptara enseguida. Tampoco entienden mucho todo el tema de compartir mi transición en redes. Piensan que todo eso... son atajos, ¿sabes? Creen que yo debería ser capaz de conseguir mis propósitos solo con mi talento... Ellos no entienden lo difíciles que son las cosas ahora. No entienden que ya no se puede hacer nada sin formar parte de las redes sociales y sin tener seguidores.

—Son de otra generación, supongo —comenta Arizona—. O eso o que no forman parte de esta industria artística. Desde fuera, las cosas se ven diferentes.

—El caso es que mis padres me quieren y me apoyan y me admiran, y yo no quiero decepcionarlos. Y a mi hermana tampoco.

Cuando tus padres te han apoyado sin juicios, cuando lo han sacrificado todo por ti y confían más en tus capacidades que tú misma... Supongo que es una presión añadida, porque cargas con tus expectativas y también con las suyas.

Arizona me mira a los ojos y dice con seguridad:

—Si ganas este concurso, lo harás por ti misma. No por mí ni por lo nuestro. Ganarás porque tienes talento. Ayer en la gala, todas las chicas se callaron en cuanto te vieron aparecer en el escenario. ¡Y ya sabes que les encanta comentarlo todo! Interpretaste la canción como si la hubieras compuesto palabra a palabra y fuiste generosísima con Jimena y bailaste... Era imposible no mirarte, Chrissy —Al oírla decir eso, respiro hondo, intentando contener las las lágrimas—. Eres la más talentosa de todo el concurso... después de mí, claro. Así que tranquila, no los vas a decepcionar.

Fuerzo una sonrisa y detengo las lágrimas justo a tiempo. A veces me da rabia ser tan emocional cuando hablo de mí o de lo que siento... O cuando alguien me dice algo tan bonito como lo que me ha dicho ella. Respiro hondo y juego un poco con la arena, levantando los granos y dejándolos caer con suavidad.

—Te aseguro que no habría elegido a cualquiera para una relación falsa... —añade Arizona después y yo sonrío por fin.

—Qué tonta eres —murmuro—. ¿A ti te pasa algo parecido? Con tus padres, digo.

Arizona Yagami niega con la cabeza y me imita en este ritual de recoger granos de arena y verlos desaparecer.

—No —admite—. No es que mis padres no me apoyen, ¿eh? Son buenas personas y me lo han dado todo. Me han querido, me han permitido conocer mundo, me han dado una educación, me han pagado todos los cursos de música y de canto, han financiado todos mis videoclips... y me han dado su apellido, que es la razón de que esté aquí.

—No estás aquí por tu apellido, Arizona —me apresuro a recordarle.

—No me mientas, Sandy.

—Bueno —digo—, pues no estás aquí solo por tu apellido. Si no tuvieses ni un ápice de talento, no lo estarías, a pesar de la influencia de tus padres.

Arizona sonríe, estira los brazos contra la arena e inclina el cuello hacia detrás, haciendo que la capucha se caiga y libere su cabello negro.

—De acuerdo. —Sigue con el cuello inclinado cuando dice—: El tema es que... no puedo evitarlo, creo que les tengo un poco de rencor. Porque no dejo de preguntarme cómo habría sido mi vida si ellos no fueran mis padres. ¡Me quema saber que no conseguiría triunfar como música sin su apellido! Y lo peor es que ni aun con apellido consigo triunfar.

—Guau. Creo que nunca te había oído hablar tanto rato seguido —admito—. Y menos aún de tus sentimientos... menuda sorpresa.

—Capulla. —Me mira, golpea mi hombro con suavidad y deja salir una carcajada hueca—. Es el discurso más privilegiado que has oído en tu vida, ¿no?

—Bueno... puede que un poco sí, pero eso no significa que tus problemas o tus sentimientos importen menos. —La miro y, de repente, me parece que empieza a ponerse un poco roja. El rubor le nace de la nariz, le crece por las mejillas, le llega hasta la punta de las orejas—. ¿Qué pasa? —pregunto angustiada.

—¿Me guardas un secreto?

—¿Uno más?

—No están juntos.

¿Habla de sus padres? Joder, no puede estar hablando de sus padres. Abro los ojos como platos y me tengo que agarrar al suelo porque siento que la gravedad ha desaparecido y que yo podría salir volando.

—¿Qué? —pregunto, solo por confirmar.

—Mis padres. No están juntos... como pareja —matiza Ari.

¡Ichiro Yagami y Laura Lago no están juntos! ¿Cómo no van a estar juntos? ¡No puede ser! ¡Todo es una mentira! ¡El mundo se ha vuelto loco y el amor ha muerto! Arizona me mira entre divertida y asustada, así que me esfuerzo por serenarme un poco. Lo consigo solo a medias.

—Joder —murmuro—. Vaya. A ellos les parecerá bien entonces lo de nuestra relación falsa... Es tradición familiar.

Temo haber resultado tremendamente insensible, pero Arizona se ríe y yo podría acostumbrarme a ese sonido: su risa, emergiendo clara por encima de las olas del mar.

—Yo debía de tener siete años cuando rompieron, así que llevan mucho mucho tiempo así —explica—. Pensaron en anunciar oficialmente su separación porque querían divorciarse, pero su agente les recomendó no hacerlo. Ellos son... una pareja icónica y consiguen muchos papeles y muchos acuerdos de publicidad y muchas oportunidades solo por estar juntos. Así que fingen. Y su agente ya ha untado a un par de revistas que han amenazado con sacarlo a la luz, así que el secreto se mantiene.

El cerebro se me desentumece un poco mientras mi mente procesa la información.

—Y tú, ¿cómo lo llevas? —pregunto finalmente.

Creo que esa pregunta la sorprende, porque sonríe y carraspea antes de hablar.

—Bien. No sé. No te quiero decir que estoy bien, pero tampoco estoy de puta pena. Estoy acostumbrada. Ellos se llevan bien... la mayor parte del tiempo. Discuten lo normal, quiero decir. Lo que discuten todas las parejas, añadiendo que son actores famosos. Es solo que... desde que nací, no he sido más que un complemento. La pareja perfecta y su bebé. Soy el puto complemento de una relación falsa. —Se coloca las manos en la cara y se tira de las mejillas con los dedos, como si intentase separarse de sí misma—. ¡Ojalá fuera valiente! Ojalá me desvinculase de ellos y pudiera tener mi propia identidad, mi propia carrera, mi propia vida... Pero aun así he acabado pidiendo ayuda a papá y a mamá para que me metan en un concurso en el que me recuerdan todo el tiempo que soy hija del nepotismo y que no me merezco estar aquí.

Tengo la necesidad imperiosa de ofrecerle algún tipo de consuelo. ¿Qué necesita? ¿Un abrazo? ¿Una palabra amable? No me da tiempo a pensarlo más. Arizona desvía los ojos de los míos y se pone de pie, tendiéndome la mano para ayudarme a levantarme.

—No quiero seguir hablando del tema, ¿vale? Quiero mantener mi fachada de chica dura —dice.

—¡Nunca te he considerado una chica dura, Ari! Yo las prefiero sensibles y blanditas. Hasta para las relaciones falsas.

—Qué tonta eres... —dice entre un supiro—. Esto... Nadie puede saber esto. Nadie. Ni se te ocurra decirlo, ¿vale? No voy a amenazarte, pero de contarlo te caería una demanda que os dejaría sin un euro a ti y tu familia.

—No diré nada —digo mirándola fijamente a los ojos para que sepa que voy en serio—. Ni siquiera te sacaré el tema. Lo prometo.

—Bien —Arizona se inclina, recoge una botella de cristal y la mete en la bolsa—. Solo lo sabéis Nil y tú, y porque él es el hijo del agente de mis padres. Todo queda en familia...

—El bueno de Nil... —me río.

El mar está revuelto cuando reemprendemos la marcha y seguimos llenando bolsas de basura. El azul del cielo se une al oscuro del mar y al final de la playa encontramos una escollera de rocas afiladas a la que me aproximo justo cuando Arizona se queda parada.

—¿Qué haces? —me pregunta.

Sonrío a modo de respuesta, me aproximo a la roca y coloco sobre ella la planta de mi pie.

—Mis padres, mi hermana y yo veraneamos en la playa todos los años. Solemos pasear por la orilla y mi madre siempre dice que si no tocas la roca al final del camino es como si no hubieras llegado a ningún sitio —explico, y me doy cuenta de que ahora es ella la que sonríe también y coloca su zapatilla junto a la mía—. A ella se lo dijo mi abuela Mercedes, ¡te habría encantado conocerla! Falleció, pero te encantará conocer a mis padres y a mi hermana. Ángela odia el cine comercial, y el cine comercial incluye a tus padres, así que seguro que tenéis mucho en común. —Arizona se ríe—. Cuando salgamos del concurso, tenemos que ir a ver alguna peli las tres juntas... ¿Qué estaba diciendo?

—Lo de la roca. Que a tu madre se lo dijo tu abuela.

—Sí... A ella mi abuela, a su abuela su madre...

—Y tú me lo dices a mí —vacila Arizona.

Yo me acerco a ella y la golpeo suavemente en el hombro.

—Me parece una tradición cuqui —dice ella después—. Y también me parece que la gente es una guarra —añade recogiendo una lata arrugada y guardándola dentro de la bolsa.

Yo recojo un rastrillo de plástico y lo meto en la bolsa también. Durante los siguientes diez minutos, deshacemos lo caminado y nos ponemos las pilas llenando las bolsas de basura, porque, al fin y al cabo, no queremos incumplir el castigo.

Estamos cargadas y volviendo a la academia cuando Arizona me mira y me pregunta:

—¿Te arrepientes de haber aceptado la relación falsa?

—¡No! —exclamo—. No, de verdad que no. Lo que estamos haciendo es arriesgado, pero no me arrepiento. Y debo reconocer que cuando vi todos los carteles de nuestros fans... no sé, me sentí orgullosa. Por lo que hago en redes a veces me llegan mensajes y tal, pero nunca había sentido que impactaba tanto en la gente... en directo. Fue alucinante.

—No me esperaba que fuese tan exagerado, que tuviésemos tantos fans de repente —dice Ari—. Oye, ¿y qué es lo que decían los carteles? ¿Chri...?

—Pues es nuestro nombre de *ship:* Chrisami.

—¿Chrisami? Chris de Chrissy, eso está claro. Pero... ¿ami?

—Puedo ver los engranajes de su cerebro moviéndose cuando llega a la conclusión—. Joder. Chrissy y Yagami. ¡Me cago en todo! ¿No podrían haber utilizado mi nombre? Joder, incluso en mi propia carpeta tienen que hacer referencia a mis padres.

Arizona

MIÉRCOLES

Y yo que pensaba que entrando en el concurso tendría mucho tiempo para componer canciones y cantar... pues se ve que no. Por el contrario, he tenido que redactar un texto sobre mi vida, supervisada por Celia, y debo escucharla a ella cantar una canción de mi único álbum.

Antes de esto hemos tenido una clase de interpretación: porque, claro, lo que debo hacer en la gala ya no es solo escribir, sino convencer al público con mi monólogo.

Tenía siete años cuando mamá ganó un Oscar y ocho cuando lo hizo papá. Pensé que, para los nueve años, yo tendría también mi estatuilla, que iríamos los tres en escalerita como una familia de actores talentosos. No fue el caso. Por no ganar, no ganaba ni los concursos del colegio privado al que asistía. ¡Y eso que me presentaba a los de interpretación, a los de música, a los de escritura y hasta a los de dibujo! ¡Y mis padres hacían las donaciones más generosas para el mantenimiento del centro!

Papá y mamá me ayudaron siempre en todo, pero eran tan buenos en lo que hacían, tan irremediablemente talentosos que mi mente infantil sufría al ser consciente de que jamás los podría alcanzar.

«¿No hay algo que no se os dé bien?» le pregunté a mi madre. «La música. Mira que lo intento, pero no hay manera». «¿Y a ti, papá? ¿Se te da bien la música?». «Por exigencias de guion aprendí a

76

tocar el piano, el tambor y la armónica, pero cantar se me da muy mal y detesto los instrumentos de cuerda».

Al día siguiente, supliqué que me compraran una guitarra. Una guitarra eléctrica, para ser más precisos. El instrumento era casi más grande que yo y pesaba tanto que me costaba horrores ponérmelo encima. Pero era mía, y que fuese algo tan alejado del alcance de mis padres, tan exclusivo, me daba la paz y la libertad con la que siempre había soñado. Empecé a practicar como una posesa y a componer canciones y a sentirme una auténtica estrella del rock.

Dan estatuillas a la mejor banda sonora, ¿no? Quizás, cuando tuviera veinte años, llegaría mi momento y mi premio ocuparía un lugar en la balda del salón de casa.

Resulta ridículo que creyera que me podría desvincular de mis padres simplemente por un instrumento musical. Incluso ingrato y excesivamente privilegiado.

Mis padres tienen talento y, ante todo, son buenas personas; y yo soy buena y tengo talento también. Eso no es hereditario y no todos mis logros vienen de ellos, pero me siento agradecida porque sin su apoyo nunca habría tenido una guitarra eléctrica ni tiempo para practicar sin cesar.

Sin Laura Lago e Ichiro Yagami no estaría aquí hoy. Así que mamá, papá: gracias.

Celia Anís es escritora, pero se hizo famosa por compartir en redes sus monólogos sobre cómo fue ser adoptada y criarse con un padre y una madre que nunca fueron más que amigos. Así que a mí me ha tocado escribir un monólogo de su estilo. Por supuesto, he tenido que mentir. Si fuese realmente honesta, mis propios padres me sacarían del concurso.

—Es muy bonito, Yagami —me ha dicho Juanan, uno de los profesores de interpretación—. Certero, sentido y emocionante. Si en algún momento del discurso derramas una lagrimita, ¡mejor que mejor!

—¿Cuál es el mayor trauma que has vivido con tus padres? ¿Quizás algún altercado con los paparazzi? —me ha preguntado Noel, la pareja de Juanan y el segundo profesor de interpretación.

Me han hecho reír. Parece que los dos se esfuerzan por hacer llorar a sus alumnas, pero no les falta razón al asumir que lo que más vende es el morbo.

Ahora es el turno de Celia, que está interpretando mi canción *Escape,* con la guitarra eléctrica sonando de fondo a través del reproductor de música. Me parece tan frío que no haya música en directo que se me ocurre algo:

—Igual podría tocar yo en la gala... —sugiero.

—¡Una idea buenísima! —exclama Juanan.

Celia no lo hace mal. La chica es más lista que el hambre y ha captado enseguida qué se le da bien y qué no. Gracias a la ayuda de nuestros profesores, conoce las limitaciones de su propia voz y se adapta a ellas, esquivando cada obstáculo. Si no puede llegar a una nota, no intenta hacerlo, y supongo que esa es la clave de todo.

Cuando interpretamos otra vez *Escape,* que es una de mis canciones favoritas, ponerle música es casi tan natural como respirar.

Juanan y Noel se marchan poco después, pero nos dejan el estudio a nosotras, así que ensayamos la canción unas cuantas veces más. Incluso yo interpreto mi monólogo de nuevo.

—Eres buena —me dice Celia—. La historia es tierna. No expones demasiado como para parecer exagerada, pero sí lo suficiente para que el público te sienta genuina. ¡Y tienes un control buenísimo de los silencios!

—Gracias, Celia. Tú le haces bastante justicia a la canción...

La chica se queda en silencio, yo espero a que diga algo, sus gafas parecen de repente un poco empañadas y cuando abre la boca, los labios dibujan una media sonrisa traviesa. Para mi sorpresa, Celia acerca la boca a mi oído y susurra:

—Tu relación con Chrissy es falsa, ¿verdad?

El corazón me da un vuelco del susto.

—¡¿Qué?!

—Ven, acompáñame —dice, y yo la sigo hasta el cuarto de baño. Las dos entramos en el mismo cubículo y el olor a moras del ambientador se cuela por mi nariz—. Aquí no hay ni cámaras ni micros.

—¡Pero sí que nos han grabado entrando juntas!

Celia pone los ojos en blanco.

—Pues mejor. Es bueno que hablen de nosotras, ¿no? Venga, ¿vas a responder ya a mi pregunta? Tu relación es falsa, ¿verdad?

—¡Claro que no! ¡Chrissy y yo somos novias y punto!

La chica frunce el ceño y vuelve a colocarse bien las gafas, que se han deslizado por el puente de su nariz.

—Apenas habíais hablado antes de la gala. Imagino que interpretar a Sandy y Danny en *Grease* despierta las emociones de alguna forma retorcida, pero ese beso estaba claramente orquestado. No digo que no os gustéis, pero... —«¡No nos gustamos!», tengo ganas de gritar—. Estoy bastante segura de que la cosa empezó como un acuerdo por interés. Quiero que confirmes mis sospechas. Por supuesto, tu secreto estará a salvo conmigo.

Estoy entre la espada y la pared. Literalmente, empotrada en un cubículo del cuarto de baño y con el aliento de Celia en la cara.

—Ya te he dicho que no es una relación falsa... Nos gustamos y ya está.

Celia pone los ojos en blanco.

—Te pasaste la mitad del descanso de las primeras dos galas en el cuarto de la limpieza. También saliste de ahí con Chrissy justo antes de vuestra actuación.

—¡Estábamos ahí porque nos estábamos enrollando! —exclamo y después me muerdo el labio.

Los ojos marrones de Celia relucen tras las gafas con un destello de inteligencia y se me acelera el pulso a medida que desaparecen mis opciones.

—En serio, Yagami, si me dices la verdad no contaré nada. Pero si no, me tocará seguir investigando...

—¡Hipotéticamente! —levanto los brazos como si suplicara por mi vida—. Si me amenazas con seguir investigando mi comportamiento, ¿por qué iba a fiarme de que no te chivarás de que la relación es falsa? Hipotéticamente, repito.

—Tendrás que fiarte —Celia sonríe—. Venga, cuéntame la verdad y deja que gane esta partida.

Joder, Chrissy me va a matar.

—¡Me rindo! —exclamo—. Lo reconozco. Nuestra relación es... como dirías tú, orquestada. Digámoslo así. Pensamos que al público le gustaría, que contaríamos una buena historia.

—Y ha funcionado... al menos, por ahora —admite Celia. Después, la chica se separa de mí y se acerca a la puerta con intención de marcharse.

—¿Qué haces? —la agarro del brazo.

—Pues salir del baño, que me está entrando claustrofobia. Ya sé lo que necesitaba saber.

—¡Pero no puedes contar nada de esto! —repito, constriñendo su brazo un poco más.

Celia ni siquiera se inmuta.

—Ya te he dicho que no voy a hacerlo. ¡Solo quería que lo admitieras!

—Eh... de acuerdo... —digo, y la suelto.

Esta chica es rara de cojones. Y yo soy tonta perdida.

VIERNES

18:30

No estoy familiarizada con los remordimientos, así que al sentir estos retortijones en el estómago, al principio pienso que son gases. Por regla general, yo soy la que culpa a otras personas. Sin embargo, anteayer falté a la primera regla de mi acuerdo con Chrissy al contarle a Celia que lo nuestro era una relación falsa. Técnicamente... técnicamente no se lo conté, fui vilmente extorsionada (sí, si me preguntan, pienso decir que fue una extorsión) en un cuarto de baño. Pero aun así, tendría que habérselo dicho a Chrissy y no lo he hecho.

¿A qué estoy esperando?

La verdad, me da un poco de miedo que se enfade conmigo. Siendo justas, apenas he visto a Chrissy esta semana, así que podría echarle en cara que ella también está incumpliendo una de nuestras normas. La carne es débil, y quizás me haya acostumbrado a sus besos en la frente y a sus palmaditas en el trasero.

Pero también es razonable. Esta semana nos hemos visto sumergidas en una vorágine de tareas, clases y ensayos. Yo he repasado sin parar mi monólogo y he estrechado lazos con Celia (ahora que conoce mi secreto, creo que lo mejor será que nos llevemos bien). Chrissy ha intercambiado talento con Bea Pecas, así que le toca hacer un *sketch* cómico en el que se desplaza por el espacio enseñando productos que le entregarán por sorpresa durante la gala, y también relatar su vida y su rutina diaria mirando a un falso teléfono móvil.

No sé cómo la imbécil de Bea Pecas está de acuerdo con esto, porque de veras se están riendo de ella y de todas las personas que comparten su oficio. Ella, por otro lado, tendrá que bailar, así que entiendo que necesiten tantísimos ensayos...

Es precisamente a Chrissy a quien salgo a buscar ahora, con intención de meterla en el cuarto de baño para comerle la boca y explicarle mi metedura de pata. No le comeré la boca de verdad, claro, pero con esa excusa en mente las cámaras no tendrán problema en dejarnos intimidad.

Imagino que estará en alguna de las aulas al final del pasillo ensayando con Bea. Siempre que atravieso esta parte de la academia para cambiar de clase me quedo sorprendida. Todo está decorado con fotografías de Olimpia en diferentes momentos de su vida: ganando Miss Universo, en el paritorio con su bebé en brazos, con uniforme militar... ¡Y yo que pensaba que mis padres eran los seres más egocéntricos de la tierra!

Las oigo a mitad de pasillo, creo que sus voces salen de una de las salas de ensayo, creo que es esa en la que me quedé mirando a Chrissy mientras bailaba. ¡Aún me cabrea que lo emitieran en la gala! El caso es que las reconozco porque están riéndose. La risa de Chrissy es suave y melodiosa y la de Bea Pecas parece más propia de un cerdo.

No sé de qué se ríen.

No pueden estar riéndose de mí, ¿no?

Llego al estudio, pero tengo que ponerme un poco de puntillas y acercarme a la ventana para verlas. Bea Pecas se mueve por el escenario dando saltos y Chrissy encadena una carcajada tras otra. Al principio pienso en entrar e interrumpir, pero me quedo mirándolas. Chrissy se pone de pie y se acerca a Bea, colocándole una mano en la cintura para indicarle cómo tiene que moverse. Bea se apoya en el hombro de Chrissy para no perder el equilibrio.

Yo frunzo el ceño y siento una astilla del tamaño de una raspa de sardina atravesando mi esternón. Con la mano aún en la cintura de Bea, Chrissy la ayuda a moverse por el espacio.

—Mucho mejor —dice, aunque yo creo que Bea sigue haciéndolo igual de mal. Siguen cogidas de la mano mientras Bea baila, hasta que, al final, se deja caer rendida al suelo—. De verdad, lo estás haciendo genial. Enamorarás al público, prometido.

—Bueno, si me libro de la nominación, que sepas que será gracias a ti. Ya te lo he dicho mil veces y te lo repetiré hasta que me creas: eres la persona más talentosa de toda la academia.

Ahí está otra vez: la astilla clavándose hasta el fondo y dejándome sin respiración. Me quedo tan bloqueada que pierdo el equilibrio y me apoyo en el marco de una fotografía, con tal mala suerte que se cae y estalla contra el suelo.

Chrissy y Bea Pecas se giran de golpe y buscan la causa del estruendo, por suerte, yo me he arrodillado y no creo que me vean a través del cristal.

Mierda, mierda, mierda.

Gala 4

Chrissy

Hasta la academia, nunca había pasado tanto tiempo separada de mi familia. Quiero decir, he ido de viaje con amigos, participé en un voluntariado en el extranjero y alguna cosa más, pero el conservatorio de danza está cerca de casa, así que nunca he tenido que mudarme.

Papá, mamá y mi hermana Ángela han sido siempre una constante en mi vida, tan inamovibles como el sol o las estrellas. Les habría encantado hablar conmigo. Papá y mamá habrían querido arreglarse para salir bien guapos en la tele, pero seguro que Ángela les habría insistido en vestirse con el uniforme de la zapatería para hacer publicidad.

A lo largo de esta semana lo he echado de menos todo: nuestros desayunos juntos, los viajes en coche con mi padre, los días de cine con mi madre e incluso cada una de las veces que he discutido con mi hermana, que suele desordenar tanto su habitación que sus cosas terminan invadiendo la mía.

Los tres me apoyaron en cada fase de mi transición, cosa que no fue fácil, me apoyaron en mi ambición de ser bailarina, cosa que tampoco fue fácil, me apoyaron también cuando dejé el ballet y vine aquí. Y ahora yo me he quedado sin la oportunidad de verlos y darles las gracias.

Ahora, sentada en el escenario al lado de Olimpia y de Bea, lo único en lo que pienso es en que estarán viéndome y en que no quiero decepcionarlos.

Esta vez, Bea y yo somos las segundas en actuar; aunque salgamos por separado, nos toca a una detrás de la otra. Antes han ido Alicia y Valentina, que han dejado el listón bastante alto.

Precisamente el primer vídeo sobre nuestra semana que nos ponen en las pantallas es de esas videollamadas que tuvieron mis compañeras con su familia.

—Lamentablemente, por haber roto una regla, Chrissy y Arizona se quedaron sin ver a sus familiares —dice Olimpia, y yo me tenso en mi asiento—. Y debo decir que nunca habíamos visto a Chrissy tan enfadada. Fue una sorpresa.

Carraspeo antes de hablar.

—Bueno... Es verdad que mi actitud fue pésima, ¡lo siento mucho! Más que con la organización, estaba enfadada conmigo misma. Arizona y yo incumplimos una norma y merecíamos ese castigo. —Dejo de mirar a Olimpia y clavo la vista en el público—. Papá, mamá, Ángela, supongo que estaréis frente al televisor sin perder detalle de la gala. Nada, quería pediros perdón y mandaros un beso.

Los ojos se me empañan un poco mientras hablo, aún más cuando el público se pone de pie y empieza a aplaudir.

—Estoy segura de que tu familia está muy orgullosa de ti —dice Olimpia cuando los aplausos cesan—. Bea, tú sí que pudiste hablar con tu familia. ¿Cómo fue la experiencia?

—La verdad es que me encantó poder hablar con mi abuela y saber que estaba bien —responde jugando con un mechón de la melena rubia—. Eso sí, ¡aún me sorprende que supiera cómo conectarse a una videollamada!

El público ríe y yo también.

—Y algo que nos ha sorprendido mucho también es la buena relación que ha surgido entre vosotras —sigue diciendo Olimpia.

Y yo tengo que asentir, porque es cierto.

La verdad, no esperaba que Bea fuese tan... real.

Antes del concurso la conocía de redes sociales y en la primera semana nos llevamos bastante bien. Pero luego llegó Arizona y me contagió un poco de su enemistad. En realidad, las dos son tan parecidas que es normal que se detesten.

El caso es que me ha encantado hacer la prueba con Bea. Es divertida, es amable, es inteligente y aunque sea *influencer* no se oculta ni aparenta que su vida sea perfecta. Por ejemplo, aunque estemos en un concurso, no tiene problema en decir que lleva años sin hablar con sus padres. Creo que eso es digno de admiración.

—¡Ha sido una maravilla trabajar con Bea! —exclamo—. Aunque yo me dedique a crear contenido en redes, siento que aún sé muy poco del mundo *influencer*, sobre todo cuando estoy a su lado, que tiene media década de experiencia... Pero lo que de verdad me llevo es haber descubierto a una persona con una calidad humana impresionante.

Bea me pasa el brazo por los hombros para estrecharme un poco y su aroma a rosa se me cuela en las fosas nasales.

—Lo mismo digo. Ya tenía de antes muchísimo respeto por las bailarinas, pero ahora les tengo incluso más.

—Debo decir que a los espectadores e incluso a mí nos ha sorprendido vuestra química —dice Olimpia, y acto seguido le guiña un ojo a la cámara.

En la pantalla, empiezan a proyectarse imágenes del resumen de nuestra semana. Bea y yo atendiendo juntas a nuestros profesores de interpretación, ella explicándome cómo es su día a día como *influencer*, las risas al conocer cuántas campañas cuestionables le han ofrecido... Y entonces llega mi mano en su cintura ayudándola con un paso de baile.

Lo que hace que mis pulsaciones se aceleren es la música que escogen para el fondo del montaje y que hace que parezca que entre nosotras existe... otro tipo de química.

Todo parece... suave. Todo parece... romántico.

Me pongo más y más nerviosa cuanto más tiempo pasa, dándole muchísimas vueltas a cada gesto que he hecho y observándome con detenimiento. Porque si algo tienen las cámaras es que pueden captarlo todo, desde cualquier ángulo.

En la última secuencia estamos las dos en el estudio. Acabamos de terminar de repasar todo el baile que va a interpretar Bea y nos hemos quedado sentadas en el suelo, riendo y hablando de temas que no recuerdo. Entonces la cámara la enfoca a ella: a Arizona, que ha estado caminando por el pasillo y se queda parada frente al cristal de la puerta que da al estudio. Se ve claramente cómo nos mira y tropieza, tirando un marco de fotos y provocando un estruendo que empiezo a recordar.

Estoy roja como un tomate y cuando me giro la veo a ella, la Ari de carne y hueso que, antes sentada en el sofá, se acaba de poner de pie como un resorte, con las mejillas encendidas.

—¡Esto está sacado de contexto! —exclama, y el público estalla en carcajadas.

—¿Te refieres a tu ataque de celos o al hecho de que rompieras una foto? —pregunta Olimpia.

—Yo... yo... —dice Arizona—. Lo de que me cayese y rompiese la foto no tiene nada que ver con un ataque de celos. ¡Simplemente soy torpe! ¡Pido perdón!

Bea también se está riendo a mi lado.

—¡No pidas perdón! —exclama Olimpia con una sonrisa en la cara—. Al final, estar en una relación en una academia con cámaras veinticuatro horas es de lo más complicado, es normal que los celos afloren... Cuando estaba saliendo con el monje tibetano Shu-Li, nos fuimos juntos a un retiro espiritual y me sentí muy celosa al ver su proximidad con su compañero mudo, Lu-Shan. Pero ya sabéis lo que dicen, lo que pasa en el retiro espiritual...

Olimpia guiña el ojo.

—De verdad, ¡no estoy celosa! —exclama Arizona.

El público vuelve a reírse.

—Quizás la que tenga motivos para ponerse celosa es Chrissy... —comenta Olimpia, que le guiña el ojo (como lo ha hecho tres veces seguidas, ya parece que a la mujer le ha dado un tic nervioso) a la cámara antes de dar paso a las siguientes imágenes.

En la pantalla, ahora se puede ver a Arizona y a Celia pasando tiempo juntas. Sé que Ari seguirá de pie, roja como un tomate, pero yo me alegro de verdad por ella y me hace feliz que empiece a conectar con otras personas.

La música se pone frenética en el momento en el que se ve a Celia empujando a Arizona en el interior del cubículo de un cuarto de baño.

—¿Algo que decir? —pregunta Olimpia.

—Yo... yo... yo... —Arizona no deja de balbucear y el público estalla en carcajadas.

Celia ni siquiera se pone de pie cuando habla, y su voz es suave y serena.

—Había algo que quería decirle a Arizona, y era... privado. No incumplimos ninguna norma. Si lo consideráis así, en el vídeo queda claro que yo fui la única ejecutora.

Se oyen murmullos en el público que no sé cómo interpretar. Parecen descontentos.

—Oh, no —dice Olimpia—. No hay ninguna norma incumplida, desde luego. Pero admitamos que esta semana nos ha llevado por caminos inesperados.

—Estoy harta de los favoritismos... —oigo decir a Miranda, cuya voz desaparece enseguida.

Arizona sigue de pie, roja como un tomate, y yo no quiero dejar de mirarla, pero en esos momentos, mientras el público sigue con la vista puesta en la pantalla, nos impulsan fuera a Bea y a mí porque ha llegado el momento de nuestra actuación.

Arizona

DOMINGO

21:15

En mi interior bulle algo extraño. Una mezcla de nervios, inquietud, incomodidad y vergüenza. Y no tiene nada que ver con mi actuación, que será después del descanso. Esta vez no. Me he sentido... me he sentido un poco humillada al ver las imágenes hoy en la gala. Bastante humillada, de hecho. *Torpe (rompedora de cuadros en realities shows), celosa y humillada,* título de mi biografía.

Sé que Nil debe de estar riéndose de mí en su casa. Ojalá pudiera hablar con él. ¡Joder! ¿Por qué tuvo Chrissy que obligarme a dejar de hablar con él? Mucho ponerme normas, pero después bien que se arrima a Bea Pecas.

Estoy con el resto de las chicas en la sala de descanso cuando aparecen Bea Pecas y Chrissy. Bea me mira nada más entrar, vestida con un traje de bailarina, tutú incluido, que en ella queda ridículo, y tiene una sonrisa de superioridad que desearía arrancarle de un golpe. En vez de eso, me acerco a Chrissy y le doy la mano, suave contra la mía, para que me acompañe a otra habitación.

—¿Qué pasa? —me pregunta. Tiene el cabello pelirrojo recogido en una coleta alta y lisa y ese maquillaje que hace que todo su rostro brille a costa de apagar un poco sus pecas.

Su actuación de hoy ha sido bastante buena, considerando que tenía que limitarse a enseñar productos y reírse un poco del oficio de *influencer*. De alguna manera, ella siempre consigue salir airosa de cada gala. Quizás es por cómo se comporta: con toda la dulzura, con toda la ilusión.

—¿No tienes nada que decirme? —le espeto. Ella frunce el ceño, moviendo los ojos de un lado a otro, pensativa.

—¿Estás celosa, Ari? Porque entonces yo también podría estarlo. Pero he disfrutado mucho de verte tan agobiada, estás adorable.

No necesito un espejo para imaginarme lo ridícula que estoy. Y ella solo se está riendo de mí.

—No estoy celosa, yo... —Me siento un poco traicionada, un poco excluida, pero eso no puedo decírselo—. ¡Y desde luego no tienes que estar celosa de mi relación con Celia!

—Bueno, te empujó dentro de un baño. Cuando tú haces eso conmigo... —Esboza una sonrisa pícara que me hace sonrojar—. Es broma, evidentemente no estoy celosa. Me alegro de que hayáis conectado.

—En realidad, hay algo que tengo que contarte, pero no nos puede oír nadie, así que mejor esperar a la playa —le susurro directamente al oído—. Y no estoy celosa. Solamente estaba preocupada por la credibilidad de nuestra relación.

Chrissy rompe el espacio, coloca una mano en mi pelo y siento el roce de sus labios contra los míos como una caricia del viento.

Bum bum.

Bum bum.

Se acerca a mi oído:

—Nuestra credibilidad está perfectamente.

Me estremezco.

Bum bum.

Bum bum.

Su mano sigue en mi rostro.

Bum bum.

Bum bum.

Me aparto de golpe. Miro el reloj de la pared. Tengo que prepararme para mi actuación. Chrissy me mira desconcertada ante mi cambio de actitud.

—¿Sabes lo que pasa, Chrissy? —siseo—. Que te esfuerzas tantísimo por quedar bien y ser la más amable con todo el mundo que es normal que piensen que tonteas con todas.

Ella también se aparta de mí, y hay algo raro en su mirada, como oscuro, como apagado. Abre la boca, pero ninguna palabra sale de ella, y entonces es nuestro momento de volver al plató.

21:50

Mi monólogo sobre mis padres ha hecho reír al público, e incluso yo me he emocionado al interpretarlo. Ni siquiera me he sentido inquieta y en ningún momento se me ha pasado por la cabeza qué pensarán ellos. Simplemente me he dejado llevar, y creo que, por primera vez en todas estas semanas, he sido honesta.

Todavía no han juzgado mi actuación, porque, al ir en parejas, primero deben ver la de Celia. Por esa, quizás, sí que estoy un poco más nerviosa. Salgo al escenario con ella, guitarra eléctrica en mano, y me sitúo a su lado. La luz de los focos ciega mis ojos unos instantes, pero después puedo ver a Chrissy al lado del público junto con el resto de nuestras compañeras.

—*No estoy perdida pero necesito un escape* —la voz de Celia es grave pero a la vez delicada—. *No estoy sola pero necesito un rescate*.

¿Por qué no me voy si no hay nada que me ate?

¿Por qué tanto miedo si no hay quien me alcance?

No gano, no gano, no gano.

No gano, no gano, no gano.

Celia se difumina a medida que acaba la canción, pero los ojos de Chrissy siguen brillando.

LAS CHICAS DE OLIMPIA: RESUMEN DE LA GALA 4

¡Récord de audiencias en la gala más divertida hasta ahora! Esta semana, nuestras chicas han tenido que intercambiar talentos. Pudimos ver a Chrissy Dubois paseando por el escenario mostrando productos como buena *influencer*, a Bea Pecas bailando y a la estrella solista Miranda Rus dejándonos pegados a la pantalla con la actuación más sensual de la gala.

«Miranda es una trabajadora nata y me alegro de que en esta gala se haya demostrado. ¡Es una digna sucesora de Olimpia!», ha declarado la madre de Miranda Rus, también modelo.

Gracias al resumen de la semana presenciamos un ataque de celos por parte de Arizona Yagami cuando vio la fuerte química entre Bea Pecas y Chrissy Dubois. Fue la hija de los Yagami-Lago quien aportó el toque de emoción al interpretar un divertido monólogo relatando anécdotas de cómo fue su infancia al haber sido criada por dos grandes artistas.

La tercera expulsada de la gala fue la siempre alegre Helena Invernal, quien interpretó una escena de *Casablanca* y olvidó la mitad del texto. ¿Quién dijo que ser actriz era fácil?

Celia Anís se libró de la expulsión con otra de las actuaciones más memorables de la noche: la interpretación de la canción *Escape,* escrita por Arizona Yagami, quien apareció en la actuación tocando la guitarra eléctrica.

¿QUÉ SUCEDERÁ EN LA PRÓXIMA GALA?

Para conmemorar el ecuador del concurso, las chicas compondrán una canción que narre una experiencia vivida en la academia. ¿Es posible que nos espere la gala más emocional hasta ahora?

LAS NOMINADAS DE ESTA SEMANA:

La exbatería del grupo Tierra, trágame, Alicia Kane y la *influencer* Lola Durán han sido nominadas tras sus actuaciones en el intercambio de talentos. ¡Les deseamos toda la suerte y todos los buenos deseos! A través de la página web *lasdeolimpia.ai/nominaciones* puedes votar a quien creas que merezca ser salvada.

@andreatf04 Esto no lo había visto venir!!!!! #CHRISPECAS IS COMING???? Yo le veo más química con ella que con Yagami.

@brownie Tengo la canción de *Escape* con la voz de Arizona Yagami en bucle desde la actuación, qué preciosidad y qué descubrimiento.

@mario_v_l Una vez más la nepo-baby hablando de sus padres para que no la expulsen. En serio intenta vendernos que tuvo una infancia difícil?????? Sé un poco más agradecida!!!! Todo lo que tienes es gracias a ellos!

@candechrisami Bea Pecas ha visto que Chrisami le cogía terreno y se ha metido por medio, xdddd le ha salido fatal.

@dindongdina El gay panic de Yagami al ver a Bea y Chrissy tonteando!!!! Está pilladísima! Chrissy, ubícate!!!!

@giovanna Bua bua bua bua, estoy flipando con Miranda!!!!!! Menuda reina!!!! Su desfile ha sido espectacular, todos mis votos para ella!!!!! GANADORA.

@monique La canción no estaba mal, pero Celia Anís canta como una almeja. Y la gala que viene más música, qué pereza... ¡Este no es un concurso de canto!

@dakotalajota Chrissy se acerca al sol que más calienta, menuda decepción #CHRISAMI #JusticiaYagami

Semana 5

Arizona

LUNES

No hay peor tortura que empezar el lunes saliendo a correr por la playa.

Como siempre, voy la última, con los pulmones amenazando con salírseme del cuerpo. Chrissy, en cambio, está al lado de Olimpia, encabezando la carrera, con Bea Pecas a un lado y Miranda al otro. Van a tan buen ritmo que pueden incluso charlar con Olimpia. ¡Qué rabia! ¡Ahí es cuando se estrechan las relaciones de verdad!

De hoy no pasa que le cuente a Chrissy lo que pasó con Celia, así que me toca hacer un esfuerzo sobrehumano. Casi me muero en el proceso, pero, por fin, la alcanzo. A las chicas no les da tiempo a sorprenderse por mi repentino cambio de ritmo, porque miro a Chrissy y acto seguido me tiro al suelo fingiendo un tropiezo con el que me hago más daño en el tobillo del que pretendía.

—¡Joder! —grito.

Las chicas detienen la marcha.

—¿Estás bien? —pregunta Olimpia.

—Me he torcido el tobillo...

—Qué torpe estás, ¿no? Primero rompes un marco de fotos, ahora te caes...—dice Bea Pecas y yo pongo los ojos en blanco para después seguir exagerando mi dolor.

—Anda, anda. Chrissy, quédate con ella y la acompañas a la academia —dice Olimpia guiñándome un ojo, la muy bruja.

—De acuerdo —murmura Chrissy.

El pelotón tarda un poco en recuperar la marcha y dejarnos solas sobre la arena de la playa.

—Cómo te gusta llamar la atención —suspira Chrissy, y me ayuda a levantarme colocando mi brazo por encima de su hombro.

Arizona Yagami: lesionada y humillada, buenísimo título para mi biografía.

—¡Tengo que hablar contigo, pero me lo estabas poniendo muy difícil! ¡Me he hecho daño y todo!

La chica muestra una media sonrisa. ¡Por fin!

—¿Qué pasa? —pregunta.

—¡No pasa nada! Solo quería felicitarte por tu actuación en la gala de ayer... y, bueno, explicarte qué me dijo Celia... en el baño. Cuando me empujó dentro y pusieron música romántica, pero no había nada de nada romántico...

—Sé lo que pasó, Ari. Y también te felicito por la actuación, estuviste genial —suspira Chrissy, pero ha dejado de sonreír.

Una vez tengo mi brazo encima de su hombro, las dos empezamos a andar por la playa, de vuelta a la academia.

—¿Estás bien? —insisto.

—Sí —responde ella rápidamente, y después carraspea antes de hablar—. Esto... Me molestó lo que me dijiste. Lo de que soy demasiado amable con todo el mundo. Probablemente no fue con mala intención, pero quería que lo supieras para que no lo digas más.

Se me ha debido de caer la mandíbula al suelo de la impresión. No sé qué me destruye más el cerebro, si pensar que le he hecho daño o que ella sea capaz de decírmelo con tanta serenidad. Me freno y la obligo a pararse también para mirarla a los ojos cuando digo:

—Lo siento.

—Esto... —Chrissy baja la mirada—. Sé que soy demasiado amable. Me ha pasado siempre. En el instituto, y hasta después, siempre me llamaban falsa por ser demasiado amable. La verdad... La verdad es que sé que en el mundo hay mucho odio y mucho prejuicio hacia las mujeres como yo. Creo que por eso, quizás incluso sin darme cuenta, desarrollé una actitud específica precisamente para contrarrestar toda esa mala imagen. Bueno, esto es algo que he hablado muchas veces con mi psicóloga: que mi miedo al odio de los demás me obliga a estar alerta, a esforzarme más de la cuenta, a ser correcta y amable y siempre lo más perfecta posible... Para que sepan que no hay nada que temer, que soy una buena persona, que todos los prejuicios son injustificados. Hasta cuando no conocen mi pasado. Para contrarrestar todos los temores y todos los prejuicios que puedan tener.

—¡Lo siento muchísimo, Chrissy! —repito con el corazón roto por haberle hecho daño y alucinando por su capacidad de autoanálisis—. No quería hacerte daño.

Me siento tan mal que me apresuro para darle un abrazo estrechando su cuerpo contra el mío. Ella se sorprende, pero no me rechaza.

—Soy una bocazas, eso es lo que he sido yo siempre. Una bocazas —digo—. Gracias por decírmelo. No volveré a hacer un comentario así y de verdad que no hay nada malo en ser buena y amable... Creo que yo me aprovecho un poco de tu bondad natural, porque soy la más imbécil. Y no tienes que ser la chica buena y perfecta siempre. Si quieres ser mala, sé mala. Sé todo lo mala que quieras, Chrissy. Yo te ayudo.

Permanezco unos instantes abrazándola y repitiendo mi discurso sin sentido hasta que, poco a poco, nuestros cuerpos se separan.

Bum bum.

Bum bum.

Bum bum bum.

—Perdonada —dice Chrissy sonriendo, y vuelve a colocar mi brazo por encima de su hombro mientras reemprendemos el camino.

—¿Qué te dijo Celia? —pregunta al cabo de un rato.

—Mierda... Pues que sabe que nuestra relación es falsa —explico y rehúyo su mirada para escapar de su reacción y de la culpabilidad que se instala en mi cuerpo.

—¡¿Qué?! —exclama sorprendida—. ¿Cómo lo sabe?

—Ella lo sospechaba. Me metió en el baño, sin cámaras, precisamente para preguntarlo sin que nadie se enterara.

—¿Y tú se lo confirmaste?

—¡Intenté resistirme! Resulta que mis excursiones al cuarto de limpieza no fueron tan disimuladas como pensaba...

—¡Tú eres tonta!

—Oye, tampoco te pases...

—¡¿Te haces una idea de lo mal que quedaríamos si el público se enterara de esto?! —Chrissy tiene el rostro encendido hasta las orejas y los orificios nasales muy abiertos—. ¡No puede pasar! ¡No antes de la final!

Durante unos instantes pienso que Chrissy va a darme una paliza, pero al final suspira, me suelta del hombro, se quita las zapatillas y los calcetines y sumerge los pies con las uñas con esmalte azul dentro del agua.

—¿Qué haces?

—Pensar. Pensar en tu cagada —dice de espaldas a mí, con el cabello pelirrojo recogido en una coleta que ondea mecida por el viento y el aroma de las olas.

—¡No podía hacer nada! Ella ya lo sabía, habría sido absurdo ocultárselo. Y estoy convencida de que se callará, es una tía rarísima...

Chrissy tarda un poco en girarse y mirarme de nuevo, pero cuando lo hace parece mucho más tranquila.

—No te preocupes. Tienes razón. No podías hacer nada. Simplemente... joder, como diga algo nos podemos despedir del concurso —dice.

—No lo hará. Estoy segura.

—Bien.

No se ha secado los pies, pero aun así se pone los calcetines y las zapatillas de nuevo. Ella también es una tía rara.

—¿Te duele el tobillo de verdad? —pregunta.

—Sí —digo, así que ella vuelve a colocar mi brazo en su hombro.

—Cómo te gusta ponerte la zancadilla a ti misma, Arizona Yagami... con lo bien que lo estabas haciendo todo últimamente. —Se ríe Chrissy y a mí se me hincha el corazón—. Va en serio. Estás mostrándote vulnerable, y en la gala de anoche estuviste genial. Ah, y la canción me encantó. Aunque me habría gustado más con tu voz. Quizás, algún día, podrías cantármela...

Bum bum.

Bum bum.

Me pone nerviosa que haga tantos planes de futuro: me cantarás tu canción, al salir de la academia me presentarás a Nil, iremos con Ángela al cine... ¿Se hacen tantos planes para una relación falsa con fecha de caducidad? Quizás es posible que podamos seguir siendo amigas... Aunque sea yo la que gane en el concurso. Al final, ella ya dijo una vez que sería mucho mejor perdedora que yo.

—Claro —digo rápidamente.

En realidad, no me ayuda mucho que me esté sujetando para caminar, pero me gusta tenerla cerca, así que no pienso decir nada. Llegamos otra vez a la puerta de la academia y, antes de entrar, aún sin cámaras, Chrissy me mira a los ojos y dice:

—No quiero volver a sacar el tema, pero me parece curioso que creas que estoy tonteando con Bea por ser amable con ella cuando soy muy amable contigo y nunca has pensado que estuviésemos tonteando.

Chrissy se separa de mí y me roza la mejilla cuando lo hace.

Bum bum.

Bum bum.

Bum bum.

Bum bum.

Esta chica me va a volver loca.

13:00

—Es imposible que me salve esta semana, canto fatal... —solloza Lola.

—No pienso echarme a llorar, pero es verdad que es un poco injusto. Yagami vuelve a jugar con ventaja... —se queja Bea Pecas. ¿Puede no incluirme en todos sus comentarios?

—No es mi culpa tener talento para cantar, además, no lo he hecho nunca en el concurso —digo.

¿Para qué engañarnos? ¡Estoy entusiasmada con esta prueba! Pero sería absurdo no reconocer que tengo ventaja. Sobre todo, cuando otras compañeras, como Celia, ya tuvieron que cantar en la gala pasada.

—Si no sabéis sacar lo mejor de cada oportunidad, creo que os habéis equivocado de concurso —dice Olimpia—. Yo no soy cantante, pero os aseguro que mis conciertos están infinitamente por encima de los de los mejores músicos... —Nos guiña el ojo—. ¡Ser artista es que te den un pepino y seas capaz de hacer un arroz con pollo!

Creo que la expresión no es así, pero el mensaje debe de haber calado, porque los murmullos cesan y la resignación se palpa en el ambiente.

—Tenéis a los mejores profesores de canto y de composición del país a vuestra entera disposición. Para aprovecharlos debidamente, tendréis clases individuales con ellos durante los próximos días. También os beneficiaréis de clases individuales con Lidia. —¿De qué nos va a servir la profesora de estética y modelaje para cantar?—. No habrá actuación grupal. No deseo meteros presión, pero os lo jugáis todo con estas actuaciones.

Justo cuando dice esa frase, Lola rompe a llorar otra vez y Alicia, con cara de circunstancias, le pasa el brazo por los hombros e intenta consolarla.

Va a ser una semana larga.

JUEVES

12:40

La sala de música es un espacio pequeño, con cojines en el suelo, un par de ordenadores y una mesa de mezclas, flores por todas partes y un montón de instrumentos. Sin embargo, hoy está tan vacía que parece enorme. Tenía intención de hablar con mi profesora de canto y darle el último repaso a mi canción, pero la mujer no ha aparecido.

—Mierda —mascullo.

Empiezo a dar vueltas en círculos, cuaderno de composición en mano, y canto lo que he escrito hasta ahora, el estribillo de la canción:

Cuando hablo contigo solo pienso en qué quiero hacer después.
Cuando hablo contigo mi mente siempre regresa al ayer.
No hay presente en tus ojos. No hay presente en tu sonrisa.
No hay presente en mí.
No hay presente en estas tortitas.
No hay presente porque espero que en el futuro las recuerdes.
El sirope, la mantequilla fundida, las tortitas en forma de corazón.

—Bonita canción. —Una voz me sobresalta y me pega tal susto que el cuaderno se me cae y rebota contra el suelo—. Vigila, Yagami, no vayas a romper otro marco de fotos.

—¡¿Qué quieres, Bea Pecas?! —Me vuelvo hacia ella.

La chica está a un palmo de distancia. Lleva un vestido plisado de color verde largo hasta las rodillas y las medias de lunares con los pies descalzos. Se balancea ante mí, con la melena rubia danzando a su alrededor, y me parece que es más alta que yo.

—No quiero nada, tranquila... —dice—. Yo tenía canto justo después de ti, pero me han dicho que la profe se ha puesto mala y que no va a venir a la academia.

—Pues menuda mierda.

—Si quieres podemos ensayar juntas.

—Ni de coña —replico, aunque la verdad es que me gustaría mucho saber sobre qué va a cantar ella. Enseguida la tengo delante y me coge el cuaderno de un golpe.

—¡¿Qué haces?! —intento quitárselo.

—¡Déjame, quiero saber cómo sigue la canción de las tortitas!

—No es una canción sobre tortitas...

—¿Cómo que no? *El sirope, la mantequilla fundida, las tortitas con forma de corazón* —canturrea—. ¿Se las vas a preparar a Chrissy mañana por San Valentín? Es un poco cutre, pero entiendo que no puedes salir a la calle a comprar nada mejor...

Me he cansado de forcejear, así que acepto que la chica tenga el cuaderno e incluso dejo que lea todo lo que llevo de canción.

—No voy a prepararle tortitas a Chrissy... —mascullo.

—Venga, no me mientas, que te he oído hablarlo antes con Enara.

—No dejas de pensar en mí, ¿eh?

—Lo reconozco, la semana en la que tuvimos que hacer la prueba juntas fue la más divertida de todas.

—Serás tonta... —Me dejo caer en uno de los cojines y Bea se sienta a mi lado, devolviéndome la libreta.

—¿Entonces te gusta la canción? —pregunto, porque empiezo a estar convencida de que es lo peor que he escrito nunca.

—Es muy simple y tonta... pero está chula. De verdad. Y me hace gracia que utilices la bollería como metáfora para tu relación sáfica. —Se ríe.

Muevo la cabeza, aún sorprendida por su estupidez.

—¿Me enseñas la tuya? —pregunto.

—Antes me muero.

—Dime por lo menos de qué va...

Bea baja la mirada y los mechones de su cabello rubio dibujan sombras que le moldean la nariz y los ojos y le cubren las pecas.

—Pues de esa primera semana —responde sin alzar la vista—. La divertida. Sobre escoger mal a tu compañera de actuación, sobre cómo las personas a las que eliges lo condicionan todo.

—¿Te arrepientes de haberme elegido como compañera la primera semana? —inquiero.

—Sí y no. —Se muerde el labio inferior y me mira antes de seguir hablando—. Fue divertido, pero es como cuando eliges con quién te sientas en el primer día del cole... Luego conoces más a otras personas y dices, mierda, he hecho mal. No sé si me explico...

—No, no te estás explicando una mierda —digo.

Estar hablando con ella con normalidad me resulta tan extraño que quizás por eso me cuesta tanto entenderla. Bea Pecas suspira y me enseña un bloc de notas lleno de tachones y con frases escritas en inglés.

I spy on her followers, and I choose to smile at her
How do I introduce myself if I don't know which face to show?
I spy on her followers, and I choose to smile at her
But she is not the one I should smile at
I arrive here with a suitcase
The suitcase scratches the floor. I would not have brought that suitcase if I had known. I cannot forgive myself
I wish I had met you before I met you
I wish I had understood you before I had a chance to understand you
I spy on her followers and that's why I choose to smile at her
But she is not the one I should have smiled at[3]

—La letra es muy bonita, pero no sé si llego a entenderte del todo —reconozco, mordiéndome el labio también.

---

[3] *Espío a sus seguidores y decido sonreírle a ella*
¿Cómo me presento si no sé qué rostro mostrar?
Espío a sus seguidores y decido sonreírle a ella
Pero no es a ella a quien debería haber sonreído
Llego aquí con una maleta
La maleta raya el suelo. No habría traído esta maleta si hubiera sabido que iba a rayar el suelo. No puedo perdonármelo.
Ojalá te hubiera conocido antes de conocerte.
Ojalá te hubiera entendido antes de tener la oportunidad entenderte.
Espío a sus seguidores y decido sonreírle a ella.
Pero no es a ella a quien debería haber sonreído.

—¿Por qué empezaste a salir con Chrissy? —pregunta ella exasperada.

Frunzo el ceño. ¿Cómo respondo a esto sin hablar de nuestra relación falsa? Aunque, en realidad, puedo responder igualmente, ¿no?

—Porque la elegí a ella. Para salir con ella. Y por lo que sea, ella me eligió a mí.

Bea Pecas suspira, aprieta su bloc sobre el pecho y se pone de pie.

—Pues eso. Eso quiero decir en la canción.

Chrissy

rizona está rarísima. Quiero decir, ella es rara de normal, pero hoy está especialmente rara. El viernes ha empezado como otro cualquiera, a excepción de que, cuando nos preparábamos para salir a correr, Arizona ha dicho que le dolía el tobillo después de su falsa caída del lunes y Enara ha añadido enseguida que ella se encontraba un poco mal del estómago y se ha escaqueado también.

Olimpia ha suspirado y les ha dado permiso para quedarse, pero yo he pasado toda la carrera un poco nerviosa. La verdad, Ari y yo no hemos podido vernos mucho esta semana. He estado concentradísima en acabar a tiempo mi canción y en trabajar muy duro con un entrenador de voz que el programa ha traído para que me ayude con esta gala. El caso es que no tengo ni idea de cuál es la neura en la que está metido su cerebro ahora mismo y ella es muy impredecible, las cosas como son...

Cuando regresamos a la academia y empezamos a hacer turnos para las duchas, oigo voces en la cocina y me extraño todavía más.

Tras ducharme, me encuentro con Valentina y Lola cruzando el comedor.

Entonces Valentina da un salto y grita:

—¡Cristian, amor! ¡Sé que estarás pegado a la pantalla ahora mismo, así que te deseo un feliz San Valentín!

¡Hoy es San Valentín!

Habría sido incapaz de adivinarlo. Suponía que tenía que ser por estas fechas, pero en la academia siento que vivo en un plano alternativo en el que todos los días están borrosos y amontonados los unos sobre los otros.

El olor a masa recién hecha y a sirope se me cuela por las fosas nasales en el momento en el que me acerco a la barra a prepararme el desayuno. Arizona está al otro lado y me pide que me siente con la mirada.

Encima de la mesa encuentro cinco tortitas en forma de corazón. *Bum. Bum bum.*

Bum bum.

—Feliz San Valentín, Chrissy Dubois —dice Arizona.

—¡Ohhhhh! —exclama Valentina.

—¡Qué bonito, yo también quiero!

Celia aparece también, con la ropa de chándal y una taza de café en la mano. Observa las tortitas y después me observa a mí y se coloca bien las gafas, que se le han resbalado por el puente de la nariz. Seguro que me está juzgando.

Mi compañera sabe la verdad y me sirve de recordatorio de que esas tortitas no son un regalo para mí sino para las cámaras, y no hay nada honesto en ellas. ¿Para qué mentir? Me acaba de cortar el rollo...

—Estoy flipando... —reconozco—. ¿Son todas para mí o tenemos que compartirlas?

—Pues me gustaría probarlas también, que me ha costado mucho prepararlas.

—Venga, vamos a prepararnos el desayuno y les dejamos intimidad... —dice Enara y después me guiña un ojo antes de añadir—: Disfruta de tu cita, guapa.

—Gracias —vocalizo, sin decir palabra. ¡Qué ilusión!

En cuanto Enara y la mayoría de las chicas (porque otras han hecho caso omiso) se marchan, me acerco a Arizona y le doy un beso corto en los labios, porque creo que esta ocasión lo merece. Después, Ari me acerca la boca al oído y me dice:

—Cuando escuches la canción que he compuesto, vas a querer ser mi novia de verdad. —Mi cuerpo se estremece por completo.

Me acerco a ella un poco más y digo:

—Algo me dice que te sale mejor ser romántica cuando hay cámaras delante.

Me separo de ella y le doy un mordisco a la tortita que está sorprendentemente suave y esponjosa. Yo no tenía muchas esperanzas de que estuviera buena, la verdad, pero se nota el esfuerzo.

—Yo también tengo un regalo para ti, cuando puedas, te lo doy —digo, y a Arizona se le ilumina la cara.

Bum bum. Bum bum.

¿La verdad? No tengo regalo, pero por ver su cara merecerá la pena inventar cualquier cosa.

* * *

—Estás lista, Chrissy —afirma la profesora de canto, y el entrenador de voz, a su lado, asiente también.

Siento un subidón de adrenalina que ni siquiera sé cómo contener. Literalmente corro al estudio para hacer una pequeña rutina de baile a modo de celebración y termino empapada en sudor. Una tiene que liberar las endorfinas como buenamente pueda, ¿no?

Ya son las ocho de la tarde y debería prepararme para la cena, pero apesto aunque las cámaras no capten el olor, seguro que mis compañeras agradecen la higiene.

Lo hago. Me ducho y el agua se lleva toda la emoción consigo, toda la adrenalina y toda la frustración que he ido acumulando estos días en los que ni siquiera estaba segura de si podría conseguir esto. ¡Pero lo he conseguido! ¡La canción está acabada!

Al salir de la ducha, con la toalla envolviendo mi cuerpo, me encuentro justo a la persona que buscaba, esa con la que deseaba celebrar mi victoria.

—¡Arizona! —exclamo—. ¡Estoy emocionadísima! ¡Ya he terminado mi canción!

—¿Quieres enseñármela? —La chica ya se ha puesto unas mallas negras y una camiseta ancha gris a modo de pijama y sonríe con toda la cara cuando habla conmigo.

—Ni hablar, es muy personal...

—¿No confías en mí? —Creo que intenta arquear una ceja, pero el rostro se le tuerce en una mueca rarísima.

—¿Tu regalo de San Valentín son tortitas aderezadas con un poco de chantaje emocional? —pregunto, y Arizona se ríe—. Esto... tengo tu regalo, por cierto —añado después, cogiéndola de la mano.

Arizona enrojece hasta las cejas y a mí me hace reír. Menos mal que se me ha ocurrido algo...

—Ven, vamos a mi habitación, que no hay nadie —digo.

—¿Y es necesario que no haya nadie? —pregunta.

—No sé, preferiría tener más intimidad —explico. La conduzco hacia la habitación y cierro la puerta.

—¿Quieres cerrar la puerta y todo?

—Mejor que no haya cámaras, ¿no? Así estamos más tranquilas.

Me acerco a la mesilla que está junto a mi cama y saco lo que estoy buscando.

—Esto... pero hay sensores de movimiento y seremos portada en todas partes. No sé... no sé si esto es lo mejor... como regalo...

Esta chica es capaz de volverme loca. ¡Menuda neurótica! ¡Se me hace imposible seguir su ritmo de pensamiento!

Le cojo la mano derecha y coloco mi regalo en ella, y me doy cuenta de que tiene la palma empapada de sudor.

—¡¿Qué?! ¿Es una concha? —pregunta ella.

Entiendo que no le encante mi regalo, pero no sé, no es tan cutre... Estamos en una academia en mitad de la playa, no hay precisamente ningún centro comercial cerca en el que poder conseguir algo mejor.

—¿Qué querías que fuera? ¿Qué demonios te pasa?

—¡¿Qué te pasa a ti?! —exclama ella—. ¡Apareces desnuda y me metes en tu habitación diciendo que tienes un regalo que darme!

¿Quiere decir lo que creo que quiere decir? No me lo puedo creer.

—¡No estoy desnuda! ¡Llevo una toalla porque acabo de salir de la ducha! —grito.

—¡Bueno, pero podrías habértela quitado!

—¿Qué dices? ¡Ni de coña me quito la toalla, y menos aún por San Valentín!

El cerebro de Arizona debe de ir a mil por hora porque juro que la oigo hasta pensar.

—¡¿Estás escuchando las tonterías que dices?! —exclama.

—Y tú, ¿¡estás escuchando las tonterías que piensas?!

Y después las dos nos quedamos en silencio y me entra miedo de que alguien aparezca, alertado por los gritos. Ahora yo también me siento un poco ridícula por estar desnuda, excepto por una toalla, sentada en la cama hablando con Arizona.

Pasan unos minutos en los que las dos estamos en silencio y Arizona mira su concha y yo recupero el ritmo de mi respiración.

—Es una concha, Ari —explico finalmente—. De la playa. De esa primera noche en la que establecimos el decálogo de normas y no vimos el amanecer. La cogí de recuerdo, y ahora te la doy a ti.

Arizona no dice nada. Parece que ya respira más tranquila y sigue mirando el regalo, con las mejillas aún sonrojadas y esos ojos rasgados suyos.

La chica esboza una sonrisa que le llena el rostro de arrugas de expresión y coloca la mano encima de la mía, aún sujetando la concha.

—Gracias, y perdón por haberme confundido, es la primera vez que celebro San Valentín —dice.

—También es mi primera vez. Igual... bueno... si tenemos en cuenta eso, la cosa no ha ido tan mal, ¿no? —pregunto sonriendo también.

—Sí, no ha ido tan mal.

De nuevo se hace un silencio entre nosotras, uno de esos que son envolventes y pegajosos porque dicen mucho más de lo que callan. Uno de esos silencios en los que, a pesar del clima tropical, no me importaría quedarme a vivir.

—Esto... Te dejo para que te cambies. —Arizona se separa de mí y se pone de pie.

—Bien —digo.

Y me quedo quieta observando cómo se marcha y cierra la puerta tras ella.

Gala 5

Arizona

DOMINGO

20:30

La actuación de Lola es como un accidente de esos de los que, por mucho que lo intentes, no puedes apartar los ojos. El público, el jurado, mis compañeras y yo observamos a nuestra compañera, que luce un precioso vestido rojo y el cabello negro recogido en una coleta, sujetar el micrófono y berrear como si no hubiera un mañana. Esto es peor que un karaoke. Peor que un karaoke a las cuatro de la mañana cuando canta alguien que lleva toda la noche bebiendo y no sabe ni cómo se llama. Es peor que eso y multiplicado por mil, y encima, en televisión.

Cuando acaba la actuación todos aplaudimos, pero la pobre Lola rompe a llorar y abandona el escenario corriendo. Nosotras nos removemos nerviosas en nuestros asientos, preguntándonos si seguirla o no. Pero no podemos seguirla, claro. Tenemos que quedarnos muy quietas y seguir soportando la tortura.

Olimpia sale inmediatamente al escenario

—Quiero decir que Lola ha sido tremendamente valiente por salir al escenario y abrirnos su corazón, así que quiero que le demos de nuevo un fuerte aplauso.

Aplaudimos otra vez.

Por favor. Que esto se acabe pronto.

Tras el desastre de Lola, la gala ha remontando un poco. Me siento muy orgullosa de mi actuación. Mientras cantaba, han puesto unas cuantas imágenes de Chrissy y yo juntas, incluyendo metraje de cuando le di las tortitas. Debo reconocer que entiendo que los espectadores estén enganchados a lo nuestro, como si fuese una película. Si yo fuese una espectadora normal, no de esas muertas por dentro y que no se creen nada de lo que ven en la tele, estaría enganchada también.

Incluso he visto una pancarta en la que se leía: «ARIZONA YAGAMI» y un corazón. No es un mensaje muy elaborado, pero han puesto mi nombre y eso me ha hecho incluso más ilusión que los carteles de #CHRISAMI.

Ahora le toca a ella, a Chrissy. Lleva un vestido verde que hace que su melena pelirroja brille todavía con más fuerza. Está situada en el escenario, al lado de Olimpia.

—Chrissy, sabemos que no eres cantante. ¿Cómo has afrontado la prueba de esta semana? —le pregunta Olimpia.

—Pues con mucho miedo y muchos nervios, la verdad —responde, y se lleva la mano a la boca al reír—. Pero al final he disfrutado bastante; sobre todo, de componer.

—Claro que sí, en todas las disciplinas artísticas una no sabe lo que vale hasta que no se pone a ello. Yo empecé a hacer papiroflexia en un momento de aburrimiento cuando estaba de misionera en la India y resulta que se me da de maravilla —dice Olimpia guiñándole un ojo—. ¿Puedes contarnos algo sobre tu canción?

—Bueno, puedo contar que es muy personal, y hablo un poco de mi experiencia con la ansiedad y de cómo empezó mi relación con mis compañeras al inicio del concurso.

¿Dirá algo de mí? De repente me pongo muy nerviosa. Mis letras van sobre ella y siento una punzada de incertidumbre y de miedo de que para ella no sea lo mismo, de que yo no sea tan importante en su vida.

—Es importantísimo hablar de salud mental. Te deseo mucha suerte, cielo.

Todo se llena de aplausos, las luces se apagan y al cabo de unos minutos, un foco se enciende y Chrissy emerge ante mis ojos.

—*¿Qué hago? ¿Qué digo? ¿Qué pienso? Son tantas las personas que hay por delante que ya no sé qué pienso.*

»*Mamá me dice que no tenga miedo.*

»*Papá me dice que él tiene miedo.*

»*Mi hermana se despide.*

»*Llevo conmigo todas las caras, todas las palabras, todos los sentimientos y lo intento, lo intento, lo intento, pero no sé qué es lo que siento.*

Su voz me sorprende porque tiene sentido, porque es exactamente la voz que había imaginado hasta ahora, aunque no tuviera ningún motivo para hacerlo. Es dulce y es suave, pero al mismo tiempo es fuerte.

—*No quiero llorar, pero ya estoy llorando.*

»*No quiero pensar, pero ya estoy pensando y quiero frenarlo todo, pero no puedo alcanzarme.*

»*Lo intento.*

»*Diez. Los lunares de esa chica en la punta de la nariz.*

»*Nueve. Las personas que tengo delante antes de empezar a cantar.*

»*Ocho. Las chicas que se han acercado para darme dos besos al llegar.*

»*Lo intento. Lo intento. Lo intento.*

» *Siete. Hay tantas cosas. Hay siete puertas con camerinos.*

»*Seis. El número de personas que me han maquillado antes de salir a escena.*

»*Cinco. Las chapas que lleva la chica de la sonrisa en la solapa de su chaqueta.*

¡Soy yo! ¡Soy la chica de las chapas en la chaqueta! ¡Joder, qué ilusión! ¡Que soy yo! Una asume que ha marcado un impacto en la vida de la persona con la que tiene una relación falsa, pero aun así es increíble oírselo decir. Ella contó las pecas de la nariz de Bea en el primer día. Pero yo también estaba ahí. Y ella me vio.

—*Siempre me pierdo.*

»*Diez.*

»*Nueve.*

»*Ocho.*

»*Siete.*

»*Seis.*

»*Cinco.*

»*Cuatro. Las pulseras que me han dado mis amigas a modo de amuleto y que siempre toco antes de salir a actuar.*

»*Tres. El puesto que obtuve en mi primera actuación de baile.*

»*Dos. Dos. Solo somos dos. Puedo respirar. Uno.*

»*Puedo respirar. Puedo respirar. Hay silencio.*

»*Mamá me dice que no tenga miedo. Papá me dice que él tiene miedo. Yo tengo miedo, pero puedo cantar.*

»*Yo tengo miedo, pero voy a cantar.*

Cuando Chrissy acaba y se queda quieta, micrófono en mano, soy la primera en ponerme de pie para aplaudir.

LAS CHICAS DE OLIMPIA: RESUMEN DE LA GALA 5

¡Nuevo récord en una gala en la que más de uno derramó una lágrima de emoción!

A pesar de las reticencias iniciales, nuestras olímpicas han demostrado que no hay nada que se les resista y nos han puesto el corazón en un puño al compartir sus experiencias en las primeras semanas del concurso a través de canciones que ya no queremos dejar de escuchar.

¿CUÁNTAS INICIARÁN CARRERAS MUSICALES DESPUÉS DE ESTO?

«Mi Beatriz es una niña muy especial. Muchas veces ha sido tachada de superficial por dedicarse a las redes, pero todo lo que ha hecho ha sido por mí y por su futuro. Estoy deseando que la conozcáis más», declaró la abuela de Bea Pecas en una entrevista con *Noches de actualidad*.

«¡Tiene más talento del que yo he tenido jamás! Estamos muy felices de que Arizona haya dejado atrás su carácter y esté demostrando todo lo que vale», nos ha dicho Ichiro Yagami, fiel admirador de su hija, a la salida de su casa.

Sin embargo, algunas concursantes han resultado perjudicadas por no tener talento para la canción. De entre ellas, Lola Durán ha sido la cuarta expulsada.

«Respeto a Olimpia y siempre le estaré agradecida por esta oportunidad, pero creo que esta gala no ha sido justa», ha dicho Lola Durán a la salida de una gala que no ha estado exenta de polémicas.

LAS NOMINADAS DE ESTA SEMANA:

La exbatería Alicia Kane se ha salvado de la expulsión tras vencer a la *influencer* Lola Durán en la prueba de canto, pero lamentablemente ha sido nominada de nuevo junto a Valentina Palomares. ¡Les deseamos toda la suerte! A través de la página web *lasdeolimpia.ai/nominaciones* puedes votar a quien creas que merezca ser salvada.

¿QUÉ SUCEDERÁ EN LA PRÓXIMA GALA?

¿Alguien ha dicho *circo?* Nuestras chicas probarán nuevas disciplinas: telas acrobáticas, malabares, *clown,* monociclo y un largo etcétera. Maestros circenses las instruirán a lo largo de la semana para que puedan deleitarnos con una actuación grupal y otra individual.

¡El cielo es el límite!

@monique Yo en la vida soy todas las concursantes muertas de envidia con Yagami preparándole tortitas a Chrissy por San Valentín. Y qué me decís de la canción????? En mi vida me habría imaginado que una canción sobre tortitas sería tan profunda.

@andreatf Si no lo digo reviento... Yagami está mucho más pillada de Chrissy que Chrissy de ella y eso al final les va a estallar en la cara.

@candechrisami Ehhhhh a las que decís que Chrissy no le ha regalado nada a Yagami????? Pero si la ha metido en su habitación en pelotas!!!! Regalo había, pero no lo podemos ver! #chrisami4ever

@la_gata Esta gala ha sido una puta gilipollez.

@luciamg He flipado. Es increíble la de canciones preciosas que han salido de esta gala. Es verdad que ha sido un poco injusto y que no todas tienen el mismo nivel, pero estoy en shock de tanta belleza y talento! También he de decir que esperaba más de Alicia Kane, podría haber hecho un tributo a su grupo, o algo...

@dakotalajota Miranda lo hace todo bien!!!!! Menuda reina!!!!!

@mario_v_l Bea Pecas me ha hecho llorar aunque no sepa inglés.

Semana 6

Arizona

LUNES

10:10

Estoy teniendo la peor resaca posgala de mi vida. Se me cierran los ojos y no hay taza de café lo suficientemente grande para levantarme. Normalmente el agotamiento que siento tras las galas es más emocional que físico, pero en esta ocasión me duele todo el cuerpo como si de veras hubiera corrido una maratón. Y eso que solo me dediqué a cantar...

El ambiente en el desayuno ha estado más raro que nunca. Las chicas echan de menos a Lola, que ha sido la expulsada de la semana, y creo que ninguna de nosotras somos capaces de olvidar su rostro cuando rompió a llorar. Ni siquiera yo, que tengo el corazón de piedra.

También está el hecho de que hemos entrado en la sexta semana de concurso, cada vez somos menos y la competencia empieza a palparse en el ambiente.

Y además hay una tensión añadida... ¿Quién fue la primera en decir la palabra *circo*?

Desde que la oí en la gala pasada empecé a temblar y hoy, al llegar a la academia, tras la carrera por la playa, y ver la terraza interior convertida en un parque temático del terror circense, no me lo puedo creer.

El espacio está lleno de camas elásticas y esterillas. Hay cintas, cuerdas, telas, trapecios que cuelgan del techo, aros, varios monociclos y juegos de malabares de diferentes colores.

Olimpia se ha vestido para la ocasión con un brillante mono rosa fosforito le que cubre el cuerpo entero, y tiene al lado a un hombre y una mujer vestidos iguales, con ese estilo circense.

—Queridas mías, ¡como bien sabéis, esta semana estará dedicada al circo! Yo conocí a estos maravillosos hermanos circenses cuando pasé una semana en su campamento para documentarme para la película *El circense maestro*... lamentablemente al final no salió ese proyecto, pero me llevé unos amigos para toda la vida... —La mujer sonríe y guiña un ojo—. El circo es una disciplina muy complicada y sé que la mayoría de vosotras no tenéis formación al respecto. Esta semana, todas las clases serán paralizadas para centrarnos solo en la gala y tendréis toda la ayuda del mundo para adaptaros.

—¿Vamos a elegir nosotras qué haremos cada una? Porque por ejemplo Chrissy tiene formación en baile, así que va a jugar con ventaja... —comenta Miranda.

—¿Eres capaz de hablar sin meter mi nombre en tu boca? —espeta Chrissy y creo que todas nos sorprendemos de su ramalazo. Celia incluso suelta una carcajada. A mí me entran ganas de aplaudir, pero, al mismo tiempo, me quedo bloqueada, como si me hubiera perdido algo.

Miranda también está tan sorprendida que no dice nada.

—Miranda, *honey,* cada una tenéis talentos y formaciones diferentes, así que eso lo tendremos en cuenta —contesta Olimpia—. Hoy probaréis todas las disciplinas y nosotras elegiremos una de ellas para cada una.

—Yo tengo un poco de vértigo... —murmura Enara, rascándose la nuca, cohibida.

Desearía darle un abrazo, ella ha dicho exactamente lo que yo estaba pensando. ¿Cómo pretenden que me suba a un trapecio o una cuerda?

—No pasa nada, corazón. Estoy segura de que hay algo que se te dará fenomenal y será un placer descubrirlo juntas —comenta la mujer circense con una amplia sonrisa y alzando los brazos para enfatizar su comentario.

—Al fin y al cabo, en el circo hay cabida para todes —dice Olimpia.

Chrissy

Una de mis mejores amigas de ballet practicaba también danza aérea. La acompañé un par de veces a sus clases y descubrí que la disciplina no se me daba demasiado mal. No se me daba mal a mí y tampoco a la mayoría de las bailarinas, que hemos trabajado tanto la fuerza en el tronco superior. El caso es que, cuando me encuentro con las telas, parece cosa del destino.

El lunes, durante la primera prueba de circo, Olimpia y los hermanos circenses estuvieron de acuerdo en que estaba hecha para esta disciplina. Hoy es miércoles por la noche y me siento tan segura de mí misma que podría estallar de la emoción. Con esto no quiero decir que no deba ensayar ni esforzarme, solo que sé que cuento con una ventaja frente a mis compañeras.

Arizona lo tiene bastante más difícil. Me dijo que a payasa no la ganaba nadie y, como buena payasa, decidió mostrármelo de manera literal y se ha propuesto montar en monociclo mientras toca la trompeta. No sé qué tiene de gracioso eso, pero bueno, no seré yo quien le rompa el corazón.

—Voy a tener agujetas hasta en las pestañas —me dice, dejándose caer en el sofá del salón que compartimos todas.

Estamos en la sexta semana de concurso y ya han sido cinco las chicas expulsadas, por lo que sus ausencias se notan. A veces echamos de menos a alguna en particular, por ejemplo, yo sigo echando de menos a Fabiana, mi primera compañera. Pero más que eso es una sensación generalizada de que algo es diferente, de que tenemos menos ruido a nuestro alrededor, no debemos separarnos por grupos a la hora de la comida y de repente todas estamos mucho más cómodas en el sofá del salón.

—Ha pasado la mitad de la semana, y estoy convencida de que debería cambiar de idea para el número, nada me gusta... —se queja Valentina mientras se sienta entre Alicia y yo—. ¡Y para colmo estoy nominada! ¡Otra vez!

—Estamos juntas en esto —dice Alicia alzando su mano para que la compañera se la choque. Ella lo hace, pero un poco a regañadientes.

—Tú ya tienes tu número con Arizona...

—¡La violonchelista y la trompetista que montan en monociclo vestidas de payaso! —exclama Bea, que se sienta en un cojín en el suelo y me mira antes de guiñarle el ojo a Arizona—. Vuestra actuación es lo más.

Bea siempre es la primera en desaparecer después de cenar para ponerse el pijama, y ahora ya está vestida con uno de franela y a cuadros de color rosa palo. Lleva el cabello rubio recogido en dos trenzas que se ha hecho en un tiempo récord.

—Bea, ¿me haces unas trenzas? —le pregunta Miranda. Coloca un cojín y se sienta delante de ella.

—Claro... —masculla Bea, pero a mí me dedica una mirada que dice claramente: «Por favor, rescátame». Sonrío y permanezco en silencio viendo el pelo de Miranda trenzarse.

—¿Jugamos a algo? —pregunta Arizona y yo la miro sorprendida mientras ella me dedica una mirada que quiere decir: «¿Ves? Me estoy integrando». Aprecio el esfuerzo.

—Puedo coger algún juego de mesa del cajón —digo.

—Menudo aburrimiento —murmura Miranda—. Hacemos algo diferente mejor, ¿no?

—¿Un yo nunca? —sugiere Valentina.

—Sin alcohol es un rollo —dice Enara—. Pero molaría hacer algo así, ¿no? Para que nos fuéramos conociendo mejor, que llevamos seis semanas juntas y de algunas sé más bien poco.

—¿Quién os cae peor y quien os cae mejor de la academia? —pregunta Valentina abrazándose a un cojín y frunciendo el ceño.

—Digo que nos conozcamos mejor, pero sin matarnos las unas a las otras... —suspira Enara —. A ver... contadme. ¿Quién de vosotras tiene pareja fuera de la academia?

No me extraña que Enara haga esta pregunta, ella sí que tiene pareja fuera y cada vez que habla de su novio le brillan los ojos de emoción. Es la primera en alzar la mano, y la siguen Miranda y Valentina.

—Pues mandadles un mensaje, ¿no? Que os están viendo —digo sonriendo.

Enara se pone de pie y empieza a hacer gestos con los brazos, que imitan la forma de un corazón. Después, da un salto y pone el culo en pompa. Me entra la risa.

—¿Y cuándo disteis vuestro primer beso? No hace falta que me respondáis, eh, es que me encanta oír estas historias, ¡soy una enamorada del amor! —sigue hablando Enara.

Bea ya ha terminado de hacerle las trenzas a Miranda, que se mira en el espejo más cercano, se queda satisfecha con lo que ve y vuelve a sentarse en el suelo.

—Yo a los dieciocho —dice Bea y sonríe ante la mirada sorprendida de las chicas—. ¿Qué queréis que os diga? Soy una chica muy exigente. Y fue un cuadro, porque besé a mi mejor amiga y ella no sentía lo mismo, así que acabamos fatal...

Miranda, sentada delante de ella, se gira un poco y la mira sorprendida.

—No sabía que tú... —murmura la chica, sin acabar la frase.

Bea se limita a poner los ojos en blanco.

—A los once años vi a mi hermana besando a su novio y me dio tanta envidia que decidí besar al primer chico que viese, que resultó ser mi vecino de enfrente —comenta Sindy.

—Eso suena a inicio de película romántica, qué bonito —digo.

—Ya, pues el tío se enfadó un montón. Descubrí por las malas que está muy feo besar a alguien sin preguntar —dice, y se tumba en el suelo con la cabeza apoyada en un cojín.

—Oye, Alicia, ¿es verdad que estuviste saliendo con Román, el de tu banda? —Celia, que no había dicho nada hasta este momento, aparece entonces con un vaso de leche en la mano y más ilusión en su mirada de la que he visto nunca.

—¡No sabía que fueras fan del grupo! —exclama la aludida, incluso emocionada. ¿La verdad? Yo no sabía que Celia fuera fan de nada en general.

—Tía, a veces se me olvida que fuiste batería de Tierra, trágame —suspira Enara—. Uno de mis compañeros de teatro ponía siempre sus canciones antes de salir a actuar. Molaban demasiado.

—¿Estabais juntos entonces? —insiste Celia, sentándose también en el sofá, al lado de Miranda.

—Eh... Pues no. Esto no sé si puedo decirlo en la tele, pero estuve saliendo con su hermano. De hecho, con él me di mi primer beso...

Celia da tal salto que está a punto de derramar el vaso.

—¡No fastidies!

—Sí, fastidio, pero mejor cambiamos de tema, que aún me caerá una demanda o algo... —vuelve la vista a Enara—. ¿Y tú?

—Mi primer beso fue con mi novio de ahora, a los dieciséis. ¡Y ahora tenemos los dos veintidós! —responde.

—¡¿Cuántos años lleváis juntos entonces?! —exclama Miranda.

—Tía, seis años —dice Bea y yo no puedo evitar que se me escape una risa, aunque después me siento fatal. Arizona también está riendo, pero después abre la boca para hablar:

—Yo también di mi primer beso a los dieciséis. Fue al hijo de la mánager de mi madre. Mi mejor amigo.

—¿Tu beso también acabó mal? —pregunta Bea.

—¿Tú qué crees? —. Me sorprende que le esté sonriendo a su enemiga acérrima.

—Es que es raro que un lío entre amigos acabe bien... —comento.

—¡Sobre todo en mi caso! Creo que todo el mundo supo que era lesbiana antes que yo —dice—. Nil, te mandamos un saludo desde aquí —añade mirando a la cámara.

—¡Nil, cada vez tengo más ganas de conocerte! —exclamo yo.

—¿Y tú? —me pregunta Miranda.

—¿Mi primer beso? A los trece, con un compañero de clase y en la piscina municipal. Todo me supo a cloro. Un asco.

—¿Eso fue cuando eras un chico o...? —pregunta Miranda.

Celia da tal respingo que está a punto de tirar su vaso, esta vez de verdad. El resto de mis compañeras también empiezan a reaccionar.

—¿Qué coño dices? —pregunta Arizona, y se acerca a ella para mirarla bien.

Creo que yo soy la que más ha tardado en procesar lo que ha dicho y aunque el calor asciende por mis mejillas, coloco una mano sobre la pierna de Arizona para tranquilizarla.

—¿Te refieres a si di mi primer beso antes de transicionar? —pregunto con calma.

—Evidentemente. Sé que nunca has sido un chico, joder, no me miréis así, solo me he expresado mal... —dice Miranda, aunque estoy bastante convencida de que solo responde a la indignación de mis compañeras—. ¡Perdón! Joder, Chrissy, ¿te ha molestado lo que te he dicho?

Respiro por la nariz y el calor que me había subido a las mejillas se disipa un poco.

—No, no me ha molestado —respondo.

—¡Pues a mí sí! —dice Arizona, y yo le doy un tirón con la mano porque solo me falta que monte un espectáculo.

—No me ha ofendido, de verdad. Podemos seguir hablando, y si quieres saberlo, Miranda, besé a este chico antes de decirle a todo el mundo que era trans...

Pero nadie se anima a seguir hablando después de esto y, antes de que me dé cuenta, Miranda se ha puesto de pie con lágrimas en los ojos.

—Ya está, si vais a tergiversar todo lo que digo y a hacerme sentir mal, me voy y os dejo tranquilas... —dice haciendo un puchero.

—Venga, chicas, vamos a tranquilizarnos, que estamos todas muy nerviosas —dice Enara.

—No, yo no estoy nerviosa —digo únicamente.

Enara se acerca a mí con los ojos brillantes.

—Ya, ya lo sé, perdona, se me dan fatal estas cosas —añade, y se coloca a mi lado.

Miranda me dedica una última mirada llena de lágrimas antes de abandonar el salón.

Valentina se pone de pie tras ella.

—¿Pero en serio la vas a seguir? —pregunta Bea.

—Yo... solo quiero ver si está bien... —dice Valentina—. Buenas noches, chicas.

—Yo alucino —murmura Enara.

Pasan unos segundos hasta que yo también me pongo de pie.

—¿Te vas? —quiere saber Arizona.

—Sí. Estoy muerta de sueño. Hasta mañana —digo.

Creo que Arizona me sigue, pero a mí no me apetece hablar con nadie, así que entro en el baño y cierro la puerta detrás de mí.

Arizona

JUEVES
18:00

Menuda zorra es Miranda. La tía incluso hizo que su comentario de mierda se volviese a su favor haciéndose la víctima. Esta noche, con lágrimas en los ojos, le ha pedido perdón a Chrissy por si le había hecho daño.

Chrissy no parecía demasiado molesta, aunque no he tenido oportunidad de hablar bien con ella, porque todas hemos pasado el día ensayando sin parar nuestras actuaciones. Por fin le he cogido el truco al monociclo, aunque no dejo de sentirme ridícula.

Hoy me muevo por el pasillo de la academia en busca de Chrissy, como ya va siendo costumbre, porque espero poder pasar un momento a solas, ya que en esta semana no hemos seguido muy a rajatabla la regla número seis.

Ella está en el estudio de siempre y cuando la veo me quedo sin aire.

Era evidente que le iban a dar la disciplina de la tela aérea, porque esta parece una extensión de su propio cuerpo. Al verla, se me olvida lo que quería decir. La tela cuelga del techo y su cuerpo se enrosca a su alrededor. Es como si una y otra fueran lo mismo, como si hubiesen nacido a la vez, de la misma madre, y estuviesen celebrando un reencuentro tras tanta vida separadas.

Son una. Las piernas de Chrissy son largas y firmes y dibujan un triángulo en el cielo. Me ve y me dedica una pequeña sonrisa mientras sigue practicando hasta que finalmente cae rendida en el suelo.

—Ha sido impresionante —le digo, porque es lo único que se me ocurre.

Ella sonríe y cada gota de sudor en su rostro le modela los labios y le acentúa la sonrisa.

—Te estás volviendo adicta a colarte en mis ensayos —replica ella mientras se recoge la melena pelirroja en una coleta.

—Me gusta verte bailar —digo—. Y, eso, que no hemos pasado mucho tiempo juntas esta semana. Esto del circo está siendo una locura.

Ella asiente, coge una botella de agua y empieza a beber.

—Oye... ¿Estás bien? Lo de Miranda fue una movida... —tanteo el terreno. Ella niega con la cabeza.

—Sé equivocó con las palabras... Te aseguro que no es la primera vez que me pasa y mucha gente hace ese tipo de comentarios sin mala intención, solo por desconocimiento o curiosidad.

—No sé si Miranda se merece que seas tan paciente con ella.

—Yo tampoco —suspira, deja la botella en el suelo y no se molesta cuando yo me siento a su lado—. Pero tengo la paciencia entrenada y no me molesta explicar algo muchas veces... De verdad, esos comentarios no son raros... Si tus seres queridos llevan toda la vida conociéndote como cierta persona, les va a costar acostumbrarse a que seas otra. Por eso en los primeros meses muchos cometen errores al decir el nombre o los pronombres, o porque no saben cómo referirse a tu yo del pasado.

—Suena agotador.

—Sí. ¡Y no te libras de estas cosas ni en un concurso de televisión! —ríe—. Esto del circo nos volverá completamente locas a todas.

Le golpeo el hombro con suavidad.

—No te quejes, que te he visto y lo tienes todo controladísimo —digo—. Se nota que eres bailarina y el ballet te ha hecho fuerte como un tronco.

La observo arrugar la nariz; tiene la nariz redonda y chata, con forma de una patata diminuta. Un mechón de pelo rojo se le ha quedado pegado en el labio. Mi mano se mueve antes de que pueda evitarlo para quitarle el mechón de pelo de la cara. La veo enrojecer y me da miedo haber cruzado alguna línea roja. Pero ella menea la cabeza y sonríe antes de decir:

—No soy bailarina de ballet. No lo seré nunca.

—¿A qué te refieres? —pregunto.

—Pues a que ese siempre fue mi sueño, pero al final no pudo ser.

—¿En tu conservatorio no aceptaban a mujeres trans o...?

Chrissy baja la mirada.

—No es que no aceptasen, pero... sí. Te puedes imaginar lo increíblemente complicado que fue todo. —Se muerde el labio y yo temo estar hurgando en una herida sin cerrar—. Pero mi familia y mis amigos siempre me apoyaron y me hicieron confiar en mí misma y en que podría convertirme en primera bailarina de alguna compañía prestigiosa. Además, sencillamente me encantaba el ballet y documentar cada día mi rutina en la escuela. De hecho, en TikTok empecé con ese contenido de diarios de bailarina.

—Lo sé —admito.

—¿Lo sabes?

—Es posible que ya te siguiera antes de entrar en el programa, pero no te vengas muy arriba.

—Fijo que cuando supiste quiénes íbamos a entrar imprimiste fotos con nuestras caras y te las pegaste en la pared para ir apuntando nuestros perfiles.

—Eso es evidente. Pero a ti ya te había fichado antes...

Ella se calla y yo también.

—¿Qué pasó con el ballet? —pregunto, rompiendo el silencio—. Sé que dejaste de subir vídeos al respecto.

—Me cogieron en una compañía buenísima. Muy muy prestigiosa, Ari. Todo bailarín profesional sueña con estar ahí, y me habrían abierto las puertas a un futuro increíble. —Mientras habla, sus ojos se han convertido en dos centellas—. Y de veras se arriesgaron conmigo porque... bueno, soy una bailarina trans y te aseguro que eso puede convertirse en un escándalo. ¡Te juro que yo estaba deseando demostrarles mi valía! Pero... al final renuncié. Tendría que haber entrado hace un año y aquí estoy, en un concurso de televisión y preguntándome a diario si dejé pasar la gran oportunidad de mi vida. Y por eso ya no bailo ballet, ni hablo del ballet... no de verdad.

—¿Puedo saber por qué renunciaste? —pregunto con delicadeza—. ¿Qué pasó?

—Nunca había pasado tanto tiempo fuera de casa —dice, y después niega con la cabeza—. Pero... bueno, echaría de menos a mi familia, pero no fue por eso, en realidad... Yo... No entiendes lo que es dedicarte al ballet. ¡Nadie lo entiende! Cuando te dedicas al ballet... joder, es muy duro. Es muy estricto. Te consume, Ari. Tienes que dejar de ver a tu familia y tus amigos se cansan de ti porque ya no puedes hacer ningún plan con ellos. Ya no puedes estudiar una carrera, ni hacer ganchillo como *hobby*, ni ver una película o engancharte a una serie. ¡No puedes irte una semana de viaje! ¡Ni coger vacaciones! No puedes comerte una hamburguesa ni una *pizza* ni un helado, porque tienes que contar cada caloría que entra en tu cuerpo y ya ni siquiera puedes mirarte en el espejo sin medir cada uno de tus fallos, ni disfrutar del baile, porque siempre hay algo que mejorar.

»Siempre había pensado que merecía la pena, porque te prometo que bailar es lo mejor del mundo y... hay un momento en el que vuelas, Ari. Todo merece la pena por ese segundo de gloria. Pero... si no llegas a eso, el ballet te puede consumir. Y yo nunca he sido lo suficientemente buena. Quizás podría serlo, con los años y con mucho esfuerzo, pero... No tengo ese talento natural que siempre se busca y, además, en fin, ya lo he dicho antes. Por ser trans todo se vuelve más complicado. Si las cosas son complicadas, en general... En el ballet es aún peor. Quizás me asusté. Empecé a decirme a mí misma que el sufrimiento no merecería la pena, porque no tengo ni el cuerpo, ni el talento necesario y no soy lo suficientemente buena como para compensar todo lo demás.

Intento pensar antes de hablar por una vez en mi vida.

—Si te cogieron en la compañía es porque sí que eres tan buena —digo.

Mis palabras no surten el efecto que esperaba.

—Lo sé. Claro que lo sé. Vieron posibilidades en mí y yo sé que soy buena y que puedo llegar a ser mucho mejor, pero... Pero... me dio miedo, Ari. Me dio muchísimo miedo todo el esfuerzo que se venía por delante, todas las horas, todo el sacrificio, todo el dolor, toda la ignorancia y los comentarios hirientes y el odio y toda la renuncia en general. Me rendí. Supongo que porque me daba miedo esforzarme tanto y que no sirviera de nada. —Eso es lo que parece ahora, rendida, y daría lo que fuera por dejar de verla así.

—A veces nos obcecamos con algo que puede que nos guste muchísimo. Peleamos día y noche por conseguirlo, lo transformamos en nuestra identidad y de pronto, cuando lo conseguimos, nos damos cuenta de que no es lo que queríamos. Que quizás lo queríamos antes, pero no es lo que queremos ahora. —La miro a los ojos y espero que me crea cuando le hablo—. Así que, Chrissy Dubois, me pareces muy valiente y creo que cambiar de opinión nunca será lo mismo que rendirse.

La pelirroja se acerca a mí y me da un abrazo.

—¿Qué haces? —pregunto sorprendida contra su oído—. Ah, es verdad, las cámaras.

—No, tonta, te doy un abrazo porque lo que me has dicho es muy bonito y te doy las gracias. —Su voz en mi oído sigue dándome escalofríos, como si tuviese una mariposa aleteando alrededor de mi oreja.

La verdad, podría acostumbrarme a nuestro lenguaje de mariposas.

Lentamente, nuestros brazos se despegan y ella me ayuda a ponerme de pie. Cojo su mano para levantarme.

—Venga, payasita, ahora te toca a ti enseñarme tu número.

Chrissy

La estridente música suena de fondo mientras Alicia y Arizona, subidas en sus monociclos, se mueven por el escenario vestidas de payasas. A ver, la cosa tiene gracia, pero no estoy segura de que sea el tipo de gracia que quieren generar en el público.

Quiero decir, es curioso ver a dos mujeres montadas en un monociclo tocando distintos instrumentos, pero solo porque no tiene ningún sentido. Arizona sigue tocando la trompeta y pasa por delante de Alicia, que la sigue mientras las dos dan vueltas por el espacio. Entonces, algo se tuerce y las cuerdas del violín de Alicia emiten un sonido como de quejido que está a punto de desgarrarme el oído.

La cara de la chica cambia, incapaz de reconducir su actuación después de desafinar tanto. Ostras, pobre Alicia. No hay quien remonte esto, y el público lo sabe: empieza a dar palmadas rítmicas intentando animarla.

La verdad es que, durante lo que queda de actuación, solo deseo que se acabe. Qué agonía. Para cuando la música termina, se aplaude a las concursantes y Olimpia coge el micrófono, incluso ella parece afectada por la debacle.

—Marina, Lucas, Daniella, ¿qué podéis decirnos de la actuación?

—No me cabe ninguna duda de que nuestras chicas se han esforzado mucho —dice Daniella.

—Ya, pero me temo que a veces esforzarse no es suficiente —responde Lucas.

—¡Me gustaría verte a ti montado en monociclo y tocando un instrumento! —replica Daniella.

—De hecho, por favor, podéis poner las imágenes —dice Olimpia.

En la pantalla tras ella aparecemos todas, en los primeros días de la semana, utilizando todos los instrumentos que trajeron los circenses para poder elegir una disciplina. Yo aparezco también montada en monociclo, y con muy poca fortuna, yéndome de un sitio para otro. El público se ríe sin cesar.

—Resulta que Yagami y Alicia Godoy no lo han hecho tan mal, al fin y al cabo.

El público aplaude y veo unas cuantas pancartas levantadas en las que se lee: «#CHRISAMI4EVER», «GRACIAS, CHRISSY» y también una de «ARIZONA YAGAMI». En la pantalla podemos reconocer a Olimpia, vestida con un mono de licra de color rosa fosforito, montando en monociclo sobre un cable a muchísimos metros de altura.

—¡No hay ninguna disciplina que se me escape! —exclama Olimpia—. Debo decir que tenía arneses por todo el cuerpo y que ese cielo abierto que veis está conseguido con una pantalla verde. Lo que quiero dejar claro es que todo lo que han hecho nuestras chicas esta semana tiene muchísimo mérito y que seguro que para los jueces será duro tomar decisiones esta noche.

Una transición hace que la luz se pose de nuevo en los rostros de las siguientes concursantes: Miranda y Bea Pecas. Vistas desde lejos, siendo las dos rubias y llevando trajes parecidos, parecen la misma persona.

—Miranda y Bea, ¿qué podéis contarnos sobre los aprendizajes de esta semana? —pregunta Olimpia.

—Pues... —empieza a hablar Bea.

—Que, desde luego, la palabra clave ha sido «aprendizaje» —la interrumpe Miranda. La otra le dedica una mirada asesina.

—Querida, llevas varias galas dejándonos con la boca abierta. ¿Has sentido presión por estar a la altura? —tantea Olimpia.

—Bueno, un poco sí, porque quiero demostrarle a la gente que me quiere y me apoya que merezco la pena. —Se encoge de hombros, con un gesto dulce e inocente que me pone los pelos de punta. El público aplaude y los carteles de apoyo a Miranda se alzan uno tras otro.

—Me ha gustado mucho eso que has dicho, Miranda, aprendizaje es la palabra clave.

Tengo un mal presentimiento.

«Por favor, que no pongan las imágenes», pienso.

Pero las ponen. Claro que sí. Después de unas secuencias de todas probando disciplinas y de las chicas ensayando su número en trapecio, llegamos al momento del salón, de todas nosotras hablando de primeros besos y ese comentario:

—¿Eso fue cuando eras un chico o...?

Sigue doliendo. No por las palabras en sí, sino porque mi reacción es la misma: contenerme. Porque, como le dije a Arizona, muchas personas hacen este tipo de preguntas sin mala intención, pero Miranda tenía los ojos llenos de malicia. Me da rabia no haberle dicho nada más. Me clavo las uñas en la palma de la mano y respiro hondo mientras la veo a ella hacerse la víctima y romper a llorar y a Valentina correr detrás de ella para consolarla.

Odio a Miranda. La odio. Ojalá en su actuación se caiga y se parta la crisma. Ojalá lo haga tan mal que no les quede más remedio que echarla.

—Está claro que todo esto fue un malentendido. Si ofendí a Chrissy o a alguien, lo siento mucho. —A través de la pantalla gigante puedo ver sus ojos gélidos fijos en los míos mientras habla.

—Eh... ya te dije que no me sentó mal. Entiendo que estos comentarios se hacen desde la ignorancia y si Miranda me hubiese dado la oportunidad, habría estado encantada de explicárselo

—respondo. Noto la mano de Enara sobre la mía y su sonrisa, como infundiéndome ánimos, y no sé por qué quiere darme ánimos cuando he dejado claro que estoy bien y que no me sentó mal nada de lo que dijo. ¿Tan mal se me da fingir estar bien?

De nuevo, Bea va a intervenir y Miranda la interrumpe.

—Es un poco ofensivo que me llames ignorante, ¿no crees? Yo no estoy aquí para que me expliquen nada. De todas formas, quiero dejar claro que siempre he estado a favor del colectivo LGTBQ y que siempre tendrán mi apoyo como aliada —dice Miranda, que se gana de nuevo los aplausos del público.

Puedo ver a Bea poner los ojos en blanco, y eso me hace sonreír un poco. Pero mis pulsaciones continúan disparadas, sigo sintiendo que se me va a salir el corazón por la boca y que desearía llorar y desaparecer y estar en cualquier otro sitio que no sea este.

¿De verdad soy la única que ve la clase de persona que es Miranda?

¿Por qué aplauden?

Bea consigue hablar y comentar algunas imágenes, y después las dos chicas se preparan para su actuación. Primero, cada una de ellas hace un pequeño número en el trapecio y yo no tengo ganas de aplaudir. Me siento una persona horrible, pero solo deseo que Miranda la fastidie y que la echen. Que se caiga, que se haga daño, que tenga que irse. Que lo haga mal y deje de tener que oírla.

Las he visto ensayar la parte cumbre del número decenas de veces. Empieza con Bea subiéndose al trapecio, colgando por las piernas a seis metros de altura y estirando bien los brazos. Después va Miranda, que se agarra al trapecio también, se balancea y cuelga, atraviesa el espacio y se deja volar para que Bea Pecas la agarre y el cuerpo de Miranda cuelgue de sus brazos.

Ellas saben cómo hacerlo y, cuando lo hacen bien, su número es impresionante.

Salvo que esta vez algo sale mal.

Llegado el momento, Miranda no se agarra o Bea no logra sostenerla y la chica se precipita al vacío soltando un alarido de dolor al caer contra la colchoneta. Se oyen gritos en el público, y yo, mientras mis compañeras se levantan para ver qué está pasando, me quedo muy quieta, en mi sitio, al tiempo que las oleadas de náuseas sacuden mi cuerpo.

* * *

Me encuentro con Enara en el pasillo mientras corro al cuarto de baño y tengo que apartarla cuando se cruza en mi camino.

Todo es un caos ahora mismo. El accidente de Miranda ha puesto el plató patas arriba, así como lo que hay tras el plató. Los pasillos del edificio están repletos de personas que caminan de un lado para otro, de brazos y hombros que se chocan contra los míos. Pero me abro paso.

Arizona también me ha visto correr, pero intento ser más rápida que ella. Se me deslizan las lágrimas por las mejillas cuando entro en el cubículo. Caigo al suelo de rodillas, me abrazo a la tapa y sucumbo a las arcadas. El olor lo invade todo mientras me doblo sobre mí misma más y más.

—Chrissy, ¿estás bien? —La voz de Enara me saca de mis pensamientos.

—¿Necesitas que llamemos a alguien? —Esta es Arizona.

Quiero decirles que estoy bien, que no llamen a nadie, pero vuelvo a vomitar, la cabeza me duele horrores y no consigo dejar de llorar. Me coloco en posición fetal y me centro en respirar hondo.

«Diez».

Las oigo murmurar fuera, pero por suerte no hablan lo suficientemente alto como para que las escuche, y sigo concentrándome.

«Nueve».

Veo el cuerpo de Miranda desplomándose y sus alaridos de dolor atraviesan mi mente como un fogonazo. Siento que me va a dar un infarto. Siento que voy a desaparecer.

«Ocho».

«Siete».

—Chrissy, dinos algo, por favor. —La voz de Arizona está cargada de preocupación y yo no quiero preocuparla.

«Seis».

«Cinco».

Me pongo de pie y cierro los ojos.

«Cuatro».

Abro los ojos y cruzo la puerta para encontrarme a una Arizona con la cara tornada en mueca y el maquillaje de payaso emborronado.

—¿Miranda está bien? —Es lo primero que pregunto.

—Olimpia ha dicho que está bien, pero que se la llevan al hospital de todas formas —explica Enara—. ¿Estás bien tú?

—Sí. Me ha sentado mal algo, ya está.

Mierda, ya he vuelto a olvidarme de respirar.

Respiro hondo, sumergiendo mis manos en el agua y centrándome solo en las sensaciones físicas. Entonces siento las manos de Arizona en mi espalda y mi cuerpo se estremece y se revuelve. No quiero un abrazo, porque si me da un abrazo me echaré a llorar y ya me ha costado mucho dejar de hacerlo.

Solo quiero hacer mi actuación e irme a dormir. Solo quiero que se acabe esto.

—Chrissy, lo mejor será que te sientes y esperemos a ver si se cancela la gala... —dice Arizona.

Frunzo el ceño. ¿Cancelar la gala? No, ni hablar. Creo conocer a Olimpia lo suficiente como para saber que eso no está en sus planes. Igualmente vuelvo a respirar hondo, finjo una sonrisa y sigo a Enara y Arizona hasta que nos reunimos con el resto de las chicas. Olimpia habla con nosotras, con la voz teñida de preocupación, pero enseguida empieza a repetir, como convenciéndose:

—Miranda está bien, el *show* debe continuar.

No me equivocaba con mi predicción. Al fin y al cabo, soy bailarina. Sé perfectamente que el espectáculo siempre continúa: aunque tu amiga se haya roto tres huesos, aunque te duela tanto el cuerpo que no puedas ni respirar o aunque te acaben de romper el corazón. Siempre se continúa.

Y yo debo demostrar que estoy preparada para seguir.

Así que mis compañeras se colocan en sus asientos y se enfrentan primero a un público inquieto y preocupado. Yo me quedo entre bambalinas y me dejo llevar por cada mano que me empuja hacia el escenario.

Y en las telas aéreas recuerdo la magia del ballet. Mis músculos tienen memoria, mi cuerpo es capaz de sostenerme cuando mi cerebro ya no lo hace. Puedo deshacerme, dejarme llevar y todo saldrá bien igualmente. Ya volveré a mí con los aplausos, ahora no me necesito.

LAS CHICAS DE OLIMPIA: RESUMEN DE LA GALA 6

La gala circense terminó con el accidente de la modelo Miranda Rus, que se precipitó en su actuación de trapecio y se fracturó el codo. La concursante fue trasladada a urgencias, pero regresó a la academia horas más tarde.

«Mi hija ha sacrificado muchísimo por estar en este concurso, jamás renunciaría a su puesto. Es un ejemplo de valentía y resiliencia, estoy orgullosa de ella», declaró su madre, también modelo, a la salida del hospital.

Este accidente suscitó las polémicas: ¿De verdad estaban preparadas las chicas para hacer números tan complejos? Y es que vimos grandes diferencias entre las concursantes debido a su formación previa. Chrissy Dubois, bailarina, nos regaló una actuación preciosa de telas aéreas; Arizona Yagami y Alicia Kane actuaron tocando instrumentos montadas en monociclo, siendo unas payasas no tan graciosas. Así, la exbatería del grupo Tierra, trágame se convirtió en la quinta expulsada.

Enara Zion fue nominada junto a Bea Pecas, otra de las protagonistas de la gala, la compañera de trapecio de Miranda Rus y que tendría que haberla recogido en el aire y haber evitado su aparatosa caída.

¿QUÉ SUCEDERÁ EN LA PRÓXIMA GALA?

Tras una semana llena de emociones, la gala 7 será más especial que nunca, ya que las chicas mostrarán al público el momento más importante de sus vidas a través de una disciplina artística de su elección. ¿Qué descubriremos sobre ellas?

LAS NOMINADAS DE LA SEMANA

Tras su desastrosa actuación en el trapecio, que provocó el accidente de su compañera Miranda, Bea Pecas está nominada.

La segunda nominada es Enara Zion. ¿Podrá competir con los veinte millones de seguidores de Bea Pecas?

> **@cleo_patria** Yo me he muerto reviviendo los momentos #Chrisami de esta semana. No sé quién de las dos está más pillada

> **@andreatf** Chrissy ha estado espectacular, me he emocionado muchísimo!!!!

> **@luciamg** TODAS LAS PECOSAS UNIDAS!!!! Bea, saldrás de esta! Te queremos!

@rotter_g Una puta vergüenza que chicas sin formación tengan que preparar una gala de circo en una semana! Luego nos llevamos las manos a la cabeza cuando hay accidentes. Olimpia, MUCHA SALUD MENTAL PERO LUEGO...

@martitara Menuda vergüenza que decidan seguir con la gala y hacer que las chicas actúen sabiendo que hay una compañera en el hospital. Menuda vergüenza que Miranda y Bea hayan tenido que hacer algo tan peligroso para lo que claramente no te puedes preparar en una semana, y menuda vergüenza que el programa no solo haga que Chrissy tenga que revivir a traición la transfobada de Miranda EN DIRECTO, sino que encima el programa no haga ninguna reflexión al respecto.

@monique Todas con Miranda!!!!

@leona La zorra de Bea lo ha hecho a propósito porque veía que Miranda ganaba terreno! Expulsión YA.

@mario_v_l Yagami, siendo tan ridícula como eres se te tendría que haber dado de lujo el número! No haces ni una bien!

@dakotalajota Justicia para Miranda!!!!

Semana 7

Arizona

LUNES

09:50

Un día más, una sesión de *running* más en la que siento que se me va a salir un pulmón por la boca. Cualquiera diría que después de seis malditas semanas, que se dice pronto, de salir a correr prácticamente todos los días, debería haber mejorado algo... pues no es el caso.

Eso sí, mi cuerpo se está acostumbrando al frío y al esfuerzo físico y las horas de deporte dan sus frutos. En cuanto el buen tiempo me lo permita, no me quitaré las camisetas de tirantes y enseñaré mis brazos tanto como el maldito Danny de *Grease*.

—¿Miranda participará en la prueba de esta semana? —le pregunta Valentina a Olimpia cuando hemos acabado y nos dirigimos a la puerta de la academia. Miranda regresó a la academia unas tres horas después de su accidente y, a excepción del codo roto, se encuentra bien. Sin embargo, esta mañana nos hemos ido a correr sin hablar con ella antes. Digo yo que, si ha vuelto, será porque quiere seguir participando en el concurso...

—Esa es una decisión suya. Ahora, id a cambiaros —dice Olimpia.

Veo a Chrissy acercándose a la puerta para entrar con el resto y tengo que agarrarla del brazo para aproximarla a mí.

—Regla número cinco —susurro contra su oído.

Ella pone los ojos en blanco y me sigue.

—Entramos enseguida —le dice a Olimpia.

149

Así que una vez está quieta, puedo observarla. Tiene los ojos un poco hinchados, como faltos de sueño, los labios agrietados y el cabello pelirrojo revuelto y despeinado.

—Tienes mala cara —afirmo.

—Mujer, pues muchas gracias, siempre sienta bien recibir un cumplido de buena mañana.

—¡Ya me entiendes! ¿Has dormido bien? ¿Quieres hablar de algo? —insisto.

—He dormido fatal, la verdad, pero no me apetece hablar del tema.

—Lo de ayer fue un poco chungo —comento.

—¿Te refieres a la caída de Miranda?

—Sí... Bueno... También... Pero me refiero a todo lo demás... —replico—. Y también a tu ataque de ansiedad. ¿Qué pasó?

—Nada —vacila, y aparta la mirada, rompiendo el contacto visual—. No sé, Ari... Hablar del ballet y todo eso me trajo muchos recuerdos y luego... ¿En serio tenían que obligarme a ver el comentario que hizo Miranda otra vez y en directo? Como si no lo tuviera grabado en mi mente lo suficiente... Y... Puf... no sé, me di un susto de muerte al verla caerse. ¿Podemos acabar ya con este tercer grado? Sé que lo haces con buena intención, pero en serio, solo estoy cansada.

Chrissy siempre ha sido para mí la chica de las emociones al desnudo y por eso me cuesta tanto verla cerrarse. Me entran ganas de meterla en alguna habitación y presionar y presionar hasta hacerla hablar... pero puede que sea verdad que tengo que ejercitar la paciencia.

—De acuerdo. —Coloco el brazo sobre su hombro—. Venga, vamos dentro.

10:10

Puedo parecer exagerada, pero siento la presencia disruptiva de Miranda en el ambiente cuando salgo de la ducha y me dirijo a la cocina. Chrissy y yo hemos sido las últimas en llegar, así que también hemos tardado más en ducharnos y cambiarnos.

Lo primero que oigo es:

—¡Miranda, estás aquí! —El grito es de Valentina, que corre hacia ella para darle un abrazo.

«Valentina, querida, Miranda ya estaba aquí antes durmiendo plácidamente en la habitación, no hay necesidad de darle una gran entrada», me entran ganas de decir.

—Cuidado, que me he roto el codo. Mejor mantenemos el espacio personal... —comenta con su desagradable voz taladrándome el cerebro.

Miranda está perfectamente. Luce un vestido azul con volantes, el cabello rubio recogido en dos trenzas (que no sé quién la habrá peinado, teniendo en cuenta que ella ya no puede) y el brazo en cabestrillo. Olimpia está a su lado y veo aparecer también, con sus monos azules brillantes de trabajo, ceñidos al cuerpo como si fuesen estatuillas, a la pareja de maestros circenses que estuvieron con nosotras toda la semana pasada.

Al lado de Miranda, siguiendo a Valentina, el resto de mis compañeras han ido a saludarla poco a poco. Todas menos Celia, a la que puedo ver desayunando tranquilamente en la cocina, ajena a este numerito. Si no fuera porque conoce mi secreto, nos llevaríamos bien.

—Chicas, como podéis ver, Miranda se rompió el codo anoche, pero se ha reincorporado a la academia y realizará la prueba de esta semana como una concursante más —explica Olimpia.

—Asumimos la responsabilidad por lo sucedido —dice la mujer circense (porras, mira que me han dicho su nombre veces, pero no consigo recordarlo) balanceándose sobre los talones—. Desde luego, tendríamos que haber respetado vuestras habilidades y no haberos forzado a hacer algo tan arriesgado sin la preparación suficiente.

—Te pedimos disculpas, Miranda —dice el hombre circense... cuyo nombre, evidentemente, tampoco logro recordar.

La aludida se seca una maldita lágrima de la mejilla y se lleva una mano al pecho.

—Intenté cogerte, Miranda. Siento de corazón no haber podido hacerlo —dice también Bea Pecas, y yo pierdo el poco respeto que siento por ella.

—Sé que nadie hizo nada a propósito. Fue un accidente. Acepto las disculpas —dice Miranda—. Ahora solo quiero retomar mi paso por la academia y disfrutar del concurso.

Las chicas, una a una, nos acercamos a ella para darle un abrazo con cuidado. Celia ha dejado su desayuno a medias para unirse, hasta Chrissy la abraza, y yo también, tras ella, porque al fin y al cabo hay cámaras enfocándonos y miles de personas atentas a nuestros movimientos.

MARTES

16:30

—¿Cómo lleváis las actuaciones de esta semana? —pregunta Juanan en el inicio de la clase de interpretación.

—¡Es realmente emocionante que vayamos a poder conoceros mejor! —añade Noel.

—Yo la verdad es que me siento un poco bloqueada —dice Enara—. Me lo han explicado mil veces, pero el concepto de la prueba me sigue pareciendo difícil y encima estoy nominada...

—Veamos, lo que debéis hacer es transmitir el momento más importante de vuestras vidas en la disciplina que sea... —resume Juanan—. Venga, vamos a hacer un ejercicio para salir del bloqueo. Noel y yo propondremos situaciones y cada una de vosotras las interpretará en la disciplina que sea.

—Yo tengo el codo roto, así que no podré hacer mucho —dice Miranda y yo hago una mueca. Ya sabemos que tienes el codo roto, Miranda. ¡¿Ahora va a basar toda su maldita personalidad en llevar un cabestrillo?!

—Lo tenemos en cuenta, cielo. ¿Qué pretendes hacer para la gala? —pregunta Juanan.

—Pues la verdad es que esta lesión me ha marcado bastante, así que me refugiaré en la moda y crearé una pasarela basada en ella.

¡Tienes veinticuatro años! Sí, es verdad que casi mueres en una actuación televisada anteayer y eso es bastante impactante, pero ¿de verdad esto es lo que más te ha marcado en la vida? Esta chica es increíble.

—Muy bien. El resto... venga, Noel dirá una situación y yo diré un nombre —dice Juanan—. Venga, Noel, empieza ya.

—Acabas de tener un hermano y no sabes cómo reaccionar ante ello.

—Sindy —la llama Juanan.

La chica se pone de pie y tarda unos segundos en lanzarse al suelo, con las manos en la cabeza, y después se mueve a cuatro patas y empieza a rodar por el suelo. Más que simular tener un hermano, parece que la haya poseído un demonio o algo así. No puedo evitar reírme.

—Yagami, este ejercicio no es precisamente fácil, así que no entiendo por qué te estás riendo —comenta Juanan.

—Me río porque parece haberse convertido en un gato diabólico —respondo, y mis compañeras, detrás de mí, se ríen también.

—Venga, lista, ahora te toca a ti —replica Juanan y yo me pongo de pie sin rechistar dispuesta a afrontar lo que se venga.

Me sorprendo a mí misma al descubrir que estoy disfrutando de esto. Disfruto de las clases, de la ausencia de preocupaciones, de pensar únicamente en lo que debo hacer en la gala siguiente. Porque de alguna manera, he llegado hasta la séptima semana, Chrissy y yo seguimos siendo un dúo estable y me acabo de dar cuenta de que esta aula solía parecerme estrecha y llena de gente. Pero está cada vez más vacía, y me recuerda constantemente la ausencia de más de la mitad de mis compañeras. Ahora que empiezo a disfrutar del concurso, siento que queda muy poco para acabar.

Chrissy

El agotamiento es colectivo el jueves después de comer, cuando todas las chicas caemos rendidas en el salón de la academia para tomarnos un café antes de retomar las actividades. No exagero ni un ápice al decir que me pesan los párpados.

Me siento en el sofá, al lado de Arizona, que coloca un brazo encima de mi hombro. El café está caliente y me reconforta. No suelo beberlo nunca, así que espero que la cafeína funcione y haga algo en contra de las noches que llevo durmiendo mal.

Bea Pecas aparece entonces, seguida por Miranda, Valentina, Celia y Enara, que se distribuyen por la sala. Bea se sienta justamente a mi lado. Sonrío. Miranda busca su sitio justo delante de mí, apoyada en un cojín, descansando su codo en el regazo.

—Literalmente no puedo más —suspira Bea—. No sé si es por estas semanas intensas que hemos venido arrastrando, pero juro que es la gala que más me está costando preparar hasta ahora.

—Quizás es porque es la prueba más personal, ¿no? Nunca nos había tocado exponernos tanto —dice Enara.

—Cómo vende el morbo... —dice Celia.

—Tú lo sabes bien —replica Bea Pecas y la otra pone los ojos en blanco—. Todas lo sabemos bien, para qué engañarnos.

—Por lo menos me he roto el codo y no el cuello y puedo hacer la actuación —dice Miranda haciendo un puchero.

—¿No puede pasar un segundo sin hablar de ello? —me susurra Arizona al oído, haciendo que mi interior se estremezca y deba contener una carcajada. Miranda frunce el ceño.

—¿Te duele mucho? —pregunta Valentina.

—Es soportable —responde ella.

—Oye, ¿y de qué vais a hacer vuestros números? Anoche Chrissy y yo tuvimos un pase privado de nuestras actuaciones. —Enara estira el brazo hasta alcanzar mi mano y estrecharla—. Pero del resto no tengo ni idea. ¡Me muero de curiosidad!

—Voy a hacer un monólogo... para variar —explica Celia.

—Yo también, más o menos —responde Valentina.

—Yo he compuesto una canción —dice Arizona.

—¡Me muero de ganas de escucharla! ¡La última fue preciosa! —exclama Enara.

—Yo también me muero de ganas... ya podría tener información VIP o algo —digo, dándole un codazo en el estómago que ella me devuelve. Enseguida entramos en una pelea estúpida llena de carcajadas.

—Qué envidia me dais, chicas... Yo deseaba encontrar también el amor en la academia... —suspira Sindy—. Aunque siendo todo chicas, lo tengo difícil.

—Dais un poco de asco —se ríe Bea Pecas, aunque a Arizona no le hace demasiada gracia el comentario.

—¡Pero si son monísimas! —exclama Enara—. Lo que pasa es que tienes envidia, Bea. Por cierto, Chrissy, y tú ¿qué vas a hacer?

—Fijo que algo sobre ser una mujer trans —dice Miranda.

Mi cuerpo se tensa de golpe y es como si toda la sangre de mi cuerpo desapareciera. Busco la piel de Arizona y le doy la mano, aferrándome a su calor. Respiro hondo.

—¿Perdona? —pregunto por fin.

—¡No tengo nada en contra! —exclama Miranda—. Solo digo que asumo que harás la actuación sobre eso porque tooooodas tus redes giran en torno a eso. Es algo monotemático...

Tengo que respirar otra vez antes de abrir la boca y agarrar a Arizona para que me deje hablar a mí.

—¿Tienes algún problema con eso, Miranda? —pregunto, tan calmada como puedo.

—¡Te estoy diciendo que no! —exclama.

—Ah, es que parece que tienes un problema conmigo, y me estoy cansando.

Miranda se inclina para acercarse a mí.

—¡¿Un problema contigo, yo?! ¡Pero si eres tú la que tienes un problema! —exclama. Y yo no doy crédito. La chica se inclina y después gime porque se ha hecho daño en el codo o porque es una actriz increíble.

—Ten cuidado, que te vas a hacer daño —dice Valentina.

—Valentina, no la defiendas —dice Enara.

—¡Joder, es que estoy harta de que vaya de buena y sea la peor de todas! —sigue hablando Miranda—. ¡Chrissy ni siquiera debería estar aquí!

El estómago se me cae a los pies. Mi cuerpo pierde el centro de equilibrio y todo está flotando en el aire. Creo que estoy llorando. No es un lloro de sollozar, pero sí que siento como una lágrima caliente se ha deslizado solitaria por mi mejilla y por mi mentón.

Mierda.

Mierda.

Mierda.

—¿A qué te refieres? —pregunto, quitándome la lágrima de la mejilla.

—Pues a que este es un concurso solo para mujeres.

Sabía lo que quería decir, pero no por eso duele menos.

—¡Eres una hija de puta! —grita Arizona acercándose a ella, y me parece que le habría dado un puñetazo de no ser porque Valentina se mete en medio.

Yo me pongo de pie, porque no quiero verla, y los oídos se me taponan como si estuviese en un avión sobrevolando el cielo, porque no oigo nada más allá de mi corazón reventándome el pecho y las lágrimas cayendo por mis mejillas. Que paren. Que paren. No quiero seguir llorando.

Sé que las chicas me están defendiendo. Yo no quiero que me defiendan.

Sé que estoy llorando. Yo no quiero llorar.

—Voy a pedir que llamen a Olimpia —oigo decir a Celia.

Y yo quiero impedírselo porque no quiero que venga Olimpia, solo quiero irme.

—Joder, se me ha entendido mal —me parece oír sollozar a Miranda—. Sé que las mujeres trans son mujeres, pero no se ha socializado igual...

Aprieto los puños mientras me siento completamente ajena al caos que no hace más que acrecentarse a mi alrededor.

No estoy segura de cuánto tiempo pasa hasta que aparece Olimpia.

Va vestida con un chándal gris y unos tacones, como si estuviese en una maldita película, y tiene la frente lisa y sin arrugas pero los ojos encendidos en llamas.

—¡Olimpia, puedo hablar contigo! —grita Miranda, pero Olimpia ni siquiera le devuelve la mirada. Me coge de la mano y me lleva con ella hasta un despacho. Me desvío hacia Arizona, que no lo duda un segundo antes de seguirnos a las dos.

No dejo de llorar de camino al despacho de Olimpia. La mujer me ofrece unos pañuelos que yo destrozo sin miramientos y necesito unos cuantos minutos para serenarme y entrar en la habitación junto a Arizona.

Nunca había estado en su despacho antes. Es austero, con una pequeña mesa a modo de escritorio en la que descansa una foto de Olimpia con su hija, trofeos en las estanterías, libros y una fotografía que nos hicieron a todas las concursantes en la primera gala. La estancia huele a lavanda y resulta tan tranquilizadora como ella.

—Ponte cómoda, cariño —me dice Olimpia con su voz dulce—. ¿Quieres beber algo? ¿Agua? ¿Té? ¿Café?

—No, gracias —respondo.

—¿Y tú, Yagami?

—Yo tampoco quiero nada, gracias —responde ella.

El corazón me va a mil por hora y, aunque intente evitarlo, noto que me empieza a temblar la pierna. Tengo la boca seca, así que quizás debería haber aceptado el agua. Solo quiero acabar con esto lo antes posible. Solo quiero pasar por esto sin volver a llorar.

—Chrissy, antes de que vinieran a llamarme los realizadores ya me habían alertado de lo que estaba pasando en el salón. Lo he oído todo.

—Vale... —murmuro. Mi pierna derecha sigue moviéndose, descontrolada, hasta que entonces siento la mano de Arizona firme sobre mi muslo. Mi cuerpo deja de temblar. La miro y oigo cómo respira hondo, inspirando por la nariz. Así que la imito, respiro hondo y entonces Olimpia abre la boca para hablar:

—Miranda Rus será expulsada disciplinariamente y abandonará la academia hoy mismo —dice, y los miedos se me deshacen un poco—. Pero necesito saber si te ha agredido verbalmente en algún otro momento antes de hoy, necesito saber si ha habido algo más que no hayan captado las cámaras.

La mano de Arizona sigue encima de mi muslo, acerco la mía a la suya y ella me la estrecha.

Sigue sorprendiéndome lo suave que es su contacto.

La miro una vez más antes de hablar.

—Es... Es un poco difícil de explicar. Ha hecho un par de comentarios. Cuando Arizona y yo... hicimos pública nuestra relación, me dijo que se alegraba mucho por nosotras y después comentó que no sabía que Arizona era *esa* clase de lesbiana. —No quiero mirar a Arizona así que clavo los ojos en Olimpia y sigo hablando con serenidad—. En la semana especial de *drag* me preguntó que si todo el asunto no me resultaba violento. Pero... sobre todo... tengo la sensación de que haga lo que haga siempre se queda mirándome. Siempre. Y si le pregunto por qué me mira, me dice que no me está mirando, que tengo complejo de protagonista. Y luego hizo ese comentario que pusisteis en la gala.

—¿Hay alguna razón por la que no hayas dicho nada hasta ahora? ¿Te ha amenazado? —pregunta Olimpia.

Niego con la cabeza.

—No me ha amenazado, ha sido decisión mía no decir nada. Tampoco tenía claro si había algo que pudiera... decir. Ella jamás me había atacado directamente, y menos delante de nadie, hasta ahora.

—Bien. —Olimpia me dedica una mirada tierna que me hace sentir bastante peor—. Chrissy, siento mucho que hayas pasado por esto. Me hago completamente responsable de haber seleccionado a esta chica y de haberlo permitido. Lo lamento de corazón.

Me pongo de pie como un resorte y Arizona hace lo mismo, impulsada por la fuerza de mi mano.

—No ha sido culpa tuya ni de la organización. Estoy bien. Y agradecería que se llevase este asunto con... discreción. Que no se comente mucho en las galas y demás. Sé que este concurso bebe del drama y el conflicto, pero, a ser posible, no pongáis otro vídeo que me obligue a revivir lo que ha pasado.

Creo que Olimpia traga saliva antes de decir:

—Lo siento por lo de la gala pasada. No estuvo bien —dice—. Haremos un comunicado formal desde la academia. Sin sensacionalismos.

—Bien. Me gustaría irme ya, tengo mucho que ensayar.

—Claro. Si queréis podéis salir a la playa o a donde sea, sin cámaras, y si quieres hablar, ya sabes que estoy disponible todo el tiempo. Si necesitas ver a tu familia, no habrá problema —dice, y yo niego con la cabeza—. Te valoramos muchísimo, Chrissy, y estás haciendo un concurso maravilloso que no se verá nublado por esto.

Se me llenan los ojos de lágrimas, pero consigo contenerme.

Cuando por fin abandono el despacho de Olimpia, la mano de Arizona sigue aferrando la mía.

Arizona

JUEVES

16:50

Esperaba que la brisa marina pudiera calmarme. En parte lo hace, desde luego; no sigo sintiéndome como en el despacho de Olimpia: con el cuerpo en estado de ebullición. Pero aun así, no resulta suficiente. Al salir de la academia a la playa, Chrissy se marcha corriendo a la orilla a mojarse los pies, pero yo me quedo esperándola, cerca de la puerta, porque es de noche y no quiero que nos perdamos. Al menos, esta vez, las luces exteriores están encendidas y puedo ver a pesar de estar cubierta por un manto de oscuridad. Pensaba que quizás Chrissy quería tener espacio. Desde luego, yo lo habría agradecido. Así que me quedo cerca de la puerta esperando, observando su cabello rojo como el fuego y preguntándome cómo he sido capaz de pasar tantas cosas por alto. Sabía que Miranda era imbécil, sabía que Chrissy no se la tragaba... pero jamás habría imaginado esto.

Al cabo de un rato, Chrissy vuelve con una amplia sonrisa en la cara, de esas que dibujan nuevas arrugas en su rostro y que me hacen sonreír a mí también. Se queda quieta delante de mí y no se limpia los pies antes de introducirlos en los calcetines de colores.

—¿Cómo estás? —pregunto.

—Bien —responde Chrissy. Creo que se da cuenta de que no me vale con eso, que quiero saber más, y añade—: Esto ha sido una mierda. Si hubiera dicho algo antes, quizás... Yo qué sé. No tiene sentido culparse. Me alegro de que se haya ido por fin.

—Yo también me alegro, y siento no haberme dado cuenta.

Ella se encoge de hombros.

—No quería que algo así ensuciara mi concurso.

—La única que ha ensuciado su concurso ha sido ella —afirmo.

—Lo sé —añade Chrissy. Arruga la nariz en una de esas muecas juguetonas que ya conozco tan bien—. Antes... en el despacho... no podías dejar de tocarme.

—¿Qué? —pregunto ruborizada hasta las cejas.

—Me has tocado el muslo, me has cogido de la mano... —Tengo la sensación de que saborea cada una de las palabras que dice, consciente de la tortura que suponen para mí—. La preocupación no es algo que se pueda fingir. Y tú te preocupas por mí, Arizona Yagami.

Siento que cada parte de mi cuerpo se eriza.

—Claro que me preocupo por ti, Chrissy Dubois.

No sé qué cuerpo se acerca antes, si el suyo o el mío, pero de pronto los mechones de cabello rojo que se le salen de la oreja me susurran cosas indecentes al oído y no puedo frenar mis dedos que se acercan a su rostro y colocan esos mechones rebeldes en su sitio.

—Y no estoy fingiendo —añado.

—Yo tampoco —dice ella, y coloca la mano en mi mejilla.

Bum. Bum. Bum.

Me sorprende lo tranquila que es su respiración, como si el aire que respiramos estuviera hecho para ser compartido. Mi mano se posa en el dorso de la suya, tersa y delicada, y ella se acerca un poco más y todo resulta mucho mucho más natural que los segundos previos a nuestro primer beso como Danny y Sandy. Porque esta vez no hay focos y porque ella y yo tenemos claro algo que no estaba en nuestra lista de normas y que, de hecho, las quebranta todas.

Mi boca se abre al acercarse sus labios y entonces oigo el estruendo de la puerta de la academia al abrirse.

—Eh... esto... perdón —la voz de Bea Pecas me sobresalta—. Hola, os interrumpo... —Nos hemos separado de golpe, pero entonces me siento estúpida porque se supone que estamos juntas, así que no sé qué debemos ocultar.

Bea Pecas tiene la respiración acelerada, el cabello rubio recogido en una coleta y los labios pintados de un rojo intenso.

—Decidme, ¿ya se ha ido? —pregunta.

Me separo por completo de Chrissy y ella se vuelve para mirar a Bea, que le acaricia el hombro.

—Sí —responde Chrissy.

—Menuda zorra —sentencia Bea.

—A ti tampoco te caía bien, ¿no? Por eso la tiraste del trapecio en la gala pasada —afirmo.

—¡¿Lo hiciste a propósito?! —pregunta Chrissy alarmada.

—No, Arizona, evidentemente no estuve a punto de provocar la muerte de una compañera a conciencia. —Pone los ojos en blanco y después mira a Chrissy antes de añadir—: Aunque por ti, la habría tirado por un barranco con mis propias manitas.

Frunzo el ceño. ¿Me lo estoy imaginando o Bea está intentando ligar con mi novia (novia falsa, pero ese es otro tema) en mis narices?

—Lo de la gala pasada fue un accidente, pero estoy segura de que eso hizo que se cabrease aún más y lo pagó contigo. Lo siento mucho.

—No pasa nada.

—Puedes estar enfadada conmigo si quieres —insiste Bea.

No quiero seguir hurgando en la herida, pero creo que debería estar enfadada con Bea. Debería permitirse gritarle a Bea, gritarme a mí y estar cabreada y triste todo lo que quiera. Pero Chrissy no parece entenderlo, porque baja la cabeza, esboza una sonrisa y dice:

—No ha sido culpa tuya.

Bea Pecas suspira.

—¿Y estás bien? —pregunta acercándose a ella y rozándole hombro, cosa que me pone todavía más nerviosa. ¿Para qué mentir? ¡No aguanto verlas tan cerca la una de la otra!

—Sí. La expulsarán. Ya está —dice—. Venga, vamos las tres dentro, que aún deberíamos ensayar algo antes de la cena.

VIERNES

03:20

Tras ir al baño, no me siento capaz de conciliar el sueño. Generalmente no tengo problemas para dormir, pero juro que desde que estoy en la academia, cuando cierro los ojos, solo soy capaz de repasar mis propias actuaciones. Cuando tengo que cantar, en mi mente hay música. Cuando debo actuar, repaso los diálogos. En esta ocasión, revivo los recuerdos que relataré en el escenario sin cambiar de orden absolutamente nada.

Incluso cuando duermo, siento que estoy trabajando.

Es agotador.

En vez de dirigirme de vuelta a mi habitación decido ir a la cocina a por un vaso de leche caliente con la esperanza de que me tranquilice. Estoy entrando en la cocina cuando mis ojos vislumbran una figura encorvada sentada en el sofá de la academia. ¿Qué demonios?

—¡¡Ah!! —exclamo asustada, tras encender la luz y darme cuenta de que la figura encorvada se mueve.

—¡¡Ah!! —exclama la figura y cuando se da la vuelta y se quita la manta que lleva encima, reconozco la melena pelirroja y los ojos verdes de Chrissy—. ¡Qué susto!

—¿Qué susto? ¡Eso tendría que decir yo! ¡Casi me matas de un infarto! —Me llevo la mano al pecho para asegurarme de que todavía respiro.

—¿Qué haces aquí? —pregunta Chrissy, que se pone de pie y se acerca a mí, con la manta tapándole el cuerpo. Después vislumbro su pijama, rojo y con dibujos de ositos, y unos calcetines verdes que le cubren el bajo de los pantalones.

—Pues no podía dormir pensando en la gala del domingo y he pensado en tomarme una taza de leche caliente como si fuese un bebé... —Chrissy sonríe de medio lado—. Pero eso es algo que debería preguntarte yo, ¿no? ¿Qué haces aquí?

La chica suspira y baja la mirada.

—Tampoco podía dormir.

La manta que tiene colocada sobre los hombros se le ha escurrido un poco y no puedo contener las ganas de colocársela bien. Mis dedos le rozan las mejillas y me parece que están frías.

—¿Estás bien? —pregunto con suavidad.

Chrissy se encoge de hombros.

—Yo... Bueno... Estar en mi habitación se estaba volviendo claustrofóbico.

—Sería comprensible que estuvieses insegura por todo lo de Miranda...

—Pues a ver, tampoco es eso. Miranda es una persona, no un pitbull o un rinoceronte. Es solo que... Sí. La verdad es que no puedo dormir porque no consigo quitarme de la cabeza lo que ha pasado . Y estoy... estoy un poco triste, Arizona.

El corazón se me rompe en tres trozos. Me acerco más a ella y la abrazo con fuerza. Chrissy coloca la cara en el hueco entre mi hombro y mi cuello y yo la aproximo a mí y apoyo el mentón en su frente. Me parece que la oigo llorar, pero puede que solo sea el viento que golpea incesante las ventanas de la academia. Cuando se separa de mí, desde luego, no hay restos de lágrimas en sus mejillas, pero yo las acaricio de todas formas.

—Bueno, siempre podemos dormir aquí, en el sofá —digo.

Una sonrisa aparece en sus labios:

—¿Podemos?

—Es un sofá muy muy largo. Yo puedo dormir en una punta y tú en la otra.

—También puedes volverte a la cama...

—Ni hablar. Me quedo aquí.

Chrissy Dubois no solo es guapa, sino que tiene los ojos más bonitos del mundo y unos hoyuelos que le aparecen en las mejillas cuando sonríe y de los que no me había percatado hasta ahora. ¿Cómo puedo llevar tantas semanas conociéndola y seguir descubriendo nuevos detalles así? Me concentro en eso: en sus ojos y en sus hoyuelos. Porque si no, mi mente viaja hasta sus labios y no quiero hacer una estupidez y desvelarme del todo.

Camino hacia el interruptor de la luz para apagarla y las dos nos vemos sumergidas en una semioscuridad solo rota por los monitores de las cámaras que llenan la academia.

—¿Quieres que vayamos a dormir... ahora? —pregunta Chrissy.

—Son las tres de la mañana, yo creo que es buena hora, sí —digo, me acerco al sofá y me tumbo, colocando un cojín entre mis piernas y buscando la mejor postura.

Un sofá no es lo mismo que un colchón, pero este es bastante cómodo.

—¿Qué hay de tu vaso de leche?

—No lo necesito, no tengo cinco años.

Me parece que se ríe. Después, Chrissy se hace un hueco en el sofá y se tumba justo en mi dirección, mirándome a mí, y tan cerca que nuestras frentes se tocan.

Bum bum.

Bum bum.

—Yo creo que sí que tienes cinco años, Arizona —dice sonriendo.

Después, noto que su cuerpo se mueve, cambia de posición y se coloca en la postura contraria.

Ni siquiera nos rozamos, pero ¿se dará cuenta de lo rápido que me late el corazón? Eso sería imposible, ¿no? Hay muchos... órganos y músculos de por medio. Sea como sea, toda ella desprende un calor tal que creo que no necesito ninguna manta, pero aun así me tapo con la que ha traído consigo y me acerco más al respaldo del sofá.

—Buenas noches, Chrissy —susurro.

—Buenas noches, Ari.

Su respiración es suave y tranquila. Me concentro en eso, en su respiración. Poco a poco compartimos el mismo compás y me quedo dormida pensando en que no hay nada malo en lo que hemos hecho y en que compartir sofá para dormir con ella a menos de un mes de acabar el concurso no es para nada un error.

Gala 7

Arizona

DOMINGO

20:10

—Quiero empezar la gala comentando algo que todos debéis saber ya —la voz de Olimpia es demasiado trágica y profunda, cosa que no me gusta demasiado, pero sé que no puede resistirse a montar un espectáculo—. Miranda Rus ha sido expulsada disciplinariamente de Las chicas de Olimpia por agredir a una compañera. Desde la organización condenamos estos actos.

No le suelto la mano a Chrissy en ningún momento; mientras, ella permanece con la espalda bien erguida, como incómoda. Sé que ella no quiere nada de esto.

Pero después de unos instantes, esta tensión desaparece, Olimpia muestra otra vez su característica sonrisa perlada y guiña un ojo al público antes de decir entusiasmada:

—No queremos darle más tiempo al odio, así que le damos paso a nuestro jurado. ¡Marina Mandarina! ¡Lucas Safont! ¡Daniella Ella! ¡Y nuestro artista invitado, Romeo Marco! Muchas gracias por acompañarnos una gala más.

—¡Estamos encantados de estar aquí una noche más! —exclama Marina Mandarina poniéndose de pie para agradecer los aplausos del público.

—Nuestras concursantes no dejan de sorprendernos —añade Lucas—. Romeo, no te imaginas la que te espera esta noche.

—Un poco sí que me lo imagino —dice el hombre—. Ya lo he comentado en muchas ocasiones en mis redes sociales, pero soy un fiel admirador de este programa. Lo cierto es, además, que siempre he tenido la espinita clavada de no haber asistido jamás a un *talent show*...

—¡¿*Talent show?!* —exclama Olimpia—. Esto es mucho más que un concurso de talentos. ¿Estáis de acuerdo?

El público grita y vitorea emocionado, y juraría que con cada gala que pasa las caras son más numerosas y las voces están más exaltadas. Y sé que esto no es un espejismo. Sé que esto está siendo un éxito de verdad, y solo de pensarlo se me pone la piel de gallina.

—Hoy la primera en romper el hielo en este escenario va a ser nuestra queridísima Enara, una de las nominadas de la semana —sigue hablando Olimpia, esta vez en un tono de voz más bajo y dirigiéndose a la chica que hay a su lado—. Enara, cuéntanos, ¿qué ha sido lo mejor de esta semana? ¿Cómo te has sentido?

Hay momentos en la gala en los que sencillamente mi cerebro desconecta. Realmente no es una desconexión del estilo «lo que me está contando esta chica me aburre tanto que no puedo soportarlo y prefiero dejar mi cerebro divagando».

No. No es eso. Es más bien una desconexión del estilo «estoy tan asustada por tener que actuar que siento que cualquier cosa que haga que no sea repasar mentalmente mi número va a ser una pérdida de tiempo y va a suponer mi fracaso absoluto».

Así que eso hago. Repasar mentalmente.

Al inicio de mi actuación, atravesaré el escenario con la guitarra eléctrica a la espalda. Sentiré el contacto frío en mi piel desnuda, porque mi camiseta tiene la espalda al aire y combina a la perfección con unos pantalones blanco cargo y mi cabello recogido con pequeñas trenzas. Me pararé en la mitad del espacio y balancearé la guitarra como si fuese un bebé. Hoy no hablaré de mis padres sino de mi primer beso. Semanas antes de entrar en el concurso, Nil y yo estuvimos teorizando sobre las temáticas de las pruebas. Estábamos convencidos de que en algún momento querrían que contara alguna historia personal, y a los dos se nos ocurrió que esta sería una buena idea. Y me encanta. Porque la historia es tierna y él es la persona más importante de mi vida. Así que mientras las imágenes de nosotros de niños se sucedan, yo cantaré mi canción sobre cómo fue crecer rodeada de cámaras, encontrar un alma gemela en el hijo de la mánager de tus padres... besarlo, descubrir que ni a él le gustas tú ni a ti te gusta él, pero seguir queriéndonos siempre...

Sigo soñando despierta, reproduciendo mi actuación paso por paso... hasta que Chrissy libera su mano de la mía y me doy cuenta de que la gala ha avanzado lo suficiente para que sea su turno de marcharse. Me pongo nerviosa de inmediato: primero, porque eso significa que estamos más cerca de que me toque a mí y segundo, porque quiero que lo haga bien.

Chrissy se sienta en la butaca al lado de Olimpia y en el momento en el que lo hace el público empieza a aplaudir y veo algunos carteles levantados. Muchos de ellos son carteles de CHRISAMI, y también veo algunos de apoyo a ella en exclusiva y también con lemas como: «LOS DERECHOS TRANS SON DERECHOS HUMANOS».

Sonrío.

—Cuéntanos, Chrissy, ¿cómo has afrontado la semana? —le pregunta Olimpia.

—Bueno, la verdad es que ha sido una semana muy intensa, por las razones que se han visto ya y también porque cada vez quedamos menos chicas en el concurso y echamos en falta a quienes se han ido. Está siendo todo muy raro, pero raro en plan bonito.

—En esta gala se ha pedido que mostréis el momento más importante de vuestras vidas. ¿Qué nos puedes contar?

—Prefiero enseñarlo en vez de contarlo, pero debo decir que estoy segura de que, en unos años, cuando me hagan esa pregunta, hablaré de conocerte y de mi llegada a la academia.

—¡Claro que sí! —exclama Olimpia, animando al público a aplaudir otra vez—. Y ahora, mientras vemos un repaso de tu semana, puedes ir preparándote para la actuación.

Chrissy desaparece del lado de Olimpia, en la pantalla nos veo a todas haciendo el ejercicio de improvisación en la clase de interpretación, después volviendo de correr en la playa más tarde que el resto y dándonos un beso frente a las cámaras.

La pantalla se vuelve negra y Chrissy aparece en escena vestida con un *body* blanco y un tutú del mismo color, con los pies enfundados en puntas. Tras ella, podemos ver imágenes bailando en un estudio, con el ceño fruncido de la concentración y una sonrisa traviesa cuando le salía bien una pirueta. Chrissy hace los mismos movimientos que aparecen en pantalla y los hoyuelos que se le forman en las mejillas son los mismos también.

«No harás carrera con el ballet».

«Verte bailar es lo más bonito que he visto nunca».

«Nunca serás una bailarina de verdad».

«¡No te rindas!».

«Dedícate a algo serio».

«Has nacido para esto».

«Este jamás será tu sitio».

Las voces que suenan de fondo en su actuación se intensifican, mezclándose las unas con las otras hasta que se convierten en un murmullo lejano y se hace imposible entender nada. La chica va creciendo en las imágenes y parece cansada.

«El ballet es un deporte, no un arte».

«El ballet es un arte, no un deporte».

«Eres muy mayor para dedicarte a esto».

«Este no es tu sitio».

En las paredes tras ella se proyectan recortes de periódicos en los que se refleja el éxito, pero también la parte oscura del ballet y otros deportes, con todas las lesiones y los casos de abusos sexuales y el odio a las bailarinas trans que han intentado hacer carrera.

«He oído que Tara se ha roto la espalda».

«Mi compañera necesitará seis meses para recuperarse de la lesión».

«No pretendas compaginar los estudios con esto».

«No sé por qué lo intentas».

En las imágenes, vemos a Chrissy en el estudio con las ojeras marcadas y fotografías y más fotografías de pies con dedos rotos, con ampollas, con demasiadas tiritas, pies bañados en sangre, pies que han cambiado su forma por completo, pies que se multiplican en un bucle eterno.

La pantalla se apaga y Chrissy deja de bailar mientras yo contengo el aliento. Pasa poco tiempo antes de que vuelva a moverse, y tras ella veo retazos de su contenido en redes en los que muestra su proceso como bailarina.

«Estás profanando el arte».

«Siempre he querido ser bailarina, me has motivado muchísimo».

«¿Vas a ser solo una cara bonita?».

Las imágenes buenas y las agridulces se siguen mezclando hasta que Chrissy deja de bailar, mira fijamente al público y dice:

—Seis meses antes de entrar en este concurso, me ofrecieron un sitio en una compañía de ballet muy prestigiosa. La rechacé. Tenía miedo del esfuerzo, de las lesiones, de las noches sin dormir, de la discriminación, del dolor, de que mi vida se viera reducida al baile y de que al final mi esfuerzo no valiera para nada... Seis meses antes de entrar en este concurso, me ofrecieron una beca en una compañía de ballet muy prestigiosa. La rechacé. Pero ni un solo día he dejado de bailar.

Chrissy

L o peor de las galas es el ritmo. Las actuaciones son frenéticas y se suceden las unas a las otras de manera que apenas puedo procesar algo que he visto o qué he hecho antes de ser arrastrada a otra tarea. He terminado de bailar, he escuchado al jurado y ya estoy aquí, sentada en el sofá común, observando a una Bea que está plantada en medio del escenario enfrentándose a una pantalla en la que se la ve con una ropa diferente y en blanco y negro.

Aunque la adrenalina sigue fluyendo por mi cuerpo, he dejado de estar alerta y los párpados me pesan.

Entrecierro los ojos y busco concentrarme en el escenario.

—¿Dónde vamos? —pregunta la Bea en blanco y negro, con la voz cargada de angustia—. Deja que guarde mis cosas y me iré contigo.

La Bea de carne y hueso mira la imagen con tristeza, me parece que respira hondo, y, cuando abre la boca, se muestra firme:

—Lo siento mucho, pero no puedes venir conmigo —dice.

La de la pantalla tarda unos instantes en reaccionar, confundida.

—Pero somos hermanas... —solloza—. ¡Eres mi hermana mayor! ¡Me prometiste que siempre íbamos a estar juntas!

—Lo sé... Solo me voy a ir a estudiar. Tú vas a estar bien aquí.

—¡Sabes que no es cierto! —estalla la chica de la pantalla, su hermana—. ¡No voy a estar bien!

—Yo... escucha, no puedo seguir aquí. No estoy bien con mamá y papá, tengo que irme. Voy a estudiar una carrera y voy a trabajar y no puedo hacerlo aquí dentro.

—¡¿Por qué no puedo irme contigo?!

La Bea del escenario lleva un mono vaquero del que sobresale una camiseta roja y el cabello rubio y largo recogido en una coleta. La de la imagen, la que interpreta a la hermana pequeña, luce un vestido plisado y tiene los ojos dilatados de la rabia.

—Lo harás... si quieres... cuando tengas dieciocho años. Pero ahora eres pequeña y no puedes dejar el instituto —dice Bea.

—Me estás dejando sola —solloza su hermana.

—¡No te voy a dejar sola! Voy a venir a verte siempre que pueda. Trabajaré y tendré dinero y un piso y podrás vivir conmigo.

La hermana de Bea se queda en silencio, baja la mirada y su voz es apenas audible cuando vuelve a hablar.

—Mamá tenía razón, eres una persona horrible.

—¡Lo siento! —solloza Bea—. Ahora no lo entiendes, pero...

—¡Ni se te ocurra decir que lo entenderé cuando sea mayor! —exclama—. No me quieres.

—Te quiero muchísimo.

—Te odio.

—Lo siento...

—No quiero volver a verte en la vida.

—Perdóname.

—Nunca te perdonaré.

La hermana pequeña de Bea, interpretada por ella misma en blanco y negro, desaparece de la pantalla. Bea aparta sus ojos de ella y mira al público, que tarda unos largos segundos en ponerse de pie y empezar a aplaudir.

Me pongo de pie para acompañar los aplausos y en mis mejillas pesan las lágrimas que he derramado durante la actuación. No oímos la valoración del jurado porque las luces se apagan y nos indican a todas que ha llegado el momento del descanso publicitario.

Yo aprovecharé para cambiarme el maillot que he utilizado en mi número y que ya me resulta incómodo. Sigo a mis compañeras hasta salir del escenario y entro en el edificio, adentrándome en el vestuario para cambiarme. Al salir, me parece ver la melena rubia de Bea y decido seguirla para... no sé, ¿darle un abrazo? Tengo muchas ganas de darle un abrazo.

Entonces, me cruzo con Celia. Hoy lleva un vestido blanco a juego con sus gafas y el cabello de trenzas azules suelto y cayéndole por los hombros. Le sostengo la mirada unos instantes.

—Me ha encantado tu actuación, Chrissy —dice ella finalmente—. Las imágenes de los pies me han parecido una pasada.

Sonrío. Esta chica es, cuanto menos, curiosa.

—¿Podemos hablar un momento? —pregunto entonces, mirando a mi alrededor—. Aquí no hay cámaras, ¿no?

—Sí, pero no graban el audio —responde ella.

—Bien —suspiro—. Esto... Arizona me dijo que... Bueno, tú sabes lo nuestro, ¿verdad?

Me siento bastante ridícula de golpe, ¿qué espero sacar de esta conversación? ¿Quiero suplicarle que no diga nada? ¿En serio he venido a esto? Las gafas de la chica se empañan de manera que no se le ven los ojos.

Celia asiente con la cabeza.

—Pero no voy a contar nada —dice finalmente.

—Lo sé. Por eso quería hablar contigo y darte las gracias.

Celia me posa la mano en el hombro y lo estrecha, sonriendo. La veo desaparecer y cuando me giro, me encuentro con Bea, que nos observa con el ceño fruncido. Quiero ir detrás de ella y buscar algún sitio en el que podamos hablar con tranquilidad. Pero no hay tiempo. Antes de que pueda darme cuenta, me llaman para regresar a plató. Como siempre, el espectáculo debe continuar.

* * *

Una parte de mí albergaba la esperanza de que, con la expulsión disciplinaria de Miranda, Enara se librara de la suya. Pero no ha sido así y me rompe el corazón.

Olimpia está de pie en el escenario. A su derecha está Enara, luciendo un vestido blanco rosado, el cabello repleto de flores y los ojos brillantes. En el lado izquierdo, Bea, con vaqueros, una camiseta básica, el cabello rubio recogido en una coleta y toda la cara empapada en sudor.

Está claro que, entre las dos, la primera no tiene nada que hacer. El ejército de veinte millones de pecosos estará apoyando a Bea Pecas hasta la muerte. Yo, de tener que elegir entre las dos, también la habría elegido a ella, pero en las últimas semanas Enara se ha ganado un lugar en mi corazón.

—Y la salvada por el público, con un noventa por ciento de los votos es...

¿De verdad tienen que dar el porcentaje? Es hasta ofensivo.

El silencio y la tensión se palpan en el ambiente. Olimpia se aprovecha de esto y alarga el momento hasta alzar el brazo de Bea y gritar:

—¡¡¡Bea Pecas!!!

La chica sonríe y grita y tiene lágrimas en los ojos y después corre a abrazar a Enara, que ha roto a llorar.

No quiero que se vaya ninguna de las dos.

El público empieza a corear:

—Enara, Enara. —Y yo me pongo de pie y aúllo su nombre. La chica me mira y yo hago una forma de corazón con mis manos y deseo tener ya la oportunidad de abrazarla.

—Bea Pecas, enhorabuena por permanecer aquí una semana más —dice Olimpia—. Enara Zion, ¿quieres decir algo o deseas volver ya a despedirte de tus compañeras?

—Esto... bueno, yo estoy muy emocionada... Me da una pena tremenda irme, pero estoy muy agradecida por esta oportunidad, por haber conocido a mujeres tan increíbles y que me llevo a casa. —La chica se sorbe los mocos y abraza a Bea con más fuerza—. He llegado hasta la gala 7 y ya con eso me siento ganadora.

El público aplaude una vez más y Bea y Enara regresan por fin con nosotras. La segunda se sienta a mi lado y yo no pienso dejar de abrazarla hasta que nos obliguen a separarnos.

—Bien. Esta gala ha estado llena de emociones y ahora vamos a vivirlas una vez más, porque nos enfrentamos al peor momento de la noche... Marina, Lucas, Daniella, Romeo, ha llegado el momento de nominar a dos de nuestras concursantes.

Es verdad. ¡Esto no para nunca! Es demasiado rápido. Esto es demasiado rápido, mierda. Apenas me ha dado tiempo de entristecerme por la expulsión de mi compañera cuando ya me están obligando a sentir algo diferente.

Enara se ha sentado a mi lado, así que le agarro las manos mientras el jurado empieza a hablar.

—Bien. Empecemos, Bea Pecas y Celia Anís, podéis poneros de pie —dice Lucas con su voz grave y profunda taladrándome en la nuca—. Chicas, esta noche habéis estado brillantes. Las dos nos habéis regalado un pedazo de vuestro corazón, habéis desnudado vuestros demonios... Celia, nos has hecho reír, y Bea, te aseguro que me has conmovido. Ser honesto no es fácil, así que estamos muy agradecidos porque os sintáis aquí con la seguridad suficiente como para abriros de esta manera.

El público estalla en aplausos y los carteles de apoyo se alzan. Por primera vez veo dos con el nombre de Celia, y me alegro por ella.

—Chicas, sois las favoritas de esta gala y estáis salvadas —dice Marina.

Bea y Celia se abrazan y se sientan mientras el público sigue aplaudiendo.

—Ahora ha llegado el momento de las decisiones difíciles... —sigue hablando Lucas—. Compañeras, os cedo el testigo.

—Siempre tan considerado —vacila Daniella—. Valentina, Arizona, Sindy y Chrissy, podéis poneros de pie. Las nominadas están entre vosotras.

Tengo el estómago encogido y busco a Arizona con la mirada. Ella, sentada en el otro lado del sofá, me ve y me dedica una sonrisa tensa.

—Chicas, vuestras cuatro actuaciones han sido muy buenas. Lamentablemente, hemos llegado a un punto del concurso en el que cualquier detalle es medido con lupa —sigue hablando Daniella.

—Como ya sabéis, en este concurso valoramos las historias por encima de todo —dice Marina—. Buenas historias, de esas que te llegan al alma y te emocionan y te hacen reír. De todas estas historias, han destacado favorablemente las de Chrissy Dubois y Valentina. Chicas, gracias. Lamentablemente, Arizona y Sindy son las nominadas.

Unos cuantos carteles se levantan en apoyo a Arizona y yo siento que mi estómago se separa de mi cuerpo. La miro a ella, que mantiene la sonrisa. Miro a mi alrededor y solo entonces me doy cuenta: quedamos muy pocas en el concurso. Muy muy pocas.

Lo difícil empieza ahora.

El concurso empieza ahora.

LAS CHICAS DE OLIMPIA: RESUMEN DE LA GALA 7

Récord de audiencias en la séptima gala del concurso, la más emocional hasta ahora. Esta gala ha estado marcada por la despedida a Miranda Rus, que ha sido expulsada de manera disciplinaria tras la agresión verbal a su compañera Chrissy Dubois.

«Miranda cometió un error, eso está claro. Está sometida a mucha presión y no creo que su expulsión sea justa. Independientemente, lamento que haya hecho daño a una compañera», ha dicho su madre tras recogerla en la academia. Sin embargo, no hemos conseguido que la familia de Chrissy Dubois haga ninguna declaración al respecto.

La academia ha emitido un informe pidiéndole disculpas a la joven afectada.

Sin embargo, este no ha sido el momento más emotivo de la gala.

La *influencer* Bea Pecas nos ha desgarrado el corazón con una interpretación en la que ha mostrado la traumática separación de su hermana. Sin embargo, esta actuación no ha estado exenta de polémicas, ya que los padres de la *influencer* se han puesto en contacto con este medio para dejar claro lo siguiente: «Hace años que no tenemos relación con Beatriz, pero nos parece injustificable que haya hablado de asuntos familiares ya superados en televisión», ha declarado su padre.

Destacamos también el hilarante monólogo de Celia Anís relatando la escena en la que su padre y su madre le presentaron a sus nuevas parejas y el emocionante baile de Chrissy Dubois poniendo en valor el sacrificio del ballet.

Enara Zion, Sindy B. Jones y Arizona Yagami han sido las menos favorecidas. La primera se ha convertido en la nueva expulsada y las otras dos han resultado nominadas.

¿QUÉ SUCEDERÁ EN LA PRÓXIMA GALA?

¿Cuántas cosas más pueden pasar? Cada concursante deberá escoger una actuación icónica de Olimpia a lo largo de sus décadas de trabajo y replicarla a la mayor exactitud. ¿Conseguirá esto rebajar la tensión en el ambiente?

LAS NOMINADAS DE LA SEMANA

Arizona Yagami y Sindy B. Jones no lo hicieron especialmente mal, pero tampoco han destacado entre sus compañeras, por lo que han resultado nominadas. Podéis votar a vuestra favorita en *laschicasdeolimpia.ai/nominaciones,* ¡mucha suerte a las dos!

@monique Qué horror lo que ha pasado con Miranda, joder. Y nos tenemos que fastidiar el concurso por su puta transfobia de mierda #todasconchrissy

@andreatf He visto 8000 veces los tiktoks de Celia y aun así no me canso de sus historias.

@candechrisami He llorado un poco con el contenido #Chrisami de esta semana! Se quieren TANTO Y TAN BIEN! #todasconchrissy #mirandaalacalle

@la_gata Cuándo se va a acabar este sufrimiento de concurso??????? Se me hace eterno.

@luciamg Chrissy no es mi favorita, pero le estoy eternamente agradecida por HABER PUESTO EN VALOR EL BALLET!!!! PODEROSÍSIMO!! #todasconchrissy

@dakotalajota Me he sentido tan decepcionada con Miranda... Siento mucho que Chrissy haya pasado por esto. No lo merecía #mirandaalacalle

@mario_v_l No tenía ni idea de lo de Bea Peca... Tengo una prima que pasó por algo parecido, es muy duro dejar a tu hermana/o por pura supervivencia. Gracias por arrojar luz sobre este tema con tanto tacto. Ojalá tengas una larga carrera como actriz al salir de aquí.

Semana 8

Arizona

LUNES

18:30

La semana pasada estuvo llena de besos que estuvieron a punto de hacerse realidad. Estuvo llena de contacto, de intimidad, y estoy convencida de que si Bea Pecas no hubiera aparecido en la playa, Chrissy y yo nos habríamos besado.

Por mucho que me esfuerce, no dejo de pensar en lo tranquila que era su respiración a pesar de los escasos centímetros que nos separaban. Yo, desde luego, la habría besado si hubiera tenido la oportunidad. La habría besado de verdad. La pregunta es: ¿me habría besado ella?

La playa me parece rara sin ella.

He salido a dar un paseo después de toda la mañana trabajando en la gala para despejarme un poco. He probado incluso a descalzarme y mojar los pies en el mar, como hace ella siempre, pero se me ha enredado un alga asquerosísima en los dedos, he salido corriendo y ahora tengo los calcetines mojados y las piernas llenas de arena.

Para la próxima gala, hemos de preparar un auténtico homenaje a Olimpia. Cada una de nosotras interpretará un momento vital de su carrera, uno de esos icónicos que la han situado donde está hoy. Han escogido algunos y los han sorteado. A mí me ha tocado una de las peores opciones: el desfile con el que ganó Miss Universo estando embarazada de siete meses. ¿Cómo demonios voy a interpretar eso? Es injusto. No es una actuación

183

nada espectacular comparándola, por ejemplo, con la que le ha tocado a Bea Pecas, que consiste en tirarse desde un trampolín. ¡Y encima yo estoy nominada! ¡Joder, estoy nominada!

Sería hipócrita no reconocer que mi concurso ha mejorado mucho últimamente. Nadie me llama por mi nombre todavía, no sin el Yagami al lado, pero soy consciente de que, por primera vez en mi vida, despierto simpatía en el público.

Estoy nominada contra Sindy, que tampoco es una rival especialmente fuerte, pero...

¿Y si me expulsan? ¿Y si me expulsan tras una actuación en la que llevo barriga de embarazada? ¿Y si he hecho todo esto para quedarme tan cerca de la final?

Literalmente me moriría.

Estoy delante de la puerta de la academia cuando la veo: Chrissy, con su melena pelirroja recogida en una coleta alta y el flequillo metido en una diadema, vestida con una sudadera y unas mallas y el ceño fruncido.

—¿Me buscabas? —le pregunto, y tengo que carraspear porque me he quedado sin aire.

¿Por qué me he quedado sin aire? Mierda, tengo que concentrarme. Mi boca se abre y se cierra como un pez que boquea en busca de oxígeno porque una parte de mí desea hablar de lo que pasó la semana pasada, y quizás retomarlo donde lo dejamos... en el beso, pero la parte racional me frena.

No debo besarla. No debo besarla.

Pero creo que siento algo por ella.

Algo de verdad.

Mierda. Mierda.

—¡Arizona! —la voz de Chrissy me saca de mis pensamientos y tardo un tiempo en procesar lo que ha dicho.

—¿Pero no te acabo de preguntar si me buscabas?

—¡Y yo te he respondido! —exclama Chrissy y después sonríe de medio lado y añade—: Sí que te afecta la nominación, guapa.

Ya está, me he puesto roja. Lo sé. ¿Me sonrojo solo porque me ha llamado guapa? Joder. Noto el calor en mis mejillas y el sudor en mis manos y mi cerebro se mueve a mil millones de reproducciones por segundo, igual que mi corazón. ¿Me gusta Chrissy Dubois? Está claro que es preciosa y es inteligente y disfruto besándola y está claro que me atrae. ¿Pero me gusta? ¿Me gusta de verdad?

—¿Estás bien, Ari? —insiste Chrissy torciendo el gesto.

—Sí, es solo que me agobia todo esto. Ya sabes. Pero me he despejado bastante con el paseo por la playa, he ido a nuestra escollera.

—Espero que hayas puesto el pie en la roca, ya sabes que da buena suerte.

—¡No me habías dicho que daba buena suerte! —exclamo indignada—. ¡Mierda, Chrissy! Ahora voy a tener que volver para tocar la maldita roca.

Me vuelvo hacia la puerta que da a la playa y siento la mano de Chrissy cogiéndome por el hombro impidiéndome el paso. Y de nuevo lo siento: *Bum. Bum. Bum. Bum.*

—Era mentira, Ari, tranquila, no te van a expulsar porque no hayas tocado una roca. Te lo prometo.

—¿Puedes prometerlo? —me quejo.

—Prometido. Además, ¡nadie echaría a una embarazada!

Ahora soy yo la que le pasa un brazo por encima del hombro para llevarla conmigo hasta el interior de la academia y, mientras lo hago, le doy un beso en el nacimiento del cabello. Porque eso es lo que hacen las novias falsas, ¿no?

Chrissy

S on las diez de la mañana del miércoles y, después de salir a correr, he entrado en el estudio de baile de la academia. Me quedo de pie frente al espejo que cubre la pared y me observo con mi chándal negro y el cabello recogido.

Llevo un papel en la mano, pero no lo miro. Aprieto los puños, frunzo el ceño y doy un golpe en el suelo antes de gritar:

—¡Púdrete, papá!

Ese es el inicio del discurso que daré como prueba de esta semana. Aún me parece increíble que de entre todos los momentos icónicos de la vida de Olimpia, me hayan mandado interpretar el discurso que dio en el funeral de su padre.

Decir que Olimpia y su padre se odiaban es quedarse corta. El hombre fue un empresario muy famoso, y antes de fallecer ganó diez millones de euros en la lotería y no le legó un céntimo a su hija. Por eso, el día de su funeral, ella se plantó en el cementerio con un traje negro y unos tacones y dio un monólogo que abrió todos los programas del corazón.

—Parece que cuando alguien fallece es obligatorio guardarle respeto y recordar solo las cosas buenas que hizo. Yo sé que fuiste bueno para algunas personas, lo sé porque lo vi con mis propios ojos y por eso me dolió tanto que no fueras bueno conmigo...

—Tengo que mirar el papel porque no recuerdo cómo continúa el discurso—. ¡Púdrete, papá!

Me muevo por el espacio y simulo los empujones a las personas que intentaron frenar a Olimpia, y recreo en mi imaginación el momento en el que se deshizo a golpes de todas las coronas florales. Sigo gritando y moviéndome por el espacio, y al acabar me tumbo en el suelo rendida, mirando al techo.

Bum bum.

Bum bum.

Bum bum.

El corazón me late desbocado por el esfuerzo.

Coloco mis manos en el pecho.

Bum bum.

Bum bum.

Bum bum.

No. Lo que me pasa es algo más.

¿Cómo es posible que esté ensayando una prueba y siga pensando en ella? No me la he quitado de la cabeza desde que me he levantado esta mañana.

¿Me gusta Arizona Yagami? No me moveré hasta que no lo descubra. No respiraré hasta que no lo descubra.

Quiero decir... ella siempre me ha gustado un poco, desde el principio, ¿no? Jamás habría aceptado tener una relación falsa con alguien a quien considerara mala persona, alguien que no me tratara bien o alguien en quien no pudiera encontrar ni una cualidad positiva.

Pero ahora no es solo eso. Los momentos que pasamos juntas son todo lo que veo cuando cierro los ojos y siempre que me besa quiero seguir besándola.

Y el otro día... bueno, si no nos hubieran interrumpido, la habría besado. Y ella me habría besado a mí. Lo sé con tanta certeza que me aplasta el pecho, porque habría sido de verdad. Habría sido un beso de verdad y eso lo cambiaría todo.

Bum bum.

Bum bum.

Bum bum.

Me gusta Arizona Yagami.

* * *

He pasado la tarde practicando mi prueba con la ayuda de los profesores de interpretación y me siento tan cansada que podría quedarme dormida hasta la próxima gala. Me encamino hacia el salón arrastrando los pies y, por el camino, sonrío al encontrar una fotografía de Olimpia colgando de un marco en la pared del pasillo. En ella aparece una Olimpia mucho más joven, lleva un traje negro y el cabello engominado pegado a la cabeza. A su alrededor, están flotando los pétalos de la corona de flores que rompió.

Retrata el momento exacto que yo interpretaré en unos días.

Sonrío y pienso en mi prueba hasta que llego al salón, donde me encuentro a Valentina, Ari, Sindy, Celia y Bea sentadas. Arizona y Sindy están en el sofá, con las espaldas bien pegadas al reposacabezas. Celia está en un sillón y Sindy apoyada sobre un cojín.

Me siento al lado de Arizona y un escalofrío me recorre por completo cuando me da un beso en la mejilla. Intento disimularlo y le agarro la mano que coloco encima de mi muslo y me parece que me ha dicho algo, pero yo no he entendido nada.

Entonces llega Bea, con el pijama puesto y el pelo metido en una toalla. Imagino que ha estado en la piscina hasta ahora. A ella, en el reparto de pruebas para la gala, le ha tocado quizás la más difícil: recrear el momento en el que Olimpia saltó de cabeza desde un trampolín en un concurso de televisión que fue un fracaso.

Bea se sienta en un cojín al lado de Sindy y me dedica una sonrisa.

—¡Bien, ya estamos todas! ¿Ahora ya podemos jugar a las cartas? —pregunta Sindy, apartándose la melena negra de su piel tostada.

—¿En serio me has estado esperando para jugar a las cartas? —inquiere Bea.

—¡No se me ocurre nada mejor! Solo me apetece que pasemos un rato juntas, que cada vez somos menos y cuando todo esto se acabe os echaré muchísimo en falta. No sé, me da pena que no aprovechemos estos últimos días.

Todas guardamos silencio.

—Jo, Sindy, eres un sol —digo, y juro que estoy a punto de ponerme a llorar—. Yo también estoy triste por eso. Os echaré muchísimo de menos. —Carraspeo antes de volver a hablar—: ¿Solíais jugar a las cartas en el colegio?

La respuesta rotunda es que sí, pero cada una jugábamos a algo diferente o al menos a lo mismo, pero con otros nombres. Las conversaciones se van desviando y termino por tumbarme en la alfombra del salón mientras hablamos de infancia y de sueños que nos han acompañado desde niñas y que nos han traído hasta aquí.

—¿Cuando erais pequeñas soñabais con acabar en un concurso de televisión? —pregunta Valentina al cabo de un rato.

—Ni de coña —responde Bea.

—Yo solo soñaba con ser bailarina —respondo.

—Y yo soñaba con ser actriz —dice Sindy.

—Y yo con ser música y cantante —dice Arizona.

—Yo no deseaba absolutamente nada —comenta Celia—. Ni siquiera ser escritora, menos aún *influencer*.

Recuesto un poco mejor mi cabeza sobre el cojín, tranquila, y me inundan un poco las ganas de llorar al recordarme a mí misma de pequeña, con todas esas ganas y esa ilusión y me pregunto si esa niña estará orgullosa o no de mí.

—Es una mierda —admite Valentina—. Quiero decir, es una pasada que tengamos la oportunidad de estar en este concurso y contar nuestras historias y compartir quiénes somos con el público e inspirar... No lo cambiaría por nada, pero, joder, es una mierda que este sea el único camino para alcanzar... lo que sea. Este concurso, las redes sociales, la fama... ya me entendéis.

Sí. Claro que la entendemos.

—Completamente —suspiro—. Es curioso que cada una estemos aquí por una razón diferente y aun así esta parezca la única manera de conseguir las cosas... parece que para ser bailarina o actriz o modelo o escritora tengas que ser... famosa. Tiene que haber otra manera, ¿no?

Ninguna de las chicas dice nada, hasta que Bea se incorpora, se termina de secar el pelo con la toalla antes de dejarla apoyada en el sofá y dice:

—A ver, igual es porque soy la única de aquí con una perspectiva diferente, pero durante toda mi vida solo he querido dinero. Dinero para ayudar a mi familia y dinero para ayudarme a mí misma. Nunca he tenido ningún talento especial, así que sabía que, para conseguirlo, debía tener seguidores. Ahora los tengo, y gracias a ello tengo dinero y trabajo. Y... bueno, mi familia me odia, pero sí que me he ayudado a mí misma.

Suspiro, porque no se me ocurre nada que decir. Mis compañeras deben estar igual, porque tras el alegato todas ellas se han quedado en silencio.

—¡Joder! —exclama Bea—. ¡No quiero parecer frívola! Me siento muy agradecida por mis seguidores porque gracias a ellos estoy aquí, ¡no cambiaría esta oportunidad por nada! Quiero decir, ¿acaso no queréis estar aquí? Las reglas del juego son las que son, y para poder conseguir tus metas y tus sueños necesitas seguidores, y a no ser que hayas nacido con dos Oscar debajo del brazo te toca currártelo.

Contengo el aliento.

—¡¿Perdona?! —grita Arizona, incorporándose y mirando a Bea a los ojos—. ¿Insinúas que no me lo he currado?

—No, Arizona, insinúo que tú ya eras famosa desde la cuna y que eso te ha ayudado.

—Pues no sé si me ha ayudado o no... Solo sé que me ha colgado la etiqueta de «hija de» y que ni siquiera aquí me llaman por mi nombre. —Arizona resopla—. Joder, a mí también me habría gustado tener la oportunidad de triunfar por mis medios y por mi música. ¡Tener padres famosos se convierte en un lastre cuando nadie ha escuchado tus canciones!

—Igual nadie ha escuchado nunca tus canciones porque no tienes ni una pizca de talento —murmura Bea.

—¡Bea! —exclamo yo, incorporándome porque siento que si no pongo paz entre estas dos van a llegar a las manos en cualquier momento.

—Claro, porque para subir historias a Instagram comentando la ropa que te ha mandado una marca necesitas un talento increíble —replica Arizona, que ya se ha puesto de pie y la mira desafiante.

—Bueno, si mis padres tuvieran pasta y estabilidad mental igual me habrían llevado a clases de baile o de música o de interpretación...

—Venga, no vuelvas a soltar tu rollo de familia disfuncional, que ya lo hiciste bien el otro día...

—¡Arizona! —exclamo yo.

—Chicas, tranquilidad... —intenta intervenir Celia con poco entusiasmo.

—Estas van a acabar a puñetazos... —comenta Sindy.

—O se enrollan o se matan —añade Valentina.

Y viendo la tensión que hay en el ambiente, creo que tienen razón, pero a mí no me interesa ninguna de las dos opciones.

—¡¿Tú crees que yo quiero tener una familia como la que tengo?! Me han pedido que sea honesta en este maldito concurso, así que lo he sido, y mis padres y mi hermana deben estar odiándome por hablar del tema. ¿Crees que quiero eso? ¡Vives en una puñetera burbuja de privilegio, Yagami!

—¡¿Y tú crees que quiero unos padres famosos?! —sigue gritando Arizona, tocando los hombros de Bea y empujándola levemente.

—¡¡Sí!! ¡Joder! ¡Claro que sí! ¿Quién cojones no quiere tener unos padres famosos? Sí, sí, la gente te llama por tu apellido. ¿En serio crees que ese es un problema de verdad? —pregunta Bea, y la empuja también—. ¡Claro que querría que mis padres fueran encantadores y famosos y la pareja favorita de todo el puñetero mundo!

—¡Mis padres ni siquiera están juntos! —estalla Arizona.

Bea se separa de ella y el tiempo se detiene. O quizás soy yo quien intenta detenerlo.

Mierda. Mierda. Mierda. Mierda.

Lo ha dicho.

No podía decir eso y lo ha dicho.

El corazón deja de latirme. Veo al resto de chicas con la boca abierta de la impresión y a Arizona palidecer.

—Chicas, podemos concluir que yo soy la más desgraciada de todas. ¿Quién quiere tener dos padres que nunca han estado juntos? Porque los míos ni lo están ahora ni lo han estado jamás —interviene Celia. Sé lo que pretende. Se ha dado cuenta de que Arizona ha dicho algo que no debía y quiere cambiar de tema.

—Eso, cuéntanos esa historia otra vez, Celi —le sigue la corriente Sindy.

—Pues bueno, mis padres son filósofos los dos, y una noche tomando algo pensaron que quizás el problema y lo que realmente jode las relaciones entre padres e hijos son precisamente las relaciones entre los padres...

La chica está lista para seguir hablando.

Pero no sirve de nada. No sirve de nada porque Arizona tiene una mirada rota y juraría que los ojos se le han llenado de lágrimas, como si hubiera descubierto de repente lo que acaba de hacer, como si el shock se hubiese acabado y hubiera dado paso a todo lo demás.

Arizona Yagami abandona el salón y se dirige al pasillo.

Me acerco a ella y la cojo por el hombro. Quiero que me hable, quiero hablarle, quiero saber cómo ayudarla.

—Déjame, Chrissy —dice con firmeza.

—Pero... —murmuro.

—Necesito estar sola, de verdad —insiste.

Así que la dejo sola y la veo entrar en su habitación.

Arizona

MIÉRCOLES

17:30

Joder. Joder. Joder. Joder. Joder.

Mierda, Mierda. Mierda. Mierda. Mierda. Mierda. Mierda. Mierda. Mierda. Mierda. Mierda. Mierda. Mierda. Mierda. Mierda. Mierda.

Lo he fastidiado todo.

Soy lo peor.

Soy literalmente la peor persona del mundo.

Soy la peor hija que podría tenerse. Soy la peor hija del mundo. Soy la peor hija del mundo. Soy la peor hija del mundo. Soy la peor hija del mundo.

Arizona Yagami: imbécil y desheredada, ese será el título de mi biografía.

Mis padres me van a matar.

Y no estoy exagerando. Literalmente me van a matar. O quizás su agente lo haga antes.

Arizona Yagami: imbécil, desheredada y muerta.

Al salir a la playa, alzo los brazos al cielo porque no me sorprendería que ahora mismo se plantase el helicóptero privado de mis padres para sacarme de aquí a rastras.

¡Más de una década guardando un secreto para nada!

Lo intento, pero no veo nada por culpa de las lágrimas. No veo absolutamente nada, pero rebusco entre los bolsillos de mi sudadera hasta dar con el teléfono móvil que he mantenido escondido en mi habitación de la academia, bajo el colchón de mi cama, durante todo este tiempo. No es que lo haya vuelto a utilizar, ¡yo cumplo mis promesas! Pero era más seguro tenerlo en la academia que sacarlo fuera.

El móvil está apagado y tardo un poco en arrancarlo de nuevo. Mierda, ahora me pide la clave de acceso. Pues menos mal que dejé el papelito en la funda. La quito con cuidado y tecleo la clave con las manos temblorosas. La verdad, esperaba que el teléfono estuviera lleno de notificaciones y llamadas perdidas, pero no es el caso. Mi confesión ya se habrá emitido en todas las plataformas de *streaming*, ¿no es así? Seguro que un *hashtag* como #ElAmorHaMuerto es *trending topic* ahora mismo en todas las redes sociales existentes.

Pero el teléfono no arde en mis manos y el silencio y el no saber cómo estará reaccionando la gente en el mundo exterior es mucho más doloroso de lo que habría imaginado.

Sigo llorando tanto que las manos me tiemblan y temo que el teléfono vaya a escurrirse de entre mis dedos y caer contra el suelo. Entro en el buscador de internet y tecleo mi nombre. No encuentro nada nuevo, además de que la cobertura aquí es terrible. Estoy arriesgándome demasiado. Llamo a Nil, pero no me responde. Imagino que ahora su madre y mis padres estarán teniendo una reunión de urgencia y él estará espiándolos en la distancia como hacíamos cuando éramos pequeños. O quizás ahora él es lo suficientemente mayor para intervenir. Quizás me esté defendiendo. ¿Para qué engañarnos? Ahora debe de estar llamándome tonta. Pero no me coge el teléfono.

Nil

Nil

Nil

Creo que los mensajes ni siquiera se han enviado cuando la pantalla del teléfono se vuelve negra. Mierda. Mierda. Mierda. Se ha apagado. Joder, Nil. ¿A quién se le ocurre pasarme un teléfono de contrabando, pero no un jodido cargador?

Empiezo a ser consciente de que no puedo quedarme en la playa para siempre. Tengo que volver. Tengo que hablar con Olimpia y pedir mi extradición. ¿Cómo es que el helicóptero no ha aparecido a sacarme de la playa ya? ¿Cómo es que mis padres aún no han enviado a nadie?

¿Cómo he podido hacerlo? ¿Cómo he podido decirlo?

Mis padres me lo dejaron claro mil veces y la madre de Nil otras tantas: «Arizona, puedes hablar de lo que quieras, excepto de esto. No se lo puedes contar a nadie. Nunca».

Pero yo se lo conté a alguien. Yo bajé la guardia. Y ahora lo he fastidiado todo.

17:50

¿Por qué tuve que hacerlo? ¿Por qué tuve que contárselo a Chrissy? He pasado diez años guardando esto, hablándolo solo con mis padres y Nil. ¡Y no estaba tan mal! ¡Había aprendido a vivir con ello! Pero ahora... supongo que al haber sido honesta con Chrissy... mis sentimientos siguen a flor de piel.

Nunca debí haberme mostrado vulnerable. No con algo que no me pertenece a mí, sino a mi familia.

La playa no consigue calmarme y es evidente que mi teléfono no me sirve de nada, así que lo guardo en el bolsillo interior de mi chaqueta y vuelvo.

En mi regreso a la academia, me sorprende la normalidad que me encuentro. Mis compañeras siguen charlando en el salón. ¿Acaso he soñado la última media hora? No. No es eso. Lo tengo claro por la manera en la que me miran: solo están fingiendo, disimulando. Olimpia aparece cruzando el pasillo:

—Yagami, quería comentarte una cosa de tu actuación —dice.

Sé que no se trata de eso.

Pero también sé que no puedo hablar con ella ahora.

Chrissy aparece también, al lado de Olimpia, y me tiende la mano. No me lo pienso al agarrarla y dejar que tire de mí hasta llegar a las duchas, libres de cámaras.

Chrissy sigue sujetándome la mano, su cabello pelirrojo, suelto, enmarcándole el rostro y esos ojos bien abiertos, brillantes bajo la luz artificial, reluciendo en un color verde con motas naranjas. Toda ella está teñida de preocupación.

—Ari, ¿estás bien? —pregunta con suavidad.

—No. Yo... —Mi corazón late desbocado en mi pecho—. Solo me pidieron una cosa, Chrissy, que no lo dijera. Y lo he hecho. He bajado la guardia, he entrado en el maldito juego de la estúpida de Bea Pecas y lo he fastidiado todo...

—Bea no lo ha hecho a propósito, no ha sido culpa suya...

Retrocedo.

—¡¿La defiendes?! —exclamo—. ¡Ella me ha provocado!

—Lo sé. Pero no sabía nada. Puedes enfadarte todo lo que quieras, pero no ha sido culpa de Bea, y lo sabes. Y tampoco ha sido culpa tuya, ¿me oyes? No ha sido culpa tuya.

Quiero responder, pero los ojos se me llenan de lágrimas y ni siquiera sé por qué. O quizás sí. Quizás lloro porque en el fondo me siento culpable por no ser capaz de hacer ni una sola cosa bien.

Chrissy tiene las manos heladas cuando las coloca en mis mejillas y me seca una lágrima de la cara con dulzura. Después, respira hondo, obligándome a hacer lo mismo y yo intento imitarla, lo intento de verdad, pero no lo consigo.

—Escúchame, tienes todo el derecho del mundo a estar enfadada con tus padres —dice, y sus palabras me cortan el aliento. Frunzo el ceño, confundida—. Arizona, tus padres no debieron obligarte a cargar con un secreto como este durante tantos años. No debieron darte tanta responsabilidad al entrar en este concurso. Eres su hija, y deberían haberte tratado solo como a una hija. Así que, si ahora se enfadan contigo, se pueden ir a la mierda.

Hay algo en la forma en la que manda a la mierda a mis padres... algo que hace que sean irrefrenables mis ganas de besarla. La miro fijamente a los ojos en unos segundos que se me hacen eternos. Me detengo en el color de sus ojos y en todas sus pestañas, en la forma de su nariz y en cada una de sus pecas y cuando llego a sus labios no lo aguanto más. Mis ojos le hacen la pregunta que yo no soy capaz de hacerle y ella asiente, así que la beso con fuerza. Su cuerpo aterriza contra los azulejos de las duchas y nuestros dientes se chocan de una manera un poco dolorosa y temo haberlo hecho mal. Pero Chrissy se ríe y me agarra el pelo con las manos para devorarme con otro beso.

Mierda, creo que ella besa mucho mejor que yo. Pero no pienso dejar de intentarlo y buscar superarme. Muerdo su labio inferior cuando la sigo besando y ella vuelve a dejarme las riendas de la situación, pegando la espalda contra la pared. Entrelazo mis manos en su pelo, beso su cuello, beso su clavícula, beso su escote y después ella arremete contra mí, hace que nuestros cuerpos se giren y sea yo la que se apoye en los azulejos. Siento como me sube la camiseta y une las manos a mi cintura, pero los dedos ya no están fríos, sino que tienen el calor de todo su cuerpo.

Me muevo contra la pared, mi cuerpo se une al suyo y entonces, empieza a llover como si estuviéramos en una puñetera comedia romántica. El agua baña el cuerpo de Chrissy, que sigue buscando el mío, y me empapa a mí también. Pero no puede llover, porque estamos dentro del baño. Lo que cae es agua de la ducha.

Me entra la risa hasta que siento el frío que invade mi cuerpo y congela cada uno de mis órganos vitales.

—¡Mierda! ¡Chrissy, apaga eso! —grito.

La chica no deja de reírse, pero también puedo percibir los signos de su congelación en el castañeo de sus dientes. Chrissy cierra por fin el grifo de la ducha y el agua deja de caer y, como es una tía resolutiva, recoge unas toallas y me lanza una mientras se enfunda en otra.

—Cuando en las películas la pareja se enrolla en la ducha con agua y todo, pintan esto mucho mejor... —murmuro.

—Qué tonta eres —suspira, regalándome la sonrisa más bonita del mundo y besándome en la mejilla—. Pero bueno, mejor, que si no, sé dónde habríamos acabado... Ya sabes, estando en un concurso de televisión, tenemos que guardar las distancias.

Bufo.

—Pero otro beso sí que me das, ¿no? —pregunto

—Todos los que quieras —responde, y junta sus labios con los míos una vez más. Y otra. Y otra. Después, utiliza su toalla para revolverme el pelo, me sujeta la cara con las manos como ha hecho antes y dice—: Me gustas mucho, Arizona Yagami.

Uno mis manos a las suyas y la miro fijamente al decir:

—Tú también me gustas mucho, Chrissy Dubois.

La chica aguanta el contacto visual durante aproximadamente diez segundos hasta que empieza a reírse.

—Estamos hablando fuera de nuestra relación falsa, ¿no?

—Claro... esto... nos gustamos de verdad —respondo.

—Sí. Me gustas de verdad.

—Bien.

—Bien.

—Entonces, ¿tenemos que hacer otro contrato? —pregunto, y hablo totalmente en serio, porque esto complica un poco mi estrategia.

Chrissy vuelve a reírse. Se pone de pie y me da la mano, que agarro mientras nos dirigimos a la puerta.

—Igual podemos simplemente gustarnos y disfrutar del resto del concurso —sugiere Chrissy.

—No creo que pueda hacer eso —digo.

—Bien. No te obligaré a disfrutar de nada —replica ella.

—Bien.

—Bien.

Cruzo la puerta cogida de su mano. Quizás pueda con esto. Con ella, hay una posibilidad.

Gala 8

Chrissy

Vale. Arizona y yo somos novias falsas con sentimientos verdaderos, pero... ¿eso nos hace novias de verdad? Ya ni siquiera sé cómo tocarla o cómo hablar con ella cuando estamos sentadas la una al lado de la otra en la sala de vestuario con el resto de nuestras compañeras.

Es un tanto absurdo, si te paras a pensarlo. Ya llevamos seis semanas con esto. ¿Por qué debería tratarla de una manera diferente ahora que es... real? Porque es real, ¿no?

Desde nuestro momento de comedia romántica en la ducha, no estoy segura. Que nos gustamos me queda clarísimo, pero lo demás... Una parte de mí me pregunta si es necesario remover las cosas ahora que queda tan poco para terminar el concurso. Yo quería ser la ganadora y mantener una bonita amistad con Ari, pero esto lo cambia todo. Porque, claro, si antes ya me preocupaba por ella... ahora lo hago más. Y sigo queriendo ganar con todo mi corazón, pero al mismo tiempo... al mismo tiempo también quiero que ella gane. Porque se lo merece.

La tengo sentada a mi lado, con un vestido de lentejuelas rojo y una enorme tripa de embarazada que más bien parece un balón de plástico de los que usaba en ballet para hacer ejercicios.

Y aun con ese atuendo tan ridículo, Arizona se merece ganar.

Se lo merece todo.

Desde el momento ducha, lo único en lo que me he concentrado ha sido en estar ahí para ella. Ese mismo jueves, Olimpia llamó a Arizona para hablar en su despacho. Ari me pidió que no la acompañara, así que no lo hice, pero después me explicó más o menos lo que había pasado. La declaración oficial de Ichiro Yagami y Laura Lago es que ellos están juntos y que las palabras de su hija han sido un malentendido. El concurso apoya esa declaración y va a mantenerla. Eso era lo único que Olimpia podía decirle.

Sinceramente, cuando Arizona me lo contó, odié a sus padres. Esta habría sido una oportunidad fantástica para ser sinceros y decidir apoyar a su hija...

—Chicas, salimos en cinco minutos —nos advierte Luís, uno de los regidores.

—A lo mejor es la última vez que oigo esto... —suspira Arizona, quejicosa y haciendo un esfuerzo por levantarse con su enorme tripa postiza.

Pongo los ojos en blanco. ¡Su pesimismo me saca de quicio! Pero no es momento de enfadarme, que, al fin y al cabo, su vida personal está patas arriba y encima está nominada. Me toca ser buena.

Me pongo de pie y ayudo a Arizona a levantarse. Después, las dos nos encaminamos al plató seguidas por nuestras compañeras.

* * *

—El plató está igual que siempre.

Es lo primero que me ha dicho Arizona cuando hemos entrado. Supongo que se refiere a que el público no lleva antorchas encendidas ni desea su muerte por haber sugerido que la pareja más icónica de la historia reciente está rota.

La primera en actuar ha sido Sindy, que ha dado un discurso sobre los derechos humanos vestida con un traje azul marino. Cuando ha terminado, he aplaudido y me he ganado una mirada asesina de Arizona, como si me quisiera decir: «Eh, apóyame a mí y a nadie más». Pero en mi corazón hay espacio para aplaudir a más de una persona. Además, estoy convencida de que mi novia falsa (por la que tengo sentimientos auténticos) saldrá victoriosa de este duelo.

Mientras el público aplaude y escucho las valoraciones del jurado, me pongo de pie y me encamino a mi posición al lado de Olimpia, porque voy a ser la siguiente en actuar.

—¡Chrissy Dubois! —exclama la mujer al verme, colocando una mano sobre mi hombro en un gesto cariñoso—. Cuéntame, ¿qué sientes al recrear uno de los momentos más dramáticos de mi vida?

—Yo... No...

—¡Es broma, querida! Nunca te hemos visto furiosa en el escenario, estoy ilusionada por conocer una nueva faceta tuya.

—¡Chrissy, te queremos! —oigo que grita un espontáneo entre el público y me ruborizo hasta las cejas.

—La verdad es que es algo que me encanta de este concurso, en cada gala descubro más cosas sobre mí misma.

—Y para nosotros es un lujo poder verte descubrirlas...

Olimpia vuelve la vista hacia la pantalla y sus palabras dan paso a las imágenes más destacadas de mi semana.

La verdad es que me encantan estas recopilaciones. Cuando no las utilizan para hacerme daño, claro. Normalmente, apenas me acuerdo de las cosas que voy haciendo, así que ojalá tuviera también recopilaciones de mi vida fuera del programa... Pero, incluso aquí, hay muchas cosas que no captan las cámaras, claro. Como las noches que me acosté llorando de la angustia que me provocaba la situación con Miranda. Como el miedo atroz a decepcionar a mis padres. Y también cosas buenas, como las risas compartidas con Bea en el cuarto de baño, desmaquillándonos antes de irnos a dormir, o todas mis conversaciones con Arizona en la playa.

Me captan en las clases privadas con mis profesores de interpretación, ensayando, practicando, pero no reflejan mis pensamientos y todas esas dudas acerca de si Arizona Yagami me gustaba de verdad. No captan el momento justo en el que me doy cuenta de que sí.

Por supuesto, no incluyen nada del comentario de Arizona y estoy agradecidísima por ello.

Pero la recopilación de mi semana termina con nosotras dos saliendo completamente empapadas y emocionadas de las duchas. Nos damos un beso justo tras cerrar la puerta y, al verlo, el público vitorea, aplaude y silba.

—Veo que, aunque Bea será la que se tire a la piscina esta noche, no es la única que ha probado el agua esta semana... —comenta Olimpia.

Tardo unos segundos en recomponerme de la vergüenza que me ha entrado. ¡Y pensar en que mi abuela también estará viendo estas imágenes! Busco a Arizona con la mirada, pero resulta difícil desde mi posición. Así que carraspeo.

—¿Sabes en las películas cuando la pareja tiene una escena romántica en las duchas y es superbonito e idílico...? Digamos que en la vida real no es exactamente así.

El público estalla en carcajadas.

—¿Algo que decir, Yagami? —pregunta Olimpia alzando la voz.

Arizona intenta ponerse de pie, barriga gigante incluida, pero no lo consigue y responde sentada:

—¡Pues que a mí sí que me pareció idílico!

El público grita y aplaude con más fuerza y varios carteles de #Chrisami4Ever se alzan a la vez.

Yo no puedo decir nada más. Enseguida recibo señales que me indican que debo ponerme en movimiento. Veo como el escenario se transforma, el suelo se cubre de un césped verde apagado, algunas tumbas de papel maché emergen y dejan una enorme corona de flores que reza: «Tus familiares y amigos te recuerdan». Yo tomo aire, me pongo bien recta, salgo al escenario y empiezo a actuar.

Arizona

DOMINGO

21:20

Creo que Chrissy es la única persona capaz de convertir un numerito en un funeral en una escena conmovedora digna de la mejor película. Nunca la habíamos visto gritar ni enfurecerse hasta ahora... pero acaba de demostrar que es perfectamente capaz de hacerlo. He aplaudido tanto que casi me quedo sin manos, y ni siquiera estoy exagerando.

Qué pena no tenerla ahora cerca para poder hablar con ella. Seguro que me tranquilizaría un poco, porque mi actuación va inmediatamente después del descanso. Chrissy sigue en peluquería y maquillaje para prepararse para el resto de la gala.

Pero ha habido algo que me ha impedido disfrutar del todo de la actuación: no he dejado de buscar a mis padres entre el público.

Una vez, en el colegio, participé en un concurso de talentos y mis padres vinieron a verme de incógnito: con pelucas, gabardinas y gafas de sol. Lograron pasar desapercibidos y, por una noche, fui una niña normal con unos padres normales que no arrastraban consigo una cola de paparazzi. Ya entonces me preguntaba si vinieron de incógnito porque sabían que no iba a clasificarme en el concurso y si, de haber ganado, habrían preferido ir a cara descubierta.

No sé.

El caso es que me cuesta concentrarme en la gala de hoy porque no dejo de preguntarme si papá y mamá estarán camuflados una vez más entre el público, juzgándome. Me alegro de haber sido fiel a la promesa que le hice a Chrissy, pero reconozco que, si el móvil tuviese batería, lo habría usado. ¡Me mata no poder hablar con mis padres y no tener información del exterior!

Creo que esta es una situación lo suficientemente grave como para que la organización del concurso me permita hablar con ellos, ¿no? Debería serlo.

Mi cabeza da vueltas mientras entro en el cubículo del cuarto de baño, me pongo de cuclillas sobre el retrete y me arremango el vestido.

—¡Me cago en Olimpia, en los concursos de belleza y en las puñeteras embarazadas! —grito.

—¿Todo bien? —Una voz me sobresalta—. Tranquila, no soy Olimpia.

La reconozco enseguida.

—No, tú eres mucho peor...

—¿Qué te pasa? —pregunta la estúpida de Bea Pecas.

—Pues que no consigo mear con este maldito vestido y esta maldita tripa, voy a mancharme entera y me van a expulsar y de verdad que no puedo volverme a casa ahora...

—Espera, déjame entrar y te ayudo.

Gruño una vez más, pero enseguida asumo que no me queda otra y hago hueco a Bea en el pequeño cubículo. La chica lleva el pelo rubio recogido en dos moños engominados y viste con una bata de color azul claro debajo de la cual deduzco que lleva su bañador.

Todavía no me puedo creer que vaya a tirarse de un trampolín ni que vayan a meter una maldita piscina en el escenario para el cierre de esta gala. Lo normal habría sido que, después de la experiencia en la gala del circo, fuesen un poco más cautelosos. Pero supongo que no hay nada normal en este concurso.

—Quédate quieta, que si no no te puedo ayudar... —dice Bea, y me sujeta el bajo del vestido—. Venga, ahora ya puedes sentarte, que no manchas nada.

—Joder, esto es incomodísimo, no pienso quedarme embarazada en la puñetera vida... —murmuro—. Y encima me tiene que bajar la regla, me cago en todo.

—Mea y calla —refunfuña Bea—. Yo estoy con la regla ya. ¡Y embutida en un bañador! La segunda regla en el concurso. Qué fuerte. Esto se acaba.

—Y que lo digas...

La rubia no dice nada más. Se limita a sujetarme mientras el chorro de pis por fin abandona mi cuerpo y me subo las bragas. Después, ella me sostiene y sujeta la puerta para que pueda salir y las dos nos dirigimos a lavarnos las manos.

—Yagami... —empieza a hablar entonces, mirándome y haciendo un puchero—. Siento mucho lo que pasó el otro día. Siento mucho haber discutido contigo y haberte obligado a decir algo que no querías contar.

—No intentes disculparte, Bea... —bufo.

—No hay cámaras aquí, Arizona. Lo siento de verdad. No tenía ni idea de lo que pasaba y bajo ningún concepto habría querido ponerte en una situación así. Tú y yo no somos amigas, pero te respeto. Perdón.

Bea Pecas clava sus ojos en los míos y sé que es sincera y yo culpo a la regla que tiene que bajarme o a las falsas hormonas de mi falso embarazo, porque la creo y me tengo que apoyar en la pica del baño y bajar la mirada para evitar emocionarme. Y entonces maldigo, porque Bea hoy también está emocional y de pronto tengo sus brazos rodeando los míos y dándome un abrazo. Dejo que lo haga y poco a poco las dos nos separamos.

—No te preocupes. No sabías nada —digo.

—Pero ¿estás bien? ¿Se ha armado mucho lío fuera con tus padres?

—No pienso darte información privilegiada de mi conversación con Olimpia...

—No es eso, joder, tía.

—Lo sé... —Pongo los ojos en blanco—. Al parecer, mis padres han desmentido todo lo que he dicho. Mantienen que siguen juntos y el concurso les apoya en su declaración. Dicen que ha sido todo un malentendido.

—¿Y cómo te sientes al respecto? —pregunta Bea clavando sus inquisitivos ojos en los míos. Lo único que me sale es encogerme de hombros.

—La verdad es que no me hace ninguna gracia que me hayan dejado de mentirosa —reconozco.

—Ya...

—No sé. Me alegro de que la cosa se haya controlado un poco, pero, joder, estoy tan nerviosa que tengo la paranoia de que mis padres están camuflados entre el público. ¡Me mata no saber cómo de enfadados están! —confieso—. Espero que no me expulsen hoy. No estoy preparada para aguantar su bronca o su discurso de «hija mía, solo tenías que hacer una cosa y no lo has hecho. No se puede confiar en ti. Así nos pagas todo nuestro esfuerzo por darte una buena vida...». Joder, no pienso enfrentarme a esto esta noche.

Bea se seca las manos y me acaricia el hombro rítmicamente para después pasarme un brazo por encima. No sé si quiere estrangularme o si está siendo cariñosa, y no sé cuál de las dos opciones me parece más terrorífica.

—Por esto no pienso tener hijos. No le joderé la vida a nadie —afirma.

Acepto su brazo y me tambaleo un poco cuando nos movemos de camino a la puerta.

—Estoy de acuerdo, serías una madre espantosa —digo.

—¡Tú sí que serías horrible! —replica ella.

—Chrissy, en cambio, sí que sería una buena madre —suspiro.

—Sí. Sería la mejor.

22:35

¿Quién diría que desfilar por una pasarela con un vestido largo, unos tacones de aguja y una barriga de embarazada gigantesca iba a ser tan difícil?

Yo. Yo lo digo.

Y lo he hecho bien, de eso estoy completamente segura. No me he torcido el tobillo, he imitado los gestos de Olimpia uno a uno y después de los aplausos, los vítores y los carteles con mi nombre (o más bien, el de #chrisami), he regresado, ya con mi corona de ganadora (que espero que sea premonitoria de la que ganaré al final del concurso), mi banda de Miss y mi ramo de flores.

Nadie en el público ha hecho un comentario sobre el asunto de mis padres y tampoco he encontrado a nadie con gafas de sol y gabardina escondido entre la multitud.

La gala ha transcurrido sin incidentes y ha acabado con el salto de trampolín de Bea Pecas, que ha caído en el agua de una manera torpe e irregular. Creo que si el público ha aplaudido tanto no ha sido por el salto en sí, sino por la alegría de que Bea no se hubiera partido el cuello al caer.

En cuanto ha salido del agua, se ha marchado a cambiarse y han hecho un nuevo descanso para llevarse la piscina del plató.

Pero en ningún momento he dejado de sentir el pellizco de nervios y las ganas de vomitar. No se han separado de mí prácticamente desde mi metedura de pata. Y encima no sé si van a expulsarme hoy. Y si no me expulsan, no sé si será obra de mis padres porque les compensa más que siga metida en la academia.

No hay opción buena.

Pero sí hay una opción peor: dejar a Chrissy.

Joder, que no me expulsen.

—Ha llegado el momento de conocer el nombre de la expulsada. Arizona Yagami, Sindy B. Jones, podéis prepararos —anuncia Olimpia con la voz firme.

A duras penas me pongo de pie y avanzo hacia su lado seguida por Sindy. El público se remueve nervioso en sus asientos y yo echo la vista atrás una vez más para encontrarme con los ojos de Chrissy. Ella sonríe, confiada, y yo me aferro a eso. Veo también las imágenes que resumen algunos de nuestros mejores momentos en la academia y cuando agarro de la mano a Sindy le profeso un cariño completamente real que no sabía que podría experimentar aquí por ninguna compañera.

—¿Hay algo que queráis decir antes del gran momento de la expulsión? —pregunta Olimpia después de una pausa dramática.

Una pausa dramática que se extiende y extiende porque genuinamente no sé qué decir.

—No se me ocurre nada, solo que estoy muy nerviosa... —dice Sindy mientras me estrecha la mano.

—Yo también estoy muy nerviosa —balbuceo.

—Y muy agradecida pase lo que pase —añade Sindy.

—Yo también estoy muy agradecida.

—Y muy orgullosa de nuestro camino hasta aquí.

—Yo también estoy muy... —agonizo mientras el público estalla en carcajadas y Olimpia me interrumpe y le da unos cuantos toques a su micrófono para llamar nuestra atención.

Un chaval trajeado le entrega un sobre morado.

—En el interior de este sobre se encuentra el nombre de la persona que continuará en *Las chicas de Olimpia* y pasará a la semifinal del concurso. —Creo que Sindy me va a romper la mano de lo fuerte que la aprieta—. Y la salvada por el público, con un setenta por ciento de los votos es... ¡Arizona Yagami!

Menos mal que Sindy me sujeta la mano, porque de otra manera, me habría caído de bruces contra el suelo. Madre mía. ¡Madre mía! ¡El público me ha salvado!

¿Y un setenta por ciento de los votos? ¿Qué barbaridad es esta? ¿Toda esa gente me apoya de verdad?

—Enhorabuena, Arizona... —murmura Sindy mientras me da un abrazo que sé que es sincero.

—Lo siento mucho, tía —digo, y le doy un beso en la mejilla. Me mojo de lágrimas, y no sé si son mías o suyas.

Bea Pecas, Valentina, Celia y Chrissy se levantan y se acercan a nosotras, fundiéndonos las cinco en un abrazo, y me doy hasta rabia por estar disfrutando de esto. Levanto la vista y veo los carteles con mi nombre. Mi nombre. ARIZONA YAGAMI. Quizás estoy haciendo algo bien después de todo.

LAS CHICAS DE OLIMPIA: RESUMEN DE LA GALA 8

¡Todos los récords batidos de nuevo en esta emocionante gala que ha repasado la vida de Olimpia!

El sorprendente comentario de la hija de Ichiro Yagami y Laura Lago, que afirmó a mitad de semana que sus padres estaban separados, supuso un terremoto en las redes.

«Las palabras de nuestra hija fueron un completo malentendido. Ichiro y yo hemos tenido altibajos, como todas las parejas, pero estamos juntos. No entendemos cómo se le ha podido ocurrir decir algo así», afirmó Laura Lago en una publicación en sus redes sociales en la que desmentía las declaraciones de su hija. Desde la organización de *Las chicas de Olimpia* se apoyó también la declaración de la pareja de actores.

De este hecho no se hizo ni un comentario en la gala 8 del concurso, en la que la hija Yagami se salvó de la nominación replicando la pasarela que catapultó a Olimpia a la fama cuando estaba embarazada de siete meses.

Esta gala ha estado llena de grandes homenajes a su carrera, como el salto en trampolín de la *influencer* Bea Pecas o el desgarrador discurso de Chrissy Dubois, que se ha consolidado como una de las favoritas del público.

«Me da mucha pena haberme ido tan cerca de la final, pero Arizona también merecía seguir. Todas ellas lo merecen y les deseo muchísima suerte. Eso sí, ¡Chrissy es mi ganadora!», ha declarado Sindy B. Jones, la expulsada de esta gala.

¿QUÉ SUCEDERÁ EN LA PRÓXIMA GALA?

¡Una función de final de curso... o más bien de semifinal de programa! ¡Cada vez estamos más cerca de conocer el nombre de la ganadora! Las chicas tendrán que organizarse y trabajar en equipo para preparar una obra de teatro en la que todas ellas puedan brillar. Además de la prueba, las concursantes nominadas contarán con un espacio de alegatos para salvarse de la expulsión.

LAS NOMINADAS DE LA SEMANA

Bea Pecas y Valentina Palomares hicieron buenas actuaciones esta semana, pero, quizás por la escena a imitar o por su propia actuación, no han estado a la altura del resto. Ambas fueron nominadas, y una de ellas se quedará a las puertas de la gran final. Podéis votar a vuestra favorita en *laschicasdeolimpia.ai/nominaciones*. ¡Mucha suerte a las dos!

@monique Está claro que Yagami se queda por el drama que ha montado con sus padres. Estoy convencida de que ha mentido y ha lanzado rumores sobre ellos solo para seguir en el concurso. QUE NO OS CUENTEN CUENTOS.

@andreatf Habría pagado LO QUE FUERA por tener grabaciones de ese momento en las duchas...

@luciamg Yagami se hace la tonta y la buenecita, pero es la PEOR. A QUIÉN SE LE OCURRE METER MIERDA SOBRE SUS PADRES SOLO PARA GANAR PROTAGONISMO???

@cleo_patria Dicen que la elección de pruebas ha sido por sorteo, pero yo sé que a Bea le ha tocado lo más espectacular por FA-VO-RI-TIS-MO y lo ha hecho tan mal que no se ha librado de la nominación... Y Chrissy hoy me ha ENCANTADO. NO DEJA DE SORPRENDERME.

@candechrismada CADA DÍA MÁS FELIZ DE SER CHRISAMI, aunque me habría gustado que los padres de Arizona hubiesen hecho una declaración más larga.

@olganalga Menuda absurdez de gala y me meo con Yagami haciendo como si Sindy le importara una mierda. Justicia para Sindy!!!!!!

@la_gata Bea Pecas ha sido la concursante más completa hasta la fecha. ¡Debemos salvarla! #pecosa4ever

Semana 9

Arizona

LUNES

Quedan dos semanas para acabar este concurso. Dos galas más y se sabrá quién de nosotras regresa a casa con una corona en la cabeza. Es en lo único en lo que pienso: en lo poco que queda para el final. Y para mi sorpresa, creo que la causa de mi preocupación no es ganar o no, sino alejarme de Chrissy. No tengo ni idea de qué será de nosotras cuando esto acabe.

En mitad de la noche no tengo más remedio que arrastrarme hasta su habitación para hablar con ella.

—Puedes dormir aquí si quieres —me dice somnolienta, con el cabello pelirrojo pegado a la cara y la férula que usa para dormir desencajándole la boca.

—¿En serio quieres que durmamos juntas? —vacilo.

Chrissy se ha despertado de golpe, como si su anterior propuesta hubiese sido tan solo producto de sus sueños.

—¿Qué haces aquí, Ari? —frunce el ceño.

—¿Te vienes a la playa?

—¿Qué?

Me sabe fatal sacar a la pobre de sus sueños, pero puedo llegar a ser muy insistente cuando me lo propongo. En esta ocasión, solo necesito hacer un puchero.

La playa nos recibe en silencio y con un frío que me llega a los huesos.

—¿Quieres ir a la orilla o te da miedo que no sepamos cómo volver? —pregunta Chrissy.

Vuelvo a aquella primera vez y quiero decirle que no me importaría esperar a que fuera de día a su lado, pero después pienso que es demasiado cursi y me lo guardo para mí misma.

—Creo que me he aprendido el camino de memoria, así que nos sentamos donde quieras. Además, hay luna llena, así que no podemos perdernos.

Sigo a Chrissy hasta que ella se deja caer en la arena, donde el arrullo de las olas es casi ensordecedor.

—¿Cómo estás? —tanteo.

Chrissy echa la cabeza hacia detrás.

—Bien. Feliz. Nerviosa. Tranquila.

—Has estado increíble esta noche. Lo sabes, ¿no? Exactamente igual de increíble que todas las noches anteriores. Por eso vas a ser la única concursante que llegue a la final sin haber pasado por una nominación.

Chrissy frunce el ceño.

—Ojalá lo hubieran hecho. Nominarme.

—¿Qué? ¿Por qué?

—Pues porque así podría saber si el público me salvaría. Podría saber si al público... le gusto.

—Al público no le gustas, Chrissy, ¡el público te adora!

Una sonrisa se abre paso en su rostro, pero no llega a formarse por completo, y yo me anoto la derrota.

—No sé qué decirte. Quizás nos adoran a nosotras, pero a mí... Quiero decir, ya sabes, en redes me llamaban falsa. A veces desearía que volvieras a usar ese móvil tuyo para que Nil pudiera decirme cómo me ve la gente.

Mierda. Eso fue culpa mía. Yo me inventé que caía mal y yo me inventé que la gente pensaba eso de ella. Joder.

¿Y si se lo dijera? ¿Y si le dijera que le mentí para que aceptara unirse a esto?

Ni de coña. No pienso arriesgarme a que se enfade conmigo.

Cojo su mano, fría contra la mía, la miro a los ojos y afirmo:

—Te adoran, Chrissy. Y lo sé porque es imposible no hacerlo, porque en cuanto una persona te conoce no puede evitar adorarte. Yo te adoro.

El contacto entre nuestros ojos no se rompe con ningún pestañeo y cuando la boca se le curva en una sonrisa, yo tengo que depositar un beso en la comisura de sus labios. Chrissy reacciona enseguida. Corresponde a todos mis besos, entrelaza las manos en la parte posterior de mi cabello corto, donde lo llevo rapado. Me estremezco por su contacto y me acerco más a ella. Chrissy se ríe y se coloca encima de mí, haciendo que tenga que inclinar mi cuerpo y la arena se me pegue a la nuca. Agarro sus piernas, acercándola a mí mientras lleno su cuerpo de besos.

Quiero estar así para siempre. Así con ella. De noche. Pero el día se abrirá paso inevitablemente y la próxima gala será la semifinal y antes de que me dé cuenta estaremos en la gala final y lo único que deseo más fuerte que estar con ella es ganar o, quizás, lo único que deseo más fuerte que ganar es estar con ella.

Mierda.

Me he desconcentrado.

Chrissy se da cuenta enseguida, se separa de mí y vuelve a sentarse a mi lado, entrelazando su mano con la mía.

—Ari, ¿qué te pasa? —pregunta con dulzura.

—Yo... yo no puedo seguir así... ¿Qué somos? —pregunto—. Quiero decir, tenemos una relación falsa, pero tenemos sentimientos auténticos, ¿no? ¿Entonces que somos?

La chica se ríe, pero a mí no me hace gracia.

—Hablo en serio... —suspiro.

—Lo sé. Ya sé que hablas en serio —responde—. Escúchame, tú a mí me gustas y yo te gusto. Si hasta ahora hemos sido novias falsas y nos ha ido bien, ¿por qué no continuamos como hasta ahora? Creo que es bastante sencillo.

En teoría lo es.

Pero en la realidad es bastante diferente.

—No sé si podría funcionar bien... como tu novia —admito.

—¿Por qué? Como novia falsa has estado genial...

Pues porque te he mentido. Porque te llené la cabeza de inseguridades para que jugases a mi favor en el concurso. Porque pronto te darás cuenta de que soy un desastre.

—Nunca he tenido novia, Chrissy. Jamás.

—¿Y qué? No tienes que pasar un examen ni nada.

—Pero no sé cómo podría hacerlo, cómo podría hacer que durase más allá del concurso y más allá de todo, no se me da bien mantener las relaciones...

—Nil y tú lleváis toda la vida siendo mejores amigos, ¿no?

Claro, pero somos mejores amigos porque a él no le queda otra.

—Es diferente —me quejo—. Él no me gusta.

—Pero le quieres.

—Ya... —murmuro.

Chrissy baja la mirada.

—Perdón. No quiero presionarte, Ari. Solo quería hacerte ver que esto no tiene por qué ser difícil, aunque estemos en un concurso. Ya sé que puedo ser complicada a veces.

Me incorporo para mirarla fijamente:

—¿Tú? ¿Complicada? —pregunto—. ¡Complicada yo! ¡Tú eres la persona más fácil de querer que existe! ¡Eso intentaba decirte antes!

Su rostro entero se transforma en una sonrisa y yo vuelvo a besarla: en los labios, en la mejilla, en la frente y en el nacimiento de su cabello.

—Vamos a ver las cosas día a día, ¿vale? —pregunta ella—. Mantengamos el decálogo de normas y ya está.

—Vale —digo.

Ella vuelve a besarme en el cuello, en la frente y en los labios hasta que poco a poco, separa su cuerpo del mío y me ayuda a ponerme de pie.

—Venga, durmamos algo antes del amanecer.

—¿En serio quieres irte ahora? —pregunto.

—Hay algo en lo que tienes razón, Ari. Estamos en la recta final del concurso y las cosas se van a poner difíciles. Mejor estar descansadas.

MARTES

—Menuda mierda, no podría haberme metido en un concurso de canto normal y corriente, no, yo quería ir a uno en el que se hace de todo un poco... —me quejo mientras pinto el decorado de la maldita obra de teatro que tendremos que protagonizar—. ¡¿De qué es este concurso?! ¡Nadie lo sabe! A veces canto, a veces pinto decorados, a veces me paseo por una pasarela con un bombo... Mi abuela me lo preguntó antes de irme y yo no supe qué responder.

—Venga, Yagami, deja de remugar —dice Bea Pecas, que está cosiendo un vestido.

—Claro, tú no te quejas porque eres *influencer*, no hay concursos para eso porque ser *influencer* ni es un talento ni es nada.

—¿Cómo que no? Tú de *influencer* no durarías ni un día, tus seguidores no te aguantarían.

—¿Perdona? Ni que seas precisamente Miss Simpatía.

—Dejad ya el temita, que parece que tengáis cinco años —se queja Celia.

—No te metas, Celia, ¡que tampoco hay concursos para escritoras! —grito.

La verdad es que preparando un decorado sí que me siento como si tuviese cinco años y estuviese organizando la obra de final de curso del cole.

Chrissy, en cambio, parece tan tranquila, feliz mientras pinta con unas ceras de colores.

Ayer tuvimos solo unas horas para pensar en la obra de teatro, así que decidimos hacer un refrito de un montón de cuentos de hadas que empieza con *Caperucita Roja* y termina con *La reina de las nieves*.

Yo soy el lobo, pero también me convierto en niña gracias a la reina de las nieves y se descubre que si me había transformado en animal era por un profundo rencor hacia mis padres... nada autobiográfico.

—¿Cómo lleváis el decorado, chicas? —pregunta Olimpia, apareciendo en el salón que hemos convertido en taller y con las manos en la cintura—. Recordad que, esta semana, lo que hagáis para preparar la obra es tan importante como la obra en sí misma.

—Creo que hemos avanzado bastante... —murmura Valentina.

—Pues claro que sí. Y decidme, ¿los papeles están bien equilibrados?

—Bueno, han sido cosa de Bea Pecas, así que no sé... —musito.

—¡Pero si te encanta tu papel! —exclama Bea—. En realidad, han sido cosa mía y de Valentina, que ha tenido la idea principal.

—Nuestra obra es un *retelling* de muchos cuentos clásicos. Yo hago de Caperucita y de reina de las nieves, Arizona es la loba de las nieves... esto tiene más sentido al final; Bea es un sapo, Chrissy es la Bella Durmiente y el hada madrina y Celia... Celia básicamente hace el resto de papeles.

Olimpia aplaude emocionada.

—Lo que estáis haciendo es realmente complicado. Yo misma tuve que poner en marcha la función de la gala de los Oscar en una ocasión y fue una completa locura... Sobre todo, por todo el asunto de la guerra de egos entre los actores. —Olimpia guiña el ojo—. Ya me entendéis.

—No sé, Yagami te entenderá mejor —dice la bruja de Bea Pecas.

—¡Bea!

—Perdón...

—Olimpia, en la gala dijiste que las nominadas podríamos hacer algo para... inclinar la balanza —interrumpe Valentina con la voz cargada de urgencia—. ¿Qué es exactamente? ¿Solo podremos hablar? ¿O podremos hacer alguna actuación o algo?

—Fijo que Valentina no ha dejado de darle vueltas a esta cuestión.

—Podréis hacer lo que queráis, y os recomiendo que sea algo impactante. Será vuestra última oportunidad de pasar a la final. ¡Id con todo, chicas! ¡Con todo y sin miedo!

Sus palabras se quedan unos segundos colgando en el aire mientras yo continúo pintando las hojas del árbol y agradezco con todo mi corazón no estar en la misma situación de mierda que Valentina y Bea.

Chrissy

Las hojas del cuaderno, perfectamente lisas, están colocadas encima del suelo de parqué del estudio. Las uñas de mis dedos, pintadas de verde esmeralda, resaltan sobre el color blanco amarillento, como el de un pergamino o el de un mapa del tesoro. Es un color que me evoca una magia antigua del papel que espera que alguien escriba algo bueno en él. Yo, desde luego, siempre he sentido magia al escribir en este cuaderno.

Me lo regaló mi padre en mi diecinueve cumpleaños. Tiene las tapas llenas de girasoles que lo inundan todo de color amarillo brillante.

—Los girasoles me recuerdan a ti, pequeña. Porque lo llenan todo de luz y nunca se esconden —me dijo.

Me emocioné. No por nada en particular, simplemente siempre me emociono cuando alguien me dice algo bonito, sobre todo si ese alguien es mi padre.

—Gracias —dije.

—Tengo en el sótano una caja con todos los diarios que escribí en mi juventud. Y algún día, esos diarios serán mi legado —papá carraspeó—. Los diarios te permiten estar conectado contigo mismo. Yo quiero que siempre, siempre, estés conectada a la luz que hay en tu interior. Sé que algún día estarás recorriendo el mundo, viviendo aventuras, y quiero que siempre puedas contarle a alguien todo lo que ves y todo lo que sientes. Tu anciano padre no será el mejor interlocutor en todas las ocasiones, así que quiero que puedas contar contigo misma, Chrissy.

Contar conmigo misma.

Era algo que llevaba mucho tiempo sin hacer. Y ahora, cuatro días antes de mi penúltima gala en el concurso, he pensado que sería un buen momento.

Mi padre me regaló el cuaderno una semana después de que abriera mi perfil en redes sociales, cuando empezaba a sentir que el mundo me veía tal y como yo me sentía por dentro. Escribí día y noche sobre mi vida, sobre lo que hacía, sobre lo que sentía al bailar y sobre lo que deseaba hacer. Con el tiempo empecé a hacerme más conocida en redes sociales, me obsesioné con los números y el trabajo y dejé de escribir. Menos de un año después alcancé el medio millón de seguidores y rechacé el puesto en la compañía de ballet.

Visto en perspectiva, habría sido un buen momento para escribir y reconectar conmigo misma. Pero seguí adelante, sin pararme.

Papá debe de estar alucinando al ver que me he traído el diario al concurso. Él fue el más escéptico con esto, al igual que lo ha sido con las redes sociales. Seguro que no se imaginaba que mi mayor aventura sería en una casa, siendo grabada por las cámaras las veinticuatro horas del día.

Miedo al amor
Desconectar de una misma
Decepción
Familia

Anoto cosas al azar en el papel, buscando algo que me conecte conmigo de nuevo. Aunque no nos han dicho nada oficial, tengo la certeza de que la última gala será de temática libre y quiero hacer algo que merezca la pena. Quiero lanzar un mensaje que llegue directo a mi familia y que le diga quién soy de verdad al público.

No sé.

Sigo tirada observando el cuaderno cuando oigo la puerta del estudio abrirse. Sé que no es Arizona. Ella o bien se quedaría observándome por el cristal de la puerta o diría mi nombre nada más cruzarla para que supiera que está aquí.

Me giro y sonrío al ver a Bea, que lleva el cabello rubio suelto enmarcándole la cara, unos pantalones de pana acampanados y un top negro.

—¿En serio te has escaqueado de preparar la obra de teatro? —pregunta.

Me incorporo dando un respingo, cierro el cuaderno y lo agarro con fuerza en mis manos.

—Eh... Esto... Valentina ha dicho que podíamos tener un descanso de media hora, y los decorados están prácticamente acabados y...

—Es broma, Chrissy. No te preocupes. Arizona está tocando la guitarra, Valentina, echándose la siesta en el sofá y Celia... Ni idea de dónde está Celia. Haciendo planes para conquistar el mundo, supongo. Todas estamos un poco hartas de la obra... —Bea se acerca a mí, se sienta a mi lado y coge mi cuaderno—. Parece que la única que no está descansando eres tú.

Me pongo tensa al pensar en que quizás quiere abrirlo, pero lo único que hace es pasar el dedo por el relieve de los girasoles. El silencio surge entre nosotras, asfixiante, como si los hilos del bordado de mi cuaderno constriñeran mi cuerpo.

—No me puedo creer que falte tan poco para el final del concurso. Casi me siento mal porque expulsaran a Miranda y no quedarnos aquí una semana más —admito.

—No digas eso ni en broma —responde Bea tajante—. No sé, me gusta que sean diez semanas. Es un número mucho más redondo.

—Eso es verdad. ¿Cuál es tu número favorito?

—¿En serio me preguntas eso? Pensaba que teníamos la confianza suficiente para hablar de cosas serias, y no de tonterías del primer día de guardería.

—Lo siento.

—No te disculpes —dice ella sonriendo. Su cuerpo está muy cerca del mío y me parece que su mano está un poco temblorosa.

—¿Tienes miedo de volver al mundo real? —pregunto.

—Mejor. Esa pregunta me gusta más. —Se muerde el labio antes de responder—. Me da miedo irme de este.

—Estoy bastante convencida de que te salvarás de la nominación.

—Yo también estoy bastante convencida... Pero no es eso lo que me da miedo. Me da miedo irme dejando asuntos a medias, irme sin ser lo suficientemente valiente.

El corazón empieza a latirme furioso en el pecho.

—Todavía tienes tiempo —digo, tras tragar saliva.

El rostro de Bea se tuerce en una sonrisa.

—Chrissy, ¿te acuerdas de la canción que compuse para la gala 5?

La gala 5 fue aquella en la que teníamos que contar una experiencia personal vivida en la academia a través de una canción. Claro que me acuerdo.

—¿La canción de la maleta? —pregunto.

Bea se ríe, pero su carcajada parece algo vacía.

—¡No era una canción sobre una maleta!

—¿Cómo que no? Ha pasado mucho tiempo, pero de eso me acuerdo perfectamente. Una maleta que raya el suelo.

—Era una metáfora, Chrissy —dice poniendo los ojos en blanco.

Después, con cuidado, aparta un mechón de mi cabello que esconde detrás de mi oreja, acerca sus labios a mi oído y un escalofrío me recorre por completo cuando empieza a cantar:

I arrive here with a suitcase.
The suitcase scratches the floor
I would not have brought that suitcase if I had known
I cannot forgive myself
I wish I had met you before I met you
I wish I had understood you before I had a chance to understand you[4]

---

[4] *Llego aquí con una maleta*

Ni siquiera sé por qué, pero los ojos se me llenan de lágrimas.

—Chrissy, me gustas mucho. Y me da rabia... me da rabia no haber sabido lo mucho que me ibas a gustar antes de entrar en el programa. —Traga saliva antes de seguir hablando—. Lo inteligente que eres, el talento que te sale por cada poro de tu piel y lo... lo tranquila que me haces sentir. Si hubiera sabido todo esto antes del concurso, si hubiera entendido lo que iba a sentir de antemano... quizás habría actuado diferente. Y así, ahora las cosas podrían ser distintas.

La lágrima que había estado conteniendo se desliza por mi mejilla. Ella hace un amago de cazarla con los dedos, pero yo me aparto justo a tiempo para evitarlo.

—Lo siento —me apresuro a decir.

—No, no me pidas perdón.

—No sabía nada de esto, Bea. Y yo...

—Ya lo sé —dice—. Ya sé que tú no sientes lo mismo y sé que... joder, solo hay que veros. Estás loca por Arizona Yagami. Aunque deberías tener cuidado con ella...

Frunzo el ceño.

—Puedo cuidarme yo solita, y me parece muy sucio que digas eso.

—¡Sé que puedes cuidarte sola! ¡Pero no te merece! ¡No te merece y al final se demostrará!

El calor del enfado me asciende por las mejillas, pero me esfuerzo por controlarlo y por lograr que mi voz salga uniforme de mi boca.

La maleta raya el suelo.
No habría traído esta maleta si hubiera sabido que iba a rayar el suelo.
No puedo perdonármelo.
Ojalá te hubiera conocido antes de conocerte.
No habría traído esta maleta si hubiera sabido que iba a rayar el suelo.
No puedo perdonármelo.
Ojalá te hubiera conocido antes de conocerte.
Ojalá te hubiera entendido antes de tener la oportunidad entenderte.

—No creo que seas nadie para juzgarlo —digo en un tono tajante—. Solo sé que me merezco a alguien que sienta lo mismo que yo y que me lo diga y lo demuestre.

—Lo sé. Lo sé, Chrissy. Y aunque mantengo que no es trigo limpio, sé que le gustas muchísimo.

Me sienta bien que lo diga en voz alta.

Me pongo de pie, con el cuaderno en la mano y lágrimas secas en las mejillas. Bea hace lo mismo.

—Esto... yo... yo no siento lo mismo por ti, Bea. Te aprecio mucho, pero no me gustas de esa manera. Y además estoy con Arizona —digo.

—Lo sé. Lo sé y no quiero ponerte en ningún compromiso, pero queda muy poco tiempo de concurso y no quería irme sin dejar las cosas claras.

Por un momento estoy convencida de que acabará la frase con otro comentario sobre Ari, pero no lo hace y yo se lo agradezco.

—Bien. Me pareces muy valiente por decirme esto. Y de verdad que me siento halagada porque tú también eres una chica genial y me alegro de haberte conocido.

Bea sonríe, esta vez de verdad.

Nos encaminamos las dos hacia la salida del estudio cuando ella me mira y dice:

—El ocho. El ocho es mi número favorito.

—El mío es el tres —digo con una sonrisa—. Y mi color favorito, el verde.

—El verde también es mi favorito.

Después de decir eso, Bea acerca su cuerpo al mío y me entierra en un abrazo. Me cuesta relajarme, pero una vez me desprendo de la incomodidad, el aroma a menta de su cabello se cuela en mis fosas nasales y disfruto de su tacto. Porque sé que nos separaremos pronto y sé que la voy a echar de menos.

A pesar de todo.

* * *

Son las tres y media de la madrugada cuando despierto con la respiración entrecortada y la sensación de que tengo todo el peso del mundo aplastándome los pulmones. Me incorporo en la cama y froto las manos de manera desesperada intentando sentir algo.

«Diez».

«Nueve».

«Ocho».

«Siete».

Poco a poco consigo tranquilizarme. Estoy empapada en sudor cuando salgo de la cama y me muevo descalza hacia la cocina. El frío me sienta bien. Entro en la cocina y me sirvo un vaso de agua. Ya me lo he bebido cuando la veo. Arizona está sentada en el sofá, con una libreta en la mano. Frunce el ceño y enseguida entiende qué hago aquí.

Le sonrío débilmente y ella cierra el cuaderno y se acerca a mi lado. No hablamos, apenas nos miramos, cuando nos dirigimos hacia mi habitación.

Sin pensarlo, me tumbo en la cama, que emite un quejido al sentir el cuerpo de Arizona también.

—Buenas noches, Chrissy —dice en un susurro.

—Buenas noches.

Su cuerpo está a unos palmos del mío, como una distancia de seguridad no establecida, pero aun así siento su calor en cada poro de mi piel. Ella se queda dormida enseguida, o eso creo, porque su respiración se estabiliza.

«Diez».

«Nueve».

«Ocho».

«Siete».

Nunca llego hasta el final.

Hoy no me hace falta.

Poco a poco, no sin esfuerzo, mi respiración se pausa y mi calma se acomoda a la suya, como si fuesen la misma.

Arizona

VIERNES

17:00

Llevo dos días durmiendo con Chrissy. No sé ni cómo ha empezado ni cómo se ha convertido en una rutina, pero me siento tranquila al oír su respiración calmada al otro lado del colchón.

La parte negativa es que no tengo tiempo para componer. Todas asumimos que en la final haremos un número libre y, hasta ahora, había estado dedicando las noches de insomnio a preparar una canción nueva. Por eso hoy, ahora que tenemos la obra prácticamente acabada, he pasado casi toda la tarde en el estudio.

Pero tengo la mente en blanco. O quizás es todo lo contrario: tengo la mente tan llena de cosas que no soy capaz de concentrarme. Mierda, ¡falta demasiado poco para la final! Y aun así, sé que estos últimos días van a ser eternos.

Tras la sesión de escritura fallida, me ducho y cambio de ropa con la esperanza de convertirme en una persona nueva. Evidentemente, sigo siendo la misma.

Al regresar a mi habitación con la toalla aún envolviendo mi pelo, tengo la sensación de que algo va mal o de que algo no está como lo había dejado esa mañana.

Al principio no averiguo qué es. La cama está bien hecha, las cortinas están corridas y no he dejado nada de ropa sucia en el suelo.

Entonces me doy cuenta de que el colchón está ligeramente movido hacia la derecha. El corazón me late desbordado en el pecho y mis manos empiezan a temblar mientras muevo el colchón.

El teléfono no está.

Mierda. Mierda. Mierda.

Es el final.

Arizona Yagami: tramposa, ruin y acabada, ese será el título de mi biografía o hasta de mi álbum, porque mi reputación no se recuperará de esto nunca. Joder. Joder.

Rebusco debajo del colchón por si he pasado el teléfono por alto, pero no, no está. Lo ha tenido que coger alguien del equipo o quizás alguna de mis compañeras. Pero, claro, no puedo atravesar el pasillo gritando que alguien me ha robado un teléfono que yo he utilizado ilícitamente. Salgo de la habitación con el corazón en un puño, pero pienso en que las cámaras me estarán grabando y no quiero parecer sospechosa.

Esto debe de ser una pesadilla. Una maldita pesadilla.

Me encuentro como una estúpida, con mitad del cuerpo dentro de la habitación y la otra mitad fuera, aún sin tomar una decisión sobre qué hacer, cuando Chrissy aparece.

Debo de estar llorando, porque su rostro y su ropa de chándal están difuminadas, como si su figura se hubiera creado con carboncillo. Le tiro del brazo y la llevo hasta el interior de la habitación.

—¡Ari! ¿Qué pasa?

Su preocupación me taladra la piel. Hasta que no intento hablar no me doy cuenta de lo mucho que debo estar llorando. Chrissy no duda antes de darme un abrazo. Encuentro un hueco entre su hombro y mi cuello y el aroma a amalgama de frutas del bosque que sale de su pelo es tan fuerte que me deja atontada.

—Tranquila —dice—. Tranquila.

Mierda, la estoy llenando de mocos y de lágrimas y de babas. Qué asco. Pero ella sigue abrazándome, moviendo las manos rítmicamente por mi espalda y diciéndome palabras mágicas al oído. Me relajo por fin, dejo de llorar y la tengo tan cerca que debo contenerme para no besarla. No, no puedo.

Nos separamos lentamente y Chrissy me seca las lágrimas de las mejillas con cuidado.

—¿Estás mejor?

Niego con la cabeza.

—¿Qué pasa? —pregunta.

Se gira hacia la cama, quizás con intención de sentarse y frunce el ceño al ver que el colchón está desplazado.

—Arizona, ¿qué ha pasado? —insiste.

Pero por el modo en el que mira el colchón tirado en el suelo, puedo ver que lo intuye.

—Yo... —balbuceo.

—Dime qué ha pasado.

Rehúyo su mirada y me acerco a su oído para decir:

—El móvil, el que usé al principio del concurso para hablar con Nil... Ha desaparecido.

—¡No ha desaparecido! ¡Te lo han quitado! —grita Chrissy.

—¡Baja la voz! ¡Lo siento!

—¿Que lo sientes?

—Sí, mierda, la he fastidiado... Alguien ha cogido el móvil y ahora me van a echar del concurso y voy a ser conocida como la persona más tramposa y mentirosa por el resto de mis días y mis padres me van a desheredar y me voy a quedar sola.

Espero que quizás mis palabras ablanden su corazón, pero no surten el efecto esperado.

—¡Te lo dije! ¡Te dije que era estúpido guardar el teléfono en la academia! ¡Te dije que esto iba a salir mal!

—¿No te das cuenta de que no podía hacer otra cosa?

Chrissy se mueve por la habitación dando vueltas sobre sí misma en círculos.

—Seguro que ha sido Bea Pecas... Ella me odia desde el principio del concurso y de alguna manera se habrá enterado y quiere sacarme de aquí... —Chrissy ni siquiera me mira cuando hablo y tarda un rato en responder.

—Mierda, Ari. No sé cómo lo haces, pero siempre consigues que todo gire a tu alrededor, que siempre seas la maldita víctima en todo... —dice con calma—. ¡No eres el ombligo del mundo! ¡Yo también tengo derecho a estar enfadada, ¿no?!

—Puedes enfadarte, pero dime algo, ¿no?

Chrissy coloca el colchón que había movido de nuevo sobre la cama y se sienta.

—Estoy pensando, Ari.

—¿Y en qué piensas?

—En que eres incorregible y que creo que te odio un poco.

—Ahora me mira fijamente—. Te dije que no era buena idea tener el teléfono en la habitación, más aún cuando no lo ibas a volver a usar. Porque no lo has vuelto a usar, ¿no?

Mierda.

—No —digo rápidamente—. No... Bueno...

—¡Arizona!

—El otro día... cuando la fastidié y dije lo de mis padres, lo saqué de la habitación un momento, lo llevé a la playa e intenté usarlo, pero me arrepentí enseguida y además el teléfono se apagó porque el estúpido de Nil no pensó en traerme un cargador y...

Chrissy baja la vista y presiona las manos cerradas contra el colchón.

—Alguien pudo verte.

—No me vio nadie, de verdad.

—Bueno, está claro que sí, porque si no no te habrían quitado el móvil.

Tiene razón y no hay nada que yo pueda decir para cambiarlo. Chrissy, a mi lado, oculta la cara entre las manos.

—Escucha, no sabemos si Olimpia se ha enterado de algo de esto. Puedo ir a hablar con ella y decirle que el móvil era mío y solo mío. Así, tú no tendrás ningún problema —resuelvo finalmente.

Chrissy tarda un poco en responder, suspira y me coge las manos antes de decir:

—No. Yo formo parte de esto igual que tú, así que si nos estalla en la cara, lo afrontaremos juntas.

Respiro hondo porque me siento aliviada, pero no mucho.

—Igual no me han quitado el móvil, ¿no? Igual se ha perdido... —murmuro—. Y si lo han cogido, no sabemos para qué.

Chrissy se pone de pie y echa un nuevo vistazo a la habitación.

—De todas formas, no podemos hacer nada ahora. Solo podemos seguir.

Tiene razón. Tenemos una gala que preparar.

Cuando salimos de la habitación, Chrissy me da un beso en la boca que sé que es solo para las cámaras.

Gala 9

Chrissy

—Tú corazón no es tan oscuro ni está tan henchido de odio como piensas, simplemente se ha roto más de una vez —susurra Valentina, caracterizada con un vestido blanco y largo con pequeños copos de nieve azulados que lo cubren todo y una capucha del mismo color. Arizona, transformada en loba blanca, aúlla—. A veces somos injustas con nosotras mismas y nos vemos peor de lo que somos en realidad. Si hubiese un ápice de maldad en tu interior, loba, habrías acabado conmigo cuando pudiste.

—Espera... ¿tú? —gime Arizona.

—Sí. —La chica se baja la capucha azul nieve y da paso a una brillante de color magenta—. Sí, he sido Caperucita desde el principio, y tú sigues siendo tú misma.

Arizona se seca una lágrima y el público empieza a aplaudir.

Mientras aplauden, Celia, Bea Pecas y yo, que ya habíamos finalizado nuestra intervención y nos encontrábamos detrás del improvisado telón, salimos a su encuentro. Las cinco nos cogemos de las manos y hacemos una corta reverencia. Una rosa roja es lanzada desde el público y aterriza a mis pies provocándome una sonrisa. Mis padres me trajeron un ramo de rosas rojas tras mi primera actuación de baile.

¿Tendrán algo que ver con esto?

Sé de sobra que no estarán en el público esta noche y que la rosa será solo de una admiradora de mi carpeta, pero aun así la coincidencia me provoca una punzada en el corazón.

¿Seguirán viendo las galas con la misma ilusión que el primer día? ¿La estarán viendo mis abuelos, tíos y familiares lejanos? A ellos nunca les ha gustado todo este asunto de los *realities*. ¿Y Ángela? ¿Estará viendo algún programa con sus amigos? Seguro que ella ya se habrá metido en alguna pelea en redes por defenderme.

Desde que el teléfono de Arizona desapareció, me acuesto y me despierto cada mañana pidiendo al universo que no salga a la luz. Porque si lo del móvil sale a la luz, seguro que investigan qué tipo de información recibió Arizona del exterior, y si descubren su conversación con Nil, sabrán de dónde salió el plan de la relación falsa. Me aterra que sepan lo que hice porque me aterra que piensen que he cambiado.

Aunque a veces ni siquiera yo me reconozco.

Todas las cosas que he hecho y que soy ahora, las buenas y las malas, se estiran en mi piel cada vez que me miro en el espejo. Los carteles de #CHRISAMI me hacen feliz y al mismo tiempo me golpean el corazón, pero cuando tengo a Ari cerca, no dudo en agarrarla fuerte de la mano.

—¡Enhorabuena, chicas! —exclama Lucas desde el sitio de los jurados, interrumpiendo el sonido de los aplausos—. La obra ha estado genial. El personaje del lobo de las nieves me ha robado especialmente el corazón. Yagami, está claro que has sacado el talento interpretativo de tus padres.

A mi lado, Arizona se ríe levemente.

—Muchas gracias, Lucas. Nuestros profesores nos han ayudado mucho esta semana y este es todo un piropo —dice, y yo me doy cuenta de que no soy la única que se ha amoldado a las cámaras en estas semanas. No sé si es porque está madurando o porque directamente se ha rendido.

Olimpia da unos suaves golpes en su micrófono, como si no pudiese soportar que alguien olvide ni por un segundo quién es la reina del concurso.

—Lo he dicho antes, pero tiene muchísimo mérito que hayáis creado todos estos decorados de ensueño además del vestuario y el maquillaje. Pero para valorarlo, hemos traído hoy aquí a una invitada especial... ¡Dadle la bienvenida a mi queridísima amiga, la diseñadora Leia Gastón!

Una mujer se abre paso en una humareda morada que emerge de algo parecido a un pitillo alargado del mismo color y también a juego con su vestido y su peluca. El público aplaude y nosotras aplaudimos también. Olimpia se aproxima a la mujer para darle un beso en el dorso de la mano, haciendo también una pequeña reverencia.

—Es un placer estar aquí con vosotras, queridas.

—Bien, ahora que estamos todas, podéis ir ocupando vuestros asientos mientras yo doy pie a una pequeña sorpresa —dice Olimpia. Entonces, se quita con delicadeza la chaqueta americana y deja relucir unos arneses que emergen de sus hombros—. ¡Luces fuera!

Y después, casi literalmente, echa a volar y, mecida por los arneses, interpreta una coreografía curiosísima con giros sobre sí misma en plan peonza y unos cuantos golpes en el aire como si se pelease contra un ente que nadie puede ver.

—Joder, parece que la ha poseído un demonio —me susurra Ari al oído y yo me tapo la boca para que no se note que me estoy riendo.

Entonces, aún sostenida en el aire, la mujer se saca de la manga del vestido un micrófono y empieza a cantar un tema con un ritmo frenético.

—Igual está feo que lo diga yo, pero, joder, esto huele a intrusismo laboral, que luego estamos cantantes como yo intentando ganarnos el pan dignamente...

¡No hay manera de que esta chica se calle! Intento no reírme, pero me lo pone muy difícil.

Para el final de la actuación, el plató se llena de globos de colores y nos comunican que la canción que ha interpretado Olimpia será su nuevo sencillo.

Tras los aplausos, llegan las valoraciones y estrecho la mano sudorosa de Arizona.

En la mesa del jurado, Marina Mandarina coge el micrófono para empezar con las valoraciones.

—He echado de menos algo de música en esta obra de teatro, pero he apreciado vuestros personajes y me ha encantado que interpretaseis tantos a la vez. Valentina ha sido Caperucita y la reina de las nieves, Chrissy una fantástica Bella Durmiente y su propia hada madrina... refleja un poco la dualidad del individuo, ¿no? —comenta.

Valentina carraspea antes de hablar de manera apresurada:

—¡Exacto! ¡Una persona es al mismo tiempo heroína y villana a la vez que puede ser su propia consejera y mejor amiga! Con el reparto de personajes quería demostrar que las personas no son planas, como sucede en los cuentos clásicos, sino que toda personalidad tiene muchas aristas...

Valentina habla acelerada y yo sonrío porque, en realidad, lo que pasó fue que la obra tenía muchos papeles y éramos pocas actrices. Pero siempre es bonito cuando tú haces algo sencillo y sin complicación y el espectador le busca profundidad.

—Pues ha estado muy bien pensado, Valentina, has hecho un gran trabajo —dice Lucas—. Aunque aún está por ver si será suficiente para librarte de la expulsión...

La chica se desinfla como un globo mientras unos cuantos carteles de apoyo a Valentina se ven en el público, aunque son muy pocos en comparación con los de Bea.

—Bea Pecas es nuestra otra nominada. Hoy has sido un sapo, pero ¡menudo sapo! ¿En qué te has inspirado para hacerlo así? —interroga Daniella Ella.

—Menuda pregunta... —murmura Arizona y yo la mando a callar con un gesto.

Bea no se ríe.

—Pues, no sé, es el típico sapo de cuento, ese al que besan, pero después rechazan porque no es un príncipe. Todos hemos podido sentirnos así alguna vez... —murmura.

—Esta semana ha sucedido algo que ha hecho que sintamos mucha simpatía por ti, si te parece, procedemos a verlo, justo antes de hacer nuestra parada de descanso —dice Olimpia.

Sé que voy a aparecer en pantalla bastante antes de que se enfoque el estudio. Han sacado el momento justo en el que Bea está cantando la canción de la maleta. Se me encoge el corazón al recordarlo todo. Una parte de mí sabía que iban a sacar las imágenes, pero otra estaba deseando con todas sus fuerzas que no lo hicieran.

La mano de Arizona, que antes estaba aferrada a la mía, se desliga por completo y se queda quieta y colgante en su lado del asiento.

—Chrissy, ¿hay algo que quieras decir? —pregunta Olimpia, y su voz se me clava como un puñal en el corazón.

—Esto... no... yo creo que ya lo hablé todo con Bea. Me pareció muy valiente por decirme eso, pero ella sabe bien, tan bien como lo sé yo, que estoy saliendo con Arizona.

Los carteles en apoyo de #Chrisami se alzan de inmediato con una marea de vítores y aplausos. Casi inmediatamente después de esto, nos avisan de que entramos en el descanso de la publicidad.

Mientras tiran de nosotras para sacarnos del plató, me cruzo con Bea, pero ni siquiera la miro, y Arizona tiene el ceño tan fruncido que su cara podría romperse en dos.

—¿Qué te pasa? —pregunto.

—¡¿Tú que crees?! —espeta ella.

Suspiro, la tomo de la mano y la llevo a la sala de vestuario, libre de cámaras. Ahí, la chica se queda mirándome unos segundos antes de empezar a gritar:

—¡¿Por qué no me dijiste nada de tu conversación con Bea?! ¡He quedado fatal!

Respiro hondo, por la nariz, porque a veces tengo que armarme de paciencia para hablar con ella.

—¡No todo gira a tu alrededor! —exclamo—. ¿Cómo puede ser que en tantas semanas de concurso aún no lo hayas aprendido? Mierda, Arizona, no te lo dije porque es una cosa muy íntima de Bea y no tenías por qué saberlo. Yo no habría querido que se supiera, desde luego. A ver, estaba claro que lo iban a sacar en la gala, pero aun así no me correspondía a mí contarte nada.

Arizona suspira y se mesa el cabello negro, desordenándolo por completo. Empieza a dar vueltas en círculos sobre sí misma, conquistando la pequeña habitación.

—Joder, Chrissy, te juro que a veces te pasas de ingenua —suspira mientras sigue caminando.

Ahí está. La mordida en el corazón. Desde niña me han dicho eso, que vivía en los mundos de yupi por querer ser bailarina o por querer ser yo misma; siempre me han repetido que era demasiado ingenua. Pero sé de sobra que no lo soy.

—¿Perdona? —digo mirándola a los ojos.

—¡Pues que está claro que Bea quería que eso se viera en directo! —exclama Arizona.

—¿Por qué querría hacer eso? —pregunto, y empiezo a temer estar perdiéndome algo importante de verdad.

—Pues porque hace que quede como una persona vulnerable, como la víctima, y genera simpatía en el público... es de cajón.

—Me están entrando muchísimas ganas de mandarte a tomar viento, Arizona. Y eso que soy una persona con mucha paciencia —digo con seriedad—. ¿Te parece tan extraño que pueda gustarle a alguien sin que quiera aprovecharse de mí? ¿Tan imposible es que le pueda gustar a alguien sin un interés oculto?

—¡¿Qué dices?!

—¡Tú te acercaste a mí por eso! —exclamo, porque es verdad, porque ella solo quería aprovecharse de mí para continuar en el concurso y yo simplemente accedí porque sí que soy tan tonta como parezco—. Joder, Ari, a veces pienso que te gusta hacerme sentir como una mierda.

Los ojos se me han llenado de lágrimas de manera inmediata, pero no quiero llorar, así que decido marcharme y me acerco a la puerta de la sala de vestuario.

—¡No! ¡No! Espera, perdóname, no quería decir eso... —Noto la mano de Arizona intentando aferrarse a mi brazo, pero no quiero que me toque, así que me zafo—. ¡Chrissy! —grita.

Cuando me giro la veo hacer un esfuerzo por arrodillarse. Aun así, se tropieza y aterriza con el culo rebotando en el suelo.

¿Esto es algún tipo de gesto romántico? Es ridículo. Pero ha conseguido que me dé la vuelta y la mire.

Ha logrado ponerse de rodillas y me mira suplicante. Si no estuviese tan enfadada, incluso me haría sonreír.

—Chrissy, te prometo que no quería decir eso. No pienso eso —dice—. Te quiero porque sería imposible no hacerlo, porque ves todas las cosas buenas que hay en el mundo y quererte es un placer y probablemente la cosa más fácil que he hecho en mi vida. Lo único que pasa es que soy imbécil y me pongo celosa y digo tonterías y te prometo que por mucho tiempo que pase no me trago a Bea Pecas.

Pero yo ni siquiera oigo el nombre de Bea Pecas ni la segunda parte de su discurso, porque mi mente se ha quedado colgando en esa primera frase.

Me dejo caer de rodillas delante de ella, haciéndome un poco de daño en los huesos al rebotar contra el suelo. Pero quiero estar a su altura (más o menos, porque sigo siendo más alta) y quiero mirarla bien a los ojos al preguntar:

—¿Has dicho...? ¿Has dicho que me quieres?

Arizona enrojece hasta las cejas, pero sus labios se curvan en una sonrisa.

—Sí. He dicho que te quiero. Te quiero —repite y me acaricia la mejilla—. Joder, sí que es verdad eso que dicen de que los *realitys shows* hacen que el tiempo corra de una manera diferente, porque apenas llevo dos meses conociéndote y ya te quiero. Y no es broma, me aterra que, si sigo conociéndote cuando estemos fuera, y espero seguir conociéndote, te siga queriendo más y más y más, tanto que me acabe por estallar el corazón.

Me entra la risa. Una carcajada amplia y limpia me atraviesa del corazón a la garganta, incontenible. Le cojo las manos, esas manos que están ahora en mis mejillas, y la acerco a mí para darle un beso en los labios. Y después otro. Y otro. Y otro.

—Yo también te quiero, Arizona.

Arizona

¡Joder! Le he dicho a Chrissy que la quiero. Me he arrodillado en el suelo y le he dicho que la quiero y me siento entre tonta e ingenuamente feliz y prometo que floto en una maldita nube. Tanto que no consigo prestar atención a nada de lo que dicen en la gala.

Valentina y Bea Pecas han reaparecido en el escenario para su actuación como nominadas. Ahora, la primera luce un vestido azul claro y la segunda uno rosa pastel, entre su apariencia y la emoción que reflejan en el rostro, parecen dos damas de honor a la espera de que la novia les tire un ramo.

Al final, las dos optaron por hacer una actuación conjunta en la que mezclan distintos discursos y apariciones de Olimpia a lo largo de su historia. Yo observo la actuación como quien ve llover, pero tiene un par de puntos graciosos.

—Después de este precioso homenaje, les pido a nuestras nominadas que se pongan de pie, porque vamos a anunciar quién de las dos estará en la gala final —anuncia Olimpia—. ¡Madre mía! ¡Se me ha puesto el vello de punta! ¡La gala final!

Bea Pecas y Valentina se cogen de la mano y el público entero parece contener el aliento.

—Queridas, ¿queréis decir algo antes de nombrar a la expulsada? —pregunta Olimpia.

Valentina niega con la cabeza, con la barbilla temblando por contener el llanto. Agarra por el brazo a Bea Pecas, que está recta como un palo y se limita a negar con la cabeza también.

—Bien, en ese caso.... —empieza a hablar Olimpia, pero guarda un momento de silencio para crear expectación—. La concursante que el público ha salvado, con un ochenta y cinco por ciento de los votos, y que por lo tanto tiene pase directo a la gala final es... ¡Bea Pecas!

La chica aterriza en el suelo, y si su emoción no es real, la finge de maravilla. Valentina se abalanza sobre ella para darle un abrazo, con las lágrimas corriendo por las mejillas, y Chrissy, como un resorte, se pone de pie para correr al escenario. Celia y yo nos miramos antes de asumir que nosotras tendremos que hacer lo mismo, por no quedar como unas tías insoportables.

Así que bajamos al escenario y me sumo al abrazo a Bea y Valentina mientras el público corea el nombre de Bea Pecas por un lado y la frase «no pasa nada» para animar a Valentina por el otro.

Pasan unos minutos hasta que todas nosotras nos ponemos de pie y yo le doy un último abrazo a Valentina.

—¡Menuda gala llena de emociones y menudo momento hemos presenciado! —grita Olimpia—. Nuestras chicas son un ejemplo de sororidad y no podría estar más orgullosa de ellas.

El público aplaude y hasta los miembros del jurado se ponen de pie.

—Una de las grandes tragedias de la vida es que antes de que termines de celebrar un logro, debes pensar en el siguiente, ¿no es así? —dice Olimpia—. Pues bien, ha llegado el momento de hablar de la próxima gala, la final. Y es que las cuatro concursantes que tenemos aquí tendrán un hueco en la última gala, pero no todas ellas tendrán la posibilidad de convertirse en ganadoras. La gala final será más larga y estará dividida en dos partes. Dos de vosotras estaréis nominadas y no llegaréis a la segunda parte... Así que... Miembros del jurado, tenéis una decisión que tomar, ¿quién quiere empezar?

—Yo mismo —dice Leia Gastón, la invitada especial de hoy—. Ante todo, quiero felicitar a las chicas porque lo que han hecho hoy tiene muchísimo mérito, pero lamentablemente no todas pueden pasar a la final... La que sí que va a hacerlo es Bea Pecas, que me ha conquistado hoy una vez más. Bea, puedes estar tranquila. Estás haciendo un concurso espectacular y el público lo sabe.

La chica se lleva las manos a la cara antes de decir:

—Gracias, gracias, muchas gracias.

—Enhorabuena, Bea —dice Marina Mandarina—. Ahora, me toca ser portadora de malas noticias. —Coge aire—. Arizona Yagami, nos has demostrado muchísimo a lo largo de estas semanas. Empezaste siendo fría y rígida, sin permitirnos conocerte, pero te has abierto más y más con cada gala y no sé si es herencia o no de tus padres, pero tu talento es infinito. Puedes estar muy orgullosa. —Joder, me estoy emocionando hasta yo, Chrissy me da la mano; sé que ahora llega el golpe—. Lamentablemente, cada vez hay más nivel y tu actuación de hoy habría sido genial para una gala uno, dos, tres o incluso seis, pero no para una gala nueve. Lo siento mucho, Yagami, estás nominada.

Arizona Yagami: la eterna nominada, podría ser el título de mi biografía.

Joder.

Los carteles en apoyo a mi carpeta, pero también con mi nombre y apellido en grande se levantan acompañados de los vítores del público.

—Gracias por tus palabras, Marina, de verdad —digo.

La mujer sonríe.

—Continuando con las valoraciones, debo destacar que todas habéis hecho un gran trabajo —dice Daniella Ella—. Sin embargo, ha habido alguien que ha brillado un poco más. Solo un poco más. Esa persona es Chrissy Dubois, que se convierte en finalista, sin haber sido nominada ni una vez. Enhorabuena, Chrissy.

El público se vuelve loco de júbilo, aunque también oigo unos cuantos abucheos disimulados.

—Y ahora, es mi deber dar el nombre de la segunda nominada. —Lucas carraspea—. Celia Anís, por la temática del concurso me pregunté, ¿qué podrá aportarnos una escritora? Pues bien, nos has aportado un humor exquisito, una inteligencia punzante, un compañerismo verdadero e historias que nos han llegado al corazón. Sin embargo, esta no ha sido tu noche. Lo siento, deberás batirte en duelo con Yagami si quieres llegar al *Top 3*.

—Muchas gracias—dice Celia con una sonrisa y las gafas empañadas.

Chrissy se acerca a ella y se funden en un fuerte abrazo.

Todas volvemos a abrazarnos.

Entonces, Bea Pecas alza el brazo como si estuviésemos en primaria y tuviese una duda que consultar con la profesora.

—Esto... ya habéis hecho las nominaciones, así que esto no cambiará nada. Pero... ¿Puedo decir algo? —pregunta.

—Claro —dice Olimpia.

Yo sigo sumergida en el abrazo de Chrissy y Celia, con la mente teñida de tristeza al pensar en mi nominación, así que ni siquiera me pongo alerta.

No hasta que Bea abre la boca.

—Debo decir una cosa que hasta ahora he callado para darles espacio a las chicas para que lo dijeran por sí mismas. Como no lo hacen, me veo en la obligación de tirar de la manta yo. —Bea Pecas se acerca a Olimpia, le coge el micrófono de la mano y se lo acerca a los labios antes de hablar.

Va a decirlo.

No puedo respirar.

No puedo respirar.

Joder, que se acabe pronto.

—Chrissy Dubois y Arizona Yagami han estado engañándonos desde el principio del concurso, desde que se dieron ese beso al final de su actuación de *Grease*. Quizás incluso desde antes. Su relación ha sido completamente falsa.

Bea Pecas no ha acabado de hablar, pero yo siento que el mundo se me cae encima.

El público grita sorprendido.

—Entonces yo me quedo, ¿no? —oigo preguntar a Valentina—. ¡Las expulsarán a ellas!

Solo deseo que todo se acabe lo antes posible.

Bea Pecas sigue sosteniendo un micrófono que Olimpia intenta, en balde, recuperar.

—¡Tengo pruebas de todo esto! ¡Dudo mucho que queráis que ganen el concurso dos personas que os han engañado desde el primer día!

Alzo el cuello y busco a Chrissy con la mirada, pero no la encuentro y me siento más sola que nunca.

LAS CHICAS DE OLIMPIA: RESUMEN DE LA GALA 9

¡Una gala épica y una confesión que lo cambiará todo! La penúltima gala de *Las chicas de Olimpia* ha situado al Canal 88 en el líder de audiencia con un 14 % de *share*, además de haber creado contenido del que no se deja de hablar en redes sociales.

Las chicas debían montar su propia obra de teatro trabajando en equipo. Han realizado esta tarea sin fisuras y, además, la gala ha contado con una actuación estelar de Olimpia en la que ha presentado su nuevo sencillo, *Vuela conmigo o lárgate*.

Tras las actuaciones, conocimos la decisión del público de expulsar a la nominada Valentina y después, el nombre de las próximas nominadas para la gala final: Arizona Yagami y Celia Anís. Una de ellas será expulsada antes de la segunda parte de la gala y no formará parte de las tres finalistas.

Fue en el último momento cuando Bea Pecas cogió el micrófono y dijo unas palabras que lo cambiaron todo: «Chrissy Dubois y Arizona Yagami han jugado con el público desde el inicio del concurso, su relación es completamente falsa».

Las reacciones fueron inmediatas, el público estalló en gritos de sorpresa y enfado mientras Olimpia se esforzaba por reconducir la situación.

«Sigo en estado de shock tras mi expulsión. Chrissy y Yagami me han decepcionado, no todo vale por conseguir audiencia y engañar al público nunca estará bien», ha declarado Valentina a la salida del concurso.

Todavía no sabemos si las palabras de Bea Pecas están correctamente fundamentadas, por lo que es muy pronto para llegar a conclusiones.

¿QUÉ SUCEDERÁ EN LA PRÓXIMA GALA?

Se rumorea que, con los recientes acontecimientos, la gala final podría adelantarse. Estaremos atentos a las redes del concurso para conocer las novedades.

Más allá de la polémica, en la gala final cada una de nuestras chicas tendrá cinco minutos para hacer una actuación individual de tema libre.

LAS NOMINADAS DE LA SEMANA

Arizona Yagami y Celia Anís estuvieron más que correctas en su actuación, pero resultaron nominadas debido al alto nivel del resto de sus compañeras.

La próxima vez que las veamos será en la final, y una de ellas quedará a las puertas del tan ansiado TOP 3.

Ambas nos han demostrado mucho a lo largo del concurso y ambas merecen llegar a la final. Puedes votar por tu favorita en *laschicasdeolimpia.ai/nominaciones*.

@marina_pecosa16 Si no fuera por Bea, estaríamos aun comiéndonos la mierda de la relación falsa sin enterarnos de nada, xdddd

@luciamg Bea es la voz del pueblo y debe ser la ganadora!!!!!!

@cleo_patria Lo que pasa con Bea es que está completamente enamorada de Chrissy, SI LO HA DICHO Y TODO!!!! Se muere de celos y por eso ha dicho la primera mentira que se le ha pasado por la cabeza.

@candelapetttt A ver, la premisa de este concurso era contar una historia. Tan malo sería que #chrisami haya hecho exactamente eso???? Yo no me las quito del fondo de pantalla del móvil! Las shippeo más que a mi vida.

@bennie Lo que yo no entiendo es que Chrissy nunca haya sido nominada en todo el concurso. Hola?? Yo no digo que la tía no sea espectacular, pero veo un patrón de favoritismo.

@la_gata Valentina no se merecía esto, lo ha hecho genial.

@dakotalajota Valentina es una DON NADIE.

@trinidad Ya nadie piensa en las actuaciones, no??? Solo en los dramas y salseos. Menuda puta mierda. Aunque lo ha hecho Olimpia, así que qué esperar de esa pedazo de friki. En fin. Qué ganas de que se acabe el concurso ya y os calléis un mes.

@rotter_g Me voy a morir cuando se acabe el concurso.

Semana 10

Chrissy

Estamos sentadas en una habitación contigua al despacho de Olimpia; Arizona y yo nos cogemos de la mano, y el calor y el sudor que desprende su piel empiezan a incomodarme. Arizona se acerca un poco a la puerta del despacho, como si intentara oír algo.

—¿En serio crees que vas a oír algo solo por pegar la oreja? —le pregunto.

—¿La verdad? No, no lo creo, pero por lo menos así hago algo, que estoy perdiendo la cabeza...

Los recuerdos de la gala pasada están bastante difusos en mi mente, pero mi cuerpo no ha olvidado ningún detalle y permanece alerta.

La cosa se resume fácil: Bea le dijo a todo el mundo que la relación entre Arizona y yo era falsa. El público se volvió loco. Fin.

Olimpia nos separó a todas e hizo un esfuerzo por acabar la gala de la mejor manera posible. En el trayecto de vuelta a la academia, nadie dijo nada y la mujer nos hizo saber que no habría sesión de *running* matutina y que a las nueve en punto nos llamaría a su despacho... a todas.

—Te dije que el robo del teléfono había sido cosa de Bea Pecas... —me dijo Arizona esa noche—. Me odia y lo único que quiere es que me expulsen. Ahora todo el público votará a Celia en vez de a mí.

Yo me callé. Primero, porque en ese momento en lo último en lo que pensaba era en darle la razón a Arizona. Segundo, porque no me podía creer que en un momento como ese se acordara de su estúpida rivalidad. Tercero, porque no dejaba de preguntarme por qué Bea me había hecho eso. Si tanto le gustaba, si me apreciaba tanto como me había dicho... ¿Por qué me tiraría a los leones? ¿No se le había ocurrido que si dinamitaba la carpeta Chrisami también me dinamitaría a mí?

Me sentía... traicionada.

Me sigo sintiendo traicionada.

Traicionada y muerta de miedo.

¿Qué estarán pensando en casa de todo esto? ¿Cómo se sentirá mi familia? Les he fallado.

—¿Qué vamos a hacer mañana cuando hablemos con Olimpia? —me preguntó Arizona anoche entre susurros.

—Pues decir la verdad, ¿no? —respondí.

—¿No crees que sería mejor negarlo? Nos gustamos, podríamos insistir en que nos hemos gustado desde el principio...

—¿En serio quieres seguir mintiendo? —El enfado se escapó de mi corazón—. ¿No has pensado en que podrían tener pruebas? ¡Podrían tener tu móvil! Ahí hay pruebas, por no hablar de que quizás tengan alguna de nuestras conversaciones grabada. Perderíamos la poca credibilidad que nos queda.

La mirada de Arizona se ensombreció.

—Yo voy a decir la verdad —dejé claro.

—Bien. Diremos la verdad.

Eso es lo único en lo que pienso: decir la verdad, decir la verdad, decir la verdad.

Eso es lo que quería hacer cuando llegué a la academia. Ser honesta. ¿Por qué serlo es siempre tan difícil?

La puerta del despacho de Olimpia se abre de par en par, la mujer asoma la cabeza y nos hace un gesto con los ojos para que pasemos. Me entran ganas de pedir perdón de inmediato, de llorar y de suplicar en el primer segundo... pero todavía no sé cómo están las cosas ahí dentro y soy consciente de que cualquier paso podría ser en falso.

El despacho huele a limpio. Eso es lo primero en lo que pienso. Huele a limpio, pero también tiene un olor diferente al que percibí en mi primera vez aquí. Hay cuatro sillas dispuestas delante de la mesa de Olimpia, lo que me extraña porque, al otro lado, solo somos tres personas. Bea ya está sentada cuando entramos, con la espalda bien erguida y la melena rubia planchada a su espalda.

Me siento a su lado y ella ni siquiera se vuelve para mirarme.

—Lo siento —digo, incapaz de contenerme y miro los ojos severos de Olimpia una vez más antes de repetir—: Te hemos decepcionado y hemos puesto en riesgo todo el concurso, así que te quería pedir perdón.

Arizona me mira con el ceño fruncido, quizás molesta por mi uso del plural.

—¿Recuerdas cuando tuvimos nuestra entrevista presencial y me dijiste que eras una mentirosa? —pregunta—. No esperaba que esas palabras envejecieran así.

—Yo tampoco... —suspiro.

—Chicas, anoche se lio —dice la mujer únicamente—. No os hacéis una idea de lo difícil que es poner en marcha un concurso de estas proporciones, con semejante premio en metálico... y cuando he salido de una me he meto en otra una concursante que se rompe el codo porque se me ocurre hacer una semana de temática circense, luego resulta que es tránsfoba; así que mira, por lo menos se llevó un codo roto. Cuando se acaba esto, otra concursante desata rumores sobre sus padres y ahora resulta que esa misma y una compañera han estado mintiendo y una tercera que tiene la desfachatez de contarlo en *prime time* para que sirva a su favor en la final.

—Yo... —empieza a hablar Bea.

—¡Silencio! —grita Olimpia—. Las cosas como son, Bea. ¿Sabes lo que dicen de que los trapos los lava cada uno en su lavadora? Bueno, no tengo claro que se diga así... Da igual. Es una frase de mierda, pero habría agradecido que me consultaras antes de sacar esto a la luz al final de una gala. De verdad. Habría apreciado más consideración.

—Creo que deberías enfadarte con ellas y no conmigo —murmura Bea—. Son ellas quienes han fingido una relación para ganar votos.

—¡Eso me da igual! —exclama Olimpia—. Bueno, no me da igual, pero sería muy hipócrita por mi parte criticarlo cuando ya sabéis que, para mí, lo importante es contar una buena historia. El problema es el siguiente: ¡está repercutiendo en el programa! ¡Y en mí! Una parte de la prensa cree que soy tonta por dejar que dos de mis concursantes me la hayan jugado y la otra me tacha de manipuladora y está convencida de que la idea ha sido mía para conseguir audiencia. ¡No sé qué es peor!

—Bueno... que hablen del programa siempre es bueno... —dice Arizona.

—¡No cuando afecta a mi reputación! —grita Olimpia y después respira hondo antes de mirarnos fijamente y preguntar—. Quiero empezar por el principio. Arizona Yagami y Chrissy Dubois, decidme, ¿vuestra relación se inició en la gala dos como una estrategia para ganar votos?

—Dicho así, suena fatal... —reconoce Arizona.

—Os he hecho una pregunta.

—Sí. Fue así —digo, aunque me queman las palabras en la garganta.

—¡Pero no queríamos dañar el concurso! —exclama Arizona—. Nuestras intenciones no eran malas, es lo que has dicho tú, solo queríamos contar una buena historia...

Olimpia respira hondo antes de volver a hablar:

—Lo que habéis hecho es injustificable porque habéis engañado al público y, sobre todo, porque me habéis engañado a mí. Escuchadme, sería muy ingenuo decir que sois las primeras concursantes en crear una relación falsa. Muchas de estas... estrategias se hablan ya desde fuera, a veces la propia organización de un concurso las fuerza, y evidentemente se hacen parejas entre concursantes con más química o que quedan mejor juntos en pantalla. Está claro que en un concurso como este debéis usar todo lo que tenéis para ganar. —Carraspea—. El problema es que ha salido a la luz, que nos está afectando y que Bea, a pesar de haber llegado hasta la final por méritos propios, ha decidido que quería un poco más de posibilidades para ganar...

—¡No lo he hecho por eso! —exclama Bea.

—¿Cómo qué no? —pregunta Arizona—. Flipo. Si ya tienes la victoria asegurada con tantos seguidores. Pero ya que estás, los pones en mi contra...

Pongo los ojos en blanco. No me puedo creer que, a pesar de la bronca que nos está echando Olimpia, Arizona siga empeñada en su rivalidad con Bea.

Olimpia suspira y nos mira una vez más a Arizona y a mí antes de decir:

—Lo voy a preguntar una sola vez: ¿cómo supisteis que vuestra relación falsa iba a funcionar? ¿Por qué escogisteis uniros vosotras dos?

Trago saliva.

Mierda.

Ya está. Este es el fin.

—Bueno, a mí me gustaba Chrissy y, claro, interpretar a Danny y Sandy en *Grease* une mucho, así que... —dice Arizona y sonríe de medio lado. Pero yo no me río, y le dedico una mirada que quiere decir: «Nos han pillado, di la verdad».

Pero ni siquiera hace falta decirlo. Cuando Olimpia empieza a abrir un cajón de su escritorio es como si estuviera apretándole las tuercas. Arizona se apoya sobre el escritorio y exclama:

—¡Chrissy no tuvo nada que ver! ¡De verdad! El teléfono es mío, yo lo traje. Yo incumplí las normas. Chrissy solo me dijo que sí. Ella no hizo nada mal.

El corazón me da un vuelco. Abro la boca, pero no me salen las palabras y tengo los ojos completamente fijos en el pequeño teléfono móvil que Olimpia ha sacado del cajón.

—Chrissy sabía perfectamente lo que hacía —dice—. En cuanto supo que tenías un teléfono debería habernos informado. No hay justificación.

—Asumo mi responsabilidad —afirmo.

Mientras el silencio sigue condensándose en el ambiente, Arizona y yo observamos el pequeño móvil de carcasa violeta.

—No lo entiendo... Tuve mucho cuidado... ¿Cómo supiste que nuestra relación era falsa? —pregunta Arizona mirando directamente a Bea.

—Igual era más evidente de lo que pensabais —masculla Bea.

—¿Y el teléfono? —insiste Arizona—. ¿Cómo...?

Mi cerebro sigue trabajando intentando encontrar una explicación, cuando la puerta se abre de un estruendo y Celia, con una sonrisa perlada en la cara y los ojos brillantes detrás de sus gafas, aparece en la habitación.

—Fui yo —dice—. Perdón, que he hecho un poco de ruido con la puerta, quería esperar al momento indicado para entrar...

—¡Tú lo sabías! ¡Tú sabías que Chrissy y yo teníamos una relación falsa y me lo dijiste directamente! —exclama Arizona—. ¡Me prometiste que no lo ibas a contar! ¡¿Por qué demonios lo has contado?! ¿Por qué precisamente a Bea? ¿Estabais compinchadas vosotras dos también?

—No se lo conté a nadie. Dije que no lo haría y no lo hice —dice Celia—. Perdón por irrumpir aquí, Olimpia, tenía que hablar contigo. Yo sé que su relación es falsa desde hace semanas.

La chica coge asiento en la cuarta silla dispuesta delante de la mesa de Olimpia.

—Te estaba esperando —sonríe Olimpia—. ¿Cómo lo supiste y por qué no dijiste nada?

—Su comportamiento me había parecido extraño —empieza a hablar Celia—. Yagami y Chrissy estaban muy distantes en la primera semana y de repente... No sé. No tenía sentido. Además, me acordé de que había visto a Yagami entrar en el cuarto de la limpieza durante la primera gala. Y dos veces en ese mismo cuarto en la segunda, en una de esas ocasiones, con Chrissy. Como hicieron oficial su relación tras salir del cuarto de limpieza, deduje que todo había estado pactado. Confronté a Arizona al respecto y me lo confesó. Pero no dije nada.

—Bien, me alegra saber que ninguna de las cuatro finalistas de mi concurso se libra de hacer trampas —suspira Olimpia, llevándose las manos a la sien y haciéndose un pequeño masaje con los dedos.

—¿No se lo dijiste a Bea? —digo yo, y hasta me cuesta abrir la boca tras tanto tiempo manteniéndola cerrada.

—No. No se lo dije. Pero dejad que siga hablando. Ah, esto es como cuando un villano explica su plan, qué ilusión. —La chica sonríe y se recoloca las gafas que se le habían escurrido por el puente de la nariz—. A ver, yo intuí que vuestra relación era falsa, eso ya lo he dicho, o que al menos la habíais empezado así. Pero había algo que no me cuadraba, porque, ¿por qué lo habríais decidido de esa manera? ¿Cómo habíais sabido que vuestra relación iba a gustar al público? Asumí que de alguna manera una de vosotras... seguramente Arizona... se habría comunicado con alguien del exterior. Empecé a fijarme un poco más. El día en el que Arizona contó sin querer lo de sus padres, se metió en su habitación, salió a la playa y después volvió a su habitación. Me pareció raro. En cuanto pude, al ver que había salido de su habitación, entré y busqué. Encontré el móvil debajo del colchón de Arizona, ¡pero juro que lo dejé ahí! ¡No tenía intención de delatar a nadie!

—Yo lo cogí —concluye Bea—. Sinceramente, nunca se me pasó por la cabeza que lo vuestro fuera falso. Vi a Celia entrando en la habitación de Arizona, decidí entrar yo también y encontré el móvil. Ahí sospeché que había algo raro entre vosotras. El móvil estaba apagado. Me llevé el móvil a la última gala, encontré un cargador en la sala de maquillaje... de alguna maquilladora que había dejado el suyo por ahí enchufado... Suena ridículo, al quitar la carcasa del móvil encontré un papelito con la puñetera clave de desbloqueo. —En serio, ¿Arizona no podría haber memorizado la clave? —. Lo cargué. Por fin pude encenderlo para encontrar las pruebas de que Arizona había recibido información del exterior y de que la relación era falsa. —Bea baja la voz y me mira antes de decir—: Intenté... Intenté explicarte todo esto. No quería traicionarte. Y lo que te dije de Arizona... ahora lo sé con seguridad. Deberías leer el móvil.

—Vete a la mierda —le digo.

No quiero oír nada suyo.

Joder. ¿Cómo es posible que lo haya fastidiado todo?

—Olimpia, lo siento —se me ocurre decir. Las disculpas salen de lo más profundo de mi corazón hasta mi garganta y al ver la mirada de Olimpia me arrepiento al instante.

Soy penosa.

—No pienso cancelar este concurso, ¿os queda claro? —dice Olimpia poniéndose de pie, y por un momento no tengo claro si habla con nosotras o con otra persona—. ¡Estoy cansada de que me lluevan las críticas y de que se especule sobre lo que soy o lo que dejo de ser! Pero tampoco quiero cancelar el programa, ¡el *show* debe continuar! —Respira hondo antes de hablar de nuevo—: La final se adelanta a mañana por la noche. Acabaremos lo que hemos empezado, aunque las circunstancias me fuercen a cambiar el rumbo.

—¿Mañana? —pregunta Arizona.

—¡Pero...! —empieza a quejarse Bea, arrepintiéndose al momento, al igual que yo.

Olimpia no parece enfadada. Tiene el rostro tranquilo a excepción de una única arruga de preocupación que se abre paso en la frente, los labios algo torcidos y los ojos que parecen no ver nada.

—Las cuatro estáis implicadas en esto, las cuatro me habéis decepcionado profundamente —dice Olimpia, como si no nos lo hubiera dejado claro ya.

—¡No vayas a comparar! —insiste Bea.

—No tengo nada más que deciros. Tenéis menos de cuarenta y ocho horas para preparar vuestro número final... A no ser que mi horda de *haters* decida incendiar el plató como gesto de protesta. En ese caso, actuaréis en un plató incendiado. ¡Pero la final seguirá celebrándose mañana!

Me quedo paralizada en mi asiento, con el cuerpo inclinado en su dirección y viendo cómo Olimpia atraviesa la puerta para marcharse.

No digo nada. No me muevo.

Arizona, en cambio, se levanta de su asiento y llama a la mujer una vez más antes de seguirla. No sé por qué hace eso. No va a arreglar nada. Bea Pecas se levanta para seguirlas también.

Celia y yo permanecemos en el despacho, quietas, mientras las tres se marchan. Lo observo todo. La foto de la hija de Olimpia en la mesilla, posando felizmente con su madre. El ordenador abierto, la agenda llena de fechas marcadas con subrayadores de diferentes colores, un ejemplar de su libro *Poeta, no musa...*

Voy enumerando los objetos que encuentro, uno detrás de otro, para así calmar mi cerebro y distraerme de esa ansiedad acuciante.

Espero que Arizona y Bea aparezcan en algún momento, farfullando y quejándose, pero no vienen y el silencio es abrumador.

Entonces recuerdo las palabras de Bea: «Deberías leer lo que hay en el móvil». Cojo el teléfono con las manos temblorosas y lo hago.

Arizona

LUNES

12:00

Tardo un poco en asumir que Olimpia no va a hablar con nosotras.

Arizona Yagami: perdedora y arrastrada suena a título ideal para mi biografía.

—Menuda mierda —masculla Bea cuando la vemos salir de la academia.

¿Cómo puede tener la poca vergüenza de decir eso?

—Ni se te ocurra quejarte, todo esto es culpa tuya.

—Perdona, pero aquí quien ha hecho trampas has sido tú.

—Vete a la mierda. —Ha llegado a un punto en el que no tengo ganas de seguir discutiendo.

¿Dónde estará Chrissy? La he dejado en el despacho de Olimpia, pero imagino que habrá salido ya...

Mierda, ella es la más perjudicada de todas. Ella no quería hacer nada. Joder, ha sido todo culpa mía.

Es lo único en lo que pienso: en pedirle perdón hasta hacerle entender que de verdad lo siento. Me froto el ojo al darme cuenta de que estoy empezando a llorar de manera involuntaria. Son lágrimas de frustración, de rabia. Mañana es la final y no creo que pueda preparar algo bueno con tan poco tiempo. Algo que me libre de la expulsión. No dejo de pensar en qué habría pasado si hubiese aguantado solo un poco más, si lo hubiese hecho solo un poco mejor...

Pero no es realista.

No es verdad.

Y necesito verla.

«Necesito verla», me repito recorriendo una vez más el pasillo que tantas veces he recorrido hasta el despacho de Olimpia. Chrissy sigue ahí, justo en el canto de la puerta. Quizás es solo un acto reflejo, pero lo primero que hago es darle un beso que iba a la mejilla, pero ella se vuelve y termina aterrizando en la nariz. Se ha apartado.

—¿Te pasa algo?

Chrissy esboza una sonrisa tirante y menea la cabeza.

—¡¿Todo esto te parece poco?! —exclama.

—No, no es poco, pero no tienes por qué...

—Ni me mires, Arizona —masculla ella y me aparta dándome un golpe en el hombro.

—¿Qué te pasa? —insisto. Ella continúa andando y yo la sigo—. Venga, Chrissy, ¿qué te pasa?

Casi hemos llegado al salón de la academia cuando la cojo del hombro y hago que se dé la vuelta. Tiene los ojos llenos de lágrimas cuando me mira por fin.

—¡¡Lo he leído, Arizona!! ¡¡Lo he leído!! —grita y mi cuerpo entero se tensa.

—¿Qué has leído? —pregunto, solo por confirmar.

Nunca la había visto tan enfadada como ahora, cuando coge impulso y me empuja con tanta violencia que estoy a punto de tropezar.

—¡Lo sabes perfectamente! He leído los mensajes que intercambiaste con Nil, humillándome, riéndote de mí, cuando decidiste aprovecharte de mí para intentar permanecer en el concurso y formar esta estúpida carpeta.

—Yo... ¿Cómo?

—¡He leído los mensajes del maldito móvil! —exclama—. Me dijiste que los espectadores no me apreciaban, que consideraban que era muy falsa... ¡¿Sabes la de veces que me he repetido esto durante el concurso?! ¡Y era mentira!

—Yo...

—«Chrissy se esfuerza demasiado por caerle bien a la gente, como si tuviera que justificar su existencia» —recita Chrissy con los ojos llenos de lágrimas—. «No me puedo creer que le caiga bien al público, no soporto a la gente tan falsa...». «Seguro que si le doy un poco de bola se acaba pillando de mí». Me mentiste —dice—. Me dijiste todo lo que sabías que me haría daño. Me he aprendido bien todos los mensajes y los tendré siempre presentes para recordar lo egoísta y manipuladora que eres. —Se limpia una lágrima con el dorso de la mano—. Y lo peor de todo es que tenías razón: me hiciste un poco de caso y yo me enamoré de ti.

—Chrissy, perdóname. No pienso nada de eso...

—Ahórratelo.

—Te quiero. —Mis palabras suenan a súplica.

—Vete a la mierda, Arizona. Y en lo que queda del concurso, no vuelvas a dirigirme la palabra.

Pienso en seguirla cuando ella desaparece hacia la playa. Bea Pecas está cerca, también parece que se lo piensa, pero Chrissy nos evita a las dos.

Chrissy

Casi sin darme cuenta, durante las semanas de concurso he construido una rutina y un mundo a mi alrededor. La brisa marina dándome la bienvenida cuando salgo a correr a la playa por las mañanas. Regresar a la academia con el cuerpo entumecido por el ejercicio, darme una ducha y pedirle a alguna de mis compañeras que me ayude a secarme el pelo. Tomar notas en cada clase y hacer garabatos en el cuaderno para entender mejor lo que me explican. Tener el estudio, un espacio tan grande, solo para mí. Preparar mi comida con cuidado y charlar con mis compañeras. Aprender todos los días algo nuevo. Pensar solamente en el presente, porque no tiene sentido recordar el pasado ni hacer planes de futuro cuando estás en un concurso de televisión.

Los besos de Arizona. Que me prepare una infusión antes de irnos a dormir. Su mirada observándome bailar. Sus caricias. Oír su respiración cuando estamos durmiendo la una al lado de la otra.

Se me llenan los ojos de lágrimas.

Me apoyo en la pared y respiro hondo.

La final del concurso es mañana y tengo que concentrarme en ganar.

Hace unas horas nos han confirmado que la final se celebrará mañana por la noche. Estará dividida en dos partes. Celia, Bea, Arizona y yo realizaremos una actuación cada una en la primera parte. Después, expulsarán a Arizona o a Celia y las tres finalistas haremos una segunda actuación. Todo esto, además del número grupal del inicio de la gala.

Teniendo tantísimo trabajo y tan poco tiempo, me parece absurdo que tenga una clase de interpretación.

Camino hasta la sala de ensayos arrastrando los pies. Juanan y Noel se han sentado en una silla cada uno, Juanan apoya el brazo en el hombro de Noel, mientras que las chicas están en el suelo.

—Perdón por llegar tarde —digo mientras me hago un hueco al lado de Celia.

—No te preocupes, corazón —dice Juanan y acto seguido coge una hoja de papel, un sobre y un boli y los lanza en mi dirección.

Me fijo en que el resto de las chicas también tienen papel y boli.

—Sabemos que estos días están cargados de estrés... Tener que preparar tantos números en solo unas horas... —empieza a hablar Noel—. Os hemos dado papel y boli precisamente por eso.

—Con el poco tiempo que tenemos no creo que sea buena idea hacer otra cosa que no sea ensayar... —digo.

—Cielo, ¿te has visto la cara? —pregunta Juanan—. Pareces triste y angustiada. Así no vas a poder preparar nada. Ni tú ni ninguna de vosotras.

—Por eso, hoy haremos un ejercicio con el que liberaréis un poco vuestras mentes de pensamientos para que podáis volver a ensayar más descansadas.

—Hace tres meses no os conocíais de nada y ahora os queréis... u os odiáis... —Arizona me está mirando mientras Juanan habla, pero yo me apresuro a desviar cada mirada que me lanza—. ¡Habéis vivido tantas cosas! Os costará mucha terapia procesarlas cuando salgáis, pero podéis empezar escribiendo. Habrá tiempo para ensayar después.

Ya casi es la hora de comer, así que empiezo a pensar que no tendremos tiempo.

Me siento irritada y enfadada y puedo oír en mi mente a Arizona haciendo algún comentario tonto, como que se trata de una chorrada de ejercicio o que nos lo han puesto simplemente porque los profesores no tenían ganas de trabajar hoy. Puedo oírla en mi mente porque se ha metido dentro de mí, y me da tanta rabia que desearía borrarla del todo.

«Cinco».

«Cuatro».

«Tres».

Miro a mi alrededor y veo a mis compañeras muy concentradas escribiendo en sus papeles, tiradas en el suelo o sentadas con la espalda bien recta. Me giro hacia mis profesores y los veo escribiendo también. Juanan está sentado con las piernas dobladas y la espalda encorvada, mientras que Noel está colocado detrás de él apoyando una libreta en su espalda.

«Dos».

«Uno».

Me centro en el tacto de las hojas del cuaderno contra mi dedo, el tacto del bolígrafo en mi piel... y después empiezo a escribir.

Queridos papá y mamá, lo siento. A lo largo de mi vida habéis sido las personas que más me han apoyado en absolutamente todo lo que he hecho.

Cuando os dije que iba a compartir un primer vídeo hablando de mi transición, os preocupasteis por mí. «No queremos que te hagan daño». «No es necesario que te expongas». Pero al entender que era importante para mí, me apoyasteis sin dudarlo. Leísteis todos los mensajes de apoyo que recibí en el vídeo y respondisteis a todos los «estamos orgullosos de ti» con un «somos sus padres y estamos orgullosos de ella». Seguí subiendo vídeos y cuando alcancé una mayor popularidad empezasteis a responder también los comentarios negativos e ignorantes. Respondíais a todo.

En esos momentos yo estaba dándome cuenta de que no quería ser solo una bailarina el resto de mi vida y de que no quería seguir sufriendo. Así que pensé que quizás era buena idea dedicarles más tiempo a las redes mientras decidía qué hacer con mi vida. Y subí más vídeos, y más vídeos y más vídeos y dejasteis de responder a los comentarios positivos y también a los comentarios negativos.

Nunca estuvisteis de acuerdo con que rechazase mi puesto en la compañía, pero creo que tampoco lo entendisteis bien. Bailaré toda mi vida, pero estar ahí, sin tener tiempo para ser yo misma, aguantando a todas las personas que considerarían que no es mi sitio... No me habría hecho feliz.

Sé que para vosotros las redes son una manera de buscar el camino fácil, pero para mí son una manera de conectar.

No me dedicaré nunca a ellas en exclusiva, pero también son mi forma de vida.

Cuando decidí venir aquí pude ver la decepción en vuestra mirada. Sé que me apoyáis, pero supone una gran presión para mí que estéis orgullosos de mí porque me lo habéis dado todo.

No dejo de pensar en cómo os habréis sentido al saber lo de la relación falsa. No sé por qué acepté. Supongo que porque al final siempre habéis tenido algo de razón y no me siento lo suficientemente buena. Nunca pensé de verdad que sería lo suficientemente buena como para ganar este concurso, y por eso cuando Arizona me lo confirmó y me propuso hacer trampas le dije que sí, porque quiero ganar y quiero demostraros que puedo ganar a pesar de todo.

Quizás es contradictorio.

Me duele haber quedado como la víctima en todo esto, como la que ha sido engañada. Me duele que al final hayáis tenido razón y que sea verdad que nada genuino puede salir de un concurso en el que se graban las veinticuatro horas del día.

Quiero que sepáis también que estoy enamorada de Arizona y que, al menos por mi parte, lo que sucedió entre nosotras fue sincero. Ella me ha hecho daño, pero yo la he querido. La he querido de verdad, con todo el corazón, porque vosotros me habéis enseñado a querer así. Y ella, a cambio, me ha hecho daño. Yo también le haré daño a ella. Ganaré este concurso y no volveré a hablar con ella en la vida, y sé que eso la destrozará.

Y no me importará destrozarla.

Os quiere,

Chrissy

Todo lo que había evitado llorar desde esta mañana hasta ahora se me viene encima en el momento en el que termino de escribir la carta. Joder. A mi alrededor, las chicas siguen en el suelo escribiendo, pero yo no puedo quedarme aquí más tiempo. Salgo de la habitación tan rápido como puedo y siento todas las miradas en mi espalda.

Fuera de la habitación, me apoyo contra el marco de la puerta y trato de respirar hondo apretando con fuerza la carta sobre mi pecho. Juanan aparece entonces, con el cabello despeinado y una sonrisa amable en el rostro.

—¿Necesitas algo, corazón? —pregunta.

—No. Lo siento... Siento haberme ido de la clase. Ya he terminado de escribir. —Le tiendo la carta metida en el sobre.

—No la quiero —dice el hombre colocándome una mano en el hombro.

—Yo... Yo... —titubeo—. No tengo tiempo de entrar en crisis ni de echarme a llorar ahora, tengo que preparar una gala y no voy a llegar...

Juanan suelta una carcajada.

—Cariño, no se pueden programar los lloros.

Hago un puchero.

—Ya lo sé.

—¿Cómo estás?

Suspiro mientras me seco las lágrimas.

—Triste y enfadada y decepcionada... aunque sé que no me merezco sentirme así porque yo solita me he buscado todo lo que me ha venido.

—Tienes derecho a sentirte de la manera que quieras. En la vida debemos tomar decisiones todo el rato. ¿Cuántas miles de decisiones tomamos durante las veinticuatro horas que tiene el día? Cientos de miles, eso seguro. Qué ropa sacamos del armario, cómo nos peinamos, qué comemos a la hora del desayuno... hasta levantarse de la cama es una decisión. Es normal que en una de estas nos equivoquemos, ¿no crees? Es estadística pura.

Su discurso me hace sonreír un poco.

—Ya, eso es verdad, pero hay decisiones más importantes que otras, ¿no crees? —pregunto

—Pues claro que hay decisiones más importantes, si no, no tendría gracia. Lo que quiero decirte es que tienes todo el derecho del mundo a cometer errores y que nadie espera que seas perfecta. De verdad.

Con la mano derecha me seco una lágrima que se ha deslizado por mi mejilla. Siempre he sentido una conexión con Juanan, aunque los ejercicios que nos manda en clase a veces puedan parecer un poco absurdos. Supongo que es porque me gusta verlo junto con su novio. Se miran con tanto cariño, se tratan con tanta ternura... no sé, siempre me dan esperanza de que algún día yo pueda vivir algo así también.

—¿Puedo hacer algo por ti, Chrissy? —pregunta una vez más.

Arrugo la nariz.

—¿Me das un abrazo? —le pregunto.

El hombre ensancha la sonrisa y me tira de la mano para estrecharme entre sus brazos. Su cuerpo es cálido y su camiseta tiene un curioso olor a miel y limón. No es un abrazo como los de casa, pero, por ahora, me vale.

—¿Lista para volver a entrar en el aula? —pregunta, y me coloca un brazo encima del hombro, animándome a cruzar la puerta—. ¡Tenemos una gala final que preparar!

—Estoy lista —digo e intento creérmelo.

Cuando regreso a la habitación, las chicas siguen escribiendo en sus hojas, tiradas en el suelo, con los torsos apoyados y las piernas en alto. Giran la cabeza hacia mí automáticamente al verme cruzar.

—Queridas, espero que os hayáis desahogado durante esta sesión de escritura —dice Noel.

—Y ahora, escuchadme bien. Faltan solo unas horas para el final de la competición y necesitaremos concentración máxima para... bueno, básicamente para no hacer el ridículo.

No hacer el ridículo parece un buen plan. Me siento como si todo el aire que había perdido llenase mis pulmones de nuevo. Porque tiene razón: quedan unas horas y tengo mucho por lo que luchar. Voy a darlo todo de mí.

—Tenemos que coger un par de cosas para la segunda parte de la clase, así que tomaos unos minutos de descanso —dice Juanan, y Noel y él se ponen de pie—. En cuanto volvamos repasaremos el número que abrirá la gala.

—Chrissy, ¿podemos hablar? —me pregunta Arizona acercándose a mi lado en cuanto los profesores se marchan.

Tiene el cabello revuelto y desordenado y luce una sudadera ancha y holgada a juego con sus pantalones de chándal.

—No —le digo. Quiero centrarme en la final, así que lo último que quiero hacer es hablar con ella.

269

—Chrissy —Esta vez la voz no es de Arizona, sino de Bea.

—¿Qué quieres? —pregunto.

Arizona nos observa y frunce el ceño, pero yo hago caso omiso.

—Entiendo que no quieras hablar conmigo, Chrissy, pero yo... quería pedirte perdón antes de la final.

—¿Tienes algún trapo sucio más que sacar de mí? —le espeto.

—No. No tengo nada que sacar —suspira Bea. Observo sus ojos brillantes y esa nariz llena de pecas. Parece sincera—. Pero hay algo que quiero darte.

Antes de que pueda oponer resistencia, me da un sobre amarillento y lo coloca en el centro de mi mano. Deduzco que lo que sea que haya en su interior es lo que ha estado escribiendo durante esta hora.

—¡Ya estamos aquí! —exclama Noel—. Hemos sido rápidos, pero no podemos perder ni un momento.

Dejo la carta con mis cosas y la promesa de que la leeré esa misma noche. Ahora, solo debo centrarme en la actuación.

Chrissy:

Lo siento. Desde el momento en el que entré en el concurso supe que daría absolutamente todo por ganar, aunque fuese haciendo las cosas mal. He sido así toda mi vida, quizás desde que dejé a mi hermana en casa con los peores padres del mundo y me marché. Sabía que una vez cruzado ese límite, haría lo necesario por triunfar. Es la única manera de explicar todos mis errores.

Pero conocerte a ti no ha sido un error. Eso ya lo sabes.

No quiero decirte que me gustas, porque eso ya lo sabes y porque tu corazón está con Arizona. Ella cometió un error, pero todas tenemos la oportunidad de cambiar, ¿no?

No sé.

Quizás no me he equivocado trayendo esta maleta al concurso, aunque haya rayado el parqué y me haya causado problemas. Quizás, aun sabiendo que la maleta lo rayaría todo, las cosas han sucedido de la manera en la que tenían que suceder.

Dalo todo en la final, Chrissy.

Quiero ganar justamente.

Bea

Gala 10

Arizona

MARTES

20:37

Al inicio de las galas o cuando tenía que ver la actuación de alguna compañera, solía sentarme al lado de Chrissy en el sofá del plató. Pero, claro, ahora ella se sienta tan separada de mí como puede y no doy crédito a lo incómoda que estoy. Juro que el sofá está mal fabricado, porque algo puntiagudo se me está clavando, o quizás es la cremallera del bolsillo trasero del pantalón, que me va demasiado ajustado. Y después están los focos. De verdad que tengo un foco encima de mi cabeza que me da en los ojos y también intenta derretirme el cerebro. Me muevo. Me vuelvo a mover. Me muerdo el labio y Chrissy, mientras tanto, está a muchos metros de mí, concentrada y contenta viendo la actuación de Bea Pecas, separada de mí por Celia, que ahora mismo es una suerte de barrera protectora. Ojalá pudiera decirle algo a Chrissy. Porque en realidad asumo que lo que me pasa no es que me molesten los focos ni la cremallera del pantalón. No, joder, su ausencia me duele físicamente y la rabia me arde en el interior.

Me doy cuenta de que la actuación de Bea se ha terminado porque los aplausos lo llenan todo; son ensordecedores. ¿Si el público nos odia a nosotras, por qué no odia a Bea Pecas también? Ella es tan culpable de esto como nosotras. Ella también jugó sucio.

Bea lleva una corona de flores en el pelo y con su atuendo, hecho de seda de color dorado como su pelo, parece una ninfa nacida de los rayos del sol. Olimpia se acerca a ella, aplaudiendo de forma atronadora, con un vestido rojo pasión y los labios pintados del mismo color.

—¡Nuestra flamante *influencer,* Bea! ¡La que ha estrenado esta emocionantísima final! Enhorabuena, cariño —dice estrechándola entre sus brazos.

Me alegro de que piense que Bea Pecas ha estrenado la gala y haya pasado por alto el desastre de número musical que hemos interpretado ella, Celia, Chrissy y yo. Supongo que con tan poca preparación habría sido imposible hacerlo bien, pero todavía siento en mi cuerpo el regusto amargo de la humillación. Joder, no estoy nada segura de que el público vaya a salvarme...

—Venga, corazón, respira hondo, descansa un poco y siéntate —añade Olimpia.

Bea obedece y se sienta a su lado, alisándose el bajo del vestido.

—Cuéntanos, ¿cómo te has sentido actuando esta noche?

—No me puedo creer que estemos ya en la final, esto ha sido una auténtica aventura —responde mesándose el pelo—, pero quería actuar haciendo otro monólogo de la película que me asignaron al principio de todo esto, *Perdida,* aunque esta vez con un toque más onírico y esperanzador. Quería que sirviese un poco como agradecimiento para todos los que trabajan en el concurso y también para, no sé, cerrar un poco el círculo.

—Durante el concurso nos has demostrado ser muy buena actriz, ¿sabías ya que tenías esta pasión?

—Voy a serte sincera, Olimpia. Nunca me había interesado por el mundo de la actuación como tal, pero a lo largo de mi vida he tenido que fingir... mucho. ¿Sabes lo que te quiero decir? Y además las películas siempre han sido una vía de escape muy importante para mí.

Olimpia tuerce el gesto.

—Hablando sobre fingir... La gala pasada dejaste caer una gran bomba al decir que tus dos compañeras, Arizona Yagami y Chrissy Dubois, no han estado nunca juntas realmente y al resaltar que tenías pruebas para demostrarlo.

273

—¿Cómo olvidarlo? —murmura Bea Pecas—. Por algo hemos acabado adelantando la gala prácticamente una semana.

Olimpia le dedica una mirada mordaz, como si intentara obviar el hecho de que estamos celebrando una gala un martes en vez de un domingo.

Intento buscar la mirada de Chrissy, pero o bien se está ocultando o Celia es una barrera buenísima.

En la pantalla que tenemos delante, se muestran imágenes de lo sucedido en esa gala, con Bea pronunciando exactamente esas palabras, y se me deshace un poco el corazón. Después de las imágenes de la gala, llegan de manera inmediata una parte bastante censurada de nuestras declaraciones en el despacho de Olimpia, ya que sé que lo que sucedía en ese despacho no aparecía en el canal 24 horas. Incluso aparezco yo corriendo detrás de Olimpia, tan enfadada como estaba, y ahora que me veo desde fuera, me doy cuenta de lo ridícula que fui.

El público se llena entonces de abucheos intensos que son contrastados por un par de pancartas que siguen gritando #CHRISAMI.

—¡Estafadoras! —grita alguien entre el público.

—¡Mentirosas!

Tenía que haberlo supuesto: si la subida era rápida y escarpada, la bajada sería dolorosa. Que si te aplauden tanto por algo, te abuchearán también en la misma medida.

Arizona Yagami: estrella estrellada.

Mantengo la calma porque sé que las cámaras buscan mi reacción ante todos esos gritos de odio. No me puedo girar para ver a Chrissy, pero la cámara capta su mirada. De nuevo sé que tiene una de esas miradas tan expresivas que parece que en cualquier momento vaya a romper a reír o a romper a llorar. Ahora me decantaría por lo segundo.

—Chrissy y Arizona nos confirmaron de viva voz que su relación había empezado por un acuerdo mutuo... Que, dicho así, suena a como empiezan todas las relaciones. Pero tú fuiste la culpable de esa confesión —dice Olimpia.

—Esto... Sabía que había algo raro y simplemente...

—Seguiste la pista que había dejado Celia y encontraste el teléfono.

—Esto... sí... Lo descubrí y lo correcto era decirlo. Nos han engañado y eso no está bien —insiste Bea, y el público comienza a corear su nombre y a vitorearla.

—Aunque eso implicase traicionar a una amiga —dice, y en las imágenes en la pantalla veo a Chrissy triste tirada en el sofá, triste sentada en el suelo, triste y abrazando al profesor de interpretación.

Bea Pecas no dice nada y Olimpia carraspea antes de hablar de nuevo:

—Bueno, sea como sea, creo que tienes una larga carrera por delante. —El público aplaude y ella sonríe—. Quizás podrías hablar luego con Ichiro Yagami y Laura Lago, que tengo entendido que están por alguna parte del plató apoyando a su hija en su nominación en un día tan especial como hoy.

Se me para el corazón dos veces: primero, porque Olimpia haya tenido la osadía de decirle eso a Bea cuando ella y yo nos llevamos a matar. Segundo, por pensar que de verdad mis padres están aquí.

—Esto, claro... Me encantaría conocerlos, soy una gran admiradora suya.

El público reacciona poco a poco a las palabras de Olimpia y oigo como la gente se remueve nerviosa en su asiento.

—¡¿Dónde están?! —grita alguien.

—¡Los he visto! —grita otra.

Me inclino un poco también hacia delante con expectación y para poder verlos mejor si de verdad están aquí. Al inclinarme veo a Chrissy haciendo lo mismo.

Siento que el corazón se me va a salir por la boca, que me va a estallar en el pecho y las manos me sudan tanto que me estoy dando asco a mí misma. ¿Cómo era eso que decía Chrissy? Tenía que contar hacia detrás y respirar hondo.

«Diez».

«Nueve».

«Ocho».

Entonces parece que una cámara enfoca la parte trasera de los asientos del público y enfoca a mis padres, aislados. Mamá lleva el cabello recogido en dos trenzas que siempre se hace, como si tuviese veinte años, y lleva unas gafas de sol aunque esté en un espacio cerrado. Papá lleva un gorro con una visera que crea una extraña sombra sobre su cara. Siento que son muy ridículos, pero también me hace una ilusión increíble que hayan venido a verme a mí, ¡a apoyarme!

—¡Están ahí! —grita alguien; ya solo oigo los ruidos de las personas que intentan moverse de sus asientos para encontrarlos y mi corazón que sigue latiendo con fuerza.

Poco a poco el ruido se disipa y mis padres vuelven a la pantalla, se cogen de las manos y papá alza la mano de mamá en el aire. No imaginaba que me haría tanta ilusión verlos, pero podría gritar. Y entonces sucede: papá se inclina hacia mamá, mamá le levanta la gorra y los dos se dan un sonoro beso seguido de un segundo y de un tercero. Todo el plató estalla en aplausos y me parece que incluso veo a personas del público haciendo fotos a la pantalla, porque los flashes me estallan en la cara.

Siento como si el corazón se me triturara en el pecho. Al inclinarme hacia delante, veo a Chrissy mirándome también con una mirada triste. Se ha dado cuenta de lo mismo que yo: mis padres no han venido aquí por mí, sino por ellos, para demostrar que están juntos y que todo el rumor de su relación falsa ha sido una invención mía.

20:30

La segunda actuación de la noche ha sido la de Celia, que en esta ocasión no ha realizado un monólogo sobre su vida familiar, sino que ha aprovechado el momento para leer el primer capítulo de su próxima novela: sobre una chica que ha perdido la memoria y tiene que darle un beso a su profesor de literatura, o algo así.

El caso es que nos ha mantenido a todos enganchados y probablemente acabe comprando esa novela. Si realmente se ha metido en el concurso como estrategia de marketing para sus libros... me quito el sombrero.

Celia también ha hecho algún comentario sobre la polémica conmigo y con Chrissy, y en todo momento ha resaltado que no tenía intención de contar nuestro secreto.

No sé, pero creo que la que peor ha obrado en todo esto ha sido Bea Pecas, y me da una rabia infinita que el público no se dé cuenta y la esté apoyando.

Después de Celia he ido yo. Tras un solo con la guitarra eléctrica, he interpretado una de las canciones de mi último álbum: *Pantalón raído,* sí, siempre he sido muy original con los títulos. Ha ido muy bien. Por suerte, ya tenía esa actuación bien aprendida de casa, así que no he necesitado ensayar demasiado. Creo que al público le ha encantado y Marina Mandarina ha dedicado unos buenos cuatro minutos y cincuenta segundos a elogiarme. Quizás me salve. Sí, joder, tengo que salvarme. Ahora que tengo a papá y a mamá más o menos localizados, no puedo dejar de pensar en ellos y en que no puedo permitir que me vean perder justo antes de la final.

El día de mi graduación del instituto, papá y mamá vinieron a verme sin esconderse. Los paparazzi nos siguieron en todo momento y ellos no dejaron de sonreír ni de proclamar ante la prensa lo orgullosos que estaban de mí. Regresamos juntos a casa y yo estaba convencida de que la noche había ido bien, pero, en cuanto cruzamos la puerta de entrada y ellos dejaron los abrigos, comenzaron a discutir sobre una cosa ridícula como que mamá había aparcado el coche muy lejos y tendría que haber hecho caso a las insistencias de papá sobre contratar a un chófer. Así empezaban todas sus discusiones, que, después de unos minutos o incluso una hora de reproches e insultos, se acababan de golpe y lo llenaban todo de un silencio incómodo en el que me veía obligada a existir.

Descubrí entonces que es imposible interpretar las emociones de mis padres. Puedo estar atenta a un temblor en el labio o a una tensión en la ceja o a una palabra formulada con veneno de lagarto, pero, en realidad, de poco sirve, ya que nunca puedo hacer nada para evitarlas.

Siento que hoy será lo mismo: parece que están bien, sonrientes, pero en cuanto lleguemos a casa sé que se desatará la tormenta.

Después de mi actuación, han emitido un repaso de mis semanas en la academia. Resulta que he hecho bastantes cosas además de perder el culo por una chica pelirroja y después cagarla. He mejorado mucho físicamente, he practicado muchísima música, he compuesto canciones sin parar, he charlado con mis compañeras y me he reído un montón. No sé qué tienen estos montajes de momentos divertidos con filtro de campamento de verano que hacen que parezca que esta ha sido la mejor experiencia de mi vida.

Ahora es ella quien está actuando: una pieza de ballet de *El lago de los cisnes*. Lleva el cabello pelirrojo recogido en un moño del que se le escapan unas cuantas plumas plateadas, un traje del mismo color que se ajusta a su cuerpo. Chrissy se mueve con la maestría de una auténtica ave, acompañada de todo un cuerpo de bailarines, y parece que incluso vuela en cada salto que da o mientras se sostiene sobre las puntas. Parece tan natural en ella...

Juro que mientras baila no pienso ni una vez en mi nominación. Ni una sola vez.

Pero claro, después el baile se termina, me levanto para aplaudir como una posesa y entonces me doy cuenta: estoy nominada. Podría irme. Esta podría ser mi última vez con Chrissy en un mismo escenario.

Ni de coña. Aunque Celia y yo somos las únicas en la cuerda floja, esperamos a que Chrissy vuelva del escenario y, junto a Bea Pecas, las cuatro nos situamos al lado de Olimpia.

—Has estado increíble —le digo a Chrissy cuando por fin tengo ocasión de verla.

—Tú también. Mucha suerte —responde ella, pero ni siquiera me mira.

Después, aparece una azafata con un sobre rojo a juego con el vestido de Olimpia y se lo entrega con una sonrisa en los labios.

—Ha llegado el momento que todos estábamos esperando, el momento más emocionante de la noche hasta ahora. Habéis estado votando como posesos durante esta... semana exprés, y ya se ha decidido, con vuestros votos, quién será la tercera finalista. —Sin vacilar demasiado abre el sobre y la gente chilla expectante—. Primero de todo, voy a dar los porcentajes. Una de nuestras flamantes concursantes ha conseguido el treinta y cinco por ciento de los votos y la segunda se ha alzado con el sesenta y cinco restante.

—¡¡¡Celia ganadora!!! —grita alguien entre el público, aunque creo que es más que obvio quién se va a marchar hoy.

—¡¡¡Chrisami para siempre!!!

Voces diferentes repiten mi nombre y el de Celia, busco a mis padres entre el público pero no los veo, oigo los gritos e incluso aullidos que se suman los unos a los otros hasta que Olimpia carraspea y dice:

—La tercera finalista es... —Deja un espacio a la imaginación, unos segundos en los que todo es posible—... ¡Arizona Yagami!

Soy yo. Ha dicho mi nombre.

Mis rodillas golpean el suelo cuando caigo y me llevo las manos a la cara, tratando de procesar que esta es la realidad.

—¡Yagami! ¡Yagami! ¡Yagami!

—¡Arizona ganadora!

—¡Tongo! ¡Tongo!

No sé cómo reaccionar. Celia es la primera en abrazarme y después lo hacen también Bea Pecas y Chrissy, aunque esta no haya llegado a tocarme. Permanecemos así unos instantes, sin movernos, y cuando por fin nos ponemos de pie, me parece que Chrissy titubea un «enhorabuena», aunque quizás solo lo he imaginado.

El jurado, a quien hoy no se ha unido nadie de fuera porque, de acuerdo con Olimpia, «esta era una noche para pasar en familia», también se ha puesto de pie y aplaude. Por eso mismo también veo a Lidia, la profesora de modelaje y estética, a nuestros profesores de interpretación, a la profesora de canto e incluso al de cultura musical. Todos están aquí hoy.

—Esto significa que tenemos oficialmente a nuestras tres finalistas —dice Olimpia—. ¡Enhorabuena Chrissy, Bea y Arizona! —Los aplausos continúan—. ¡Y enhorabuena también a ti, Celia, que has hecho un trabajo formidable! ¡Tenemos una sorpresa para ti!

Sigo demasiado distraída, como si flotara en el aire. Ni siquiera me doy cuenta de que suben al escenario un hombre y una mujer. El hombre lleva flores en el brazo y la mujer va vestida de un amarillo brillante, el mismo color de las flores. Celia se sumerge en un fuerte abrazo con ellos, que comentan en voz baja:

—Íbamos a salir tras la segunda actuación, pero la última ha sido esta... —Me parece que dice la mujer, y después le da un beso en la mejilla.

Celia coge el micrófono y anuncia:

—Chicos, por fin podéis conocer a mis padres. Como ya sabéis, ellos tienen mucho que ver con que esté en este escenario...

—Casi que nos podrían haber invitado a nosotros a la academia —vacila su padre.

Todo son risas, pero yo me muerdo el labio inferior y busco entre el público hasta dar con mis padres. Papá tiene la mirada bajada, quizás porque está pendiente del móvil, y mamá está aplaudiendo entusiasmada.

—Celia, corazón, lamentablemente no eres finalista de *Las chicas de Olimpia*, pero debes estar muy orgullosa —dice Olimpia—. Así que, oficialmente, Chrissy, Arizona y Bea, la ganadora está entre vosotras y ahora es el momento de que nos demostréis por qué deberíais ganar.

Siento el sudor instalándose en mi nuca al pensar en el número que he preparado para la final. Me clavo las uñas en las palmas de las manos y respiro hondo.

—La primera en realizar su actuación final será Bea —dice Olimpia, y el público aplaude con violencia—. Querida, ya puedes ir a prepararte. Pero antes, tenemos con nosotras a unas invitadas muy especiales.

De pronto hay tanta gente en el escenario que siento que este se va a venir abajo. Una marabunta de chicas, todas nuestras antiguas compañeras, irrumpe y se tira sobre nosotras, y hasta yo me siento algo feliz de verlas.

Chrissy

No me puedo creer que esta sea la última gala. No me puedo creer que todas las decisiones que he tomado hasta ahora me hayan traído hasta aquí. ¡Y no me puedo creer que mis compañeras expulsadas (excepto Miranda) me estén acompañando! Las abrazo a todas y quiero hacerles mil preguntas y quiero disfrutar de toda la alegría y la emoción.

Pero luego la inquietud vuelve. Arizona está dejándose abrazar por un montón de chicas y me siento extrañamente orgullosa de mi trabajo en ese sentido y... no puedo dejar de mirarla. No puedo dejar de mirar sus ojos ni su sonrisa y tengo ganas de abrazarla, pero también de golpearla en las costillas. Todo a la vez.

Estoy feliz de que haya llegado a la final, pero, sea como sea, esto se acaba ya y podré superarla.

No me importa quién gane mientras no sea ella.

La actuación de Bea resulta tan graciosa como emotiva. Bea ha aparecido en el escenario con una estatuilla en la mano y ha elaborado durante tres minutos una especie de monólogo que ha servido como discurso de hipotética aceptación del premio. En la actuación, ha visto su propio paso por la academia desde la distancia, ha expresado su amor por la actuación y me ha emocionado hasta el final. Aplaudo tan fuerte que me hago daño en las manos y se me rompe el corazón al confirmar que no hay nadie que la esté esperando.

El jurado hace unos cuantos comentarios y mis compañeras, a mi lado, halagan también su actuación.

Cuando nos informan del pequeño descanso que tendremos entre esta y la siguiente actuación, Bea parece perdida en el escenario. Un técnico la anima a moverse y ya en la parte trasera del escenario, está quieta y parece confundida. Cuando se mueve, la sigo.

—¡Tu actuación ha sido espectacular, enhorabuena! —digo, y ella muestra una pequeña sonrisa—. ¿Estás bien?

Ella hace una mueca, me mira de arriba abajo y yo me siento ridícula y desnuda con las mallas de ballet y el traje de cisne, ahora que estoy fuera del escenario. Estoy deseando cambiarme de ropa para mi siguiente actuación.

Está claro que Bea no está bien.

Me acerco a ella con cuidado y coloco la mano encima de su hombro. Creo que va a rechazar mi contacto, que me va a mandar a la mierda, pero no lo hace. Al contrario, se queda quieta y respira hondo.

—Los padres de Celia han venido al final de su última actuación. Lo suyo es que hubiesen traído a mi abuela al final de la mía, ¿no? Ha sido mi última actuación —dice—. No sé, tengo un mal presentimiento.

Me muerdo el labio, bajo la cabeza y al alzarla me doy cuenta de que le asoman las lágrimas.

Atravieso el espacio y la abrazo con fuerza. Siento su corazón acelerado contra el mío y el sudor que lo envuelve todo.

—¿Y si le ha pasado algo? —murmura contra mi oído.

—Estoy segura de que está bien.

—Si estuviera bien habría venido... —solloza—. No puedo perderla, Chrissy. Mis padres no me habrían avisado si ella estuviera mal. Yo...

Sigo abrazándola, le dibujo círculos con la mano en la espalda hasta que ella deja de llorar y se separa poco a poco de mí. Le seco las lágrimas de la cara.

Sus ojos azules están clavados en los míos unos instantes hasta que rompen el contacto. No hay nada que decir.

—Gracias —dice únicamente.

—Esto... voy a cambiarme de ropa, ¿vale? Cámbiate tú también si lo necesitas. Esto se acaba ya.

Asiente.

Parece que lo entiende.

Esto se acaba ya.

Unos minutos más tarde, regreso al escenario y vuelvo a ver a Bea cuando me siento en el sofá al lado de mis compañeras expulsadas.

El público está en silencio esperando a que empiece la siguiente actuación.

Saben que es el momento de Arizona.

—Un fuerte aplauso a la compositora de la guitarra eléctrica, ¡Arizona Yagami! —exclama Olimpia, alejándose del escenario mientras el público vuelve a aplaudir y todo se funde a negro por unos instantes.

Entonces, un foco morado atraviesa el escenario y la ilumina. Estoy sentada en una esquina, con mis compañeras, por lo que la mayor visibilidad la obtengo de la enorme pantalla de plasma que marca cada poro de piel de Arizona.

Lleva unos pantalones negros, una camisa blanca, el cabello con la parte rapada al descubierto, una guitarra morada colgando de la espalda y un papel en la mano. Carraspea un poco antes de agarrarse al micrófono que tiene delante.

—Antes de saber que entraría en el concurso, ya me veía en la final. Un poco como Bea Pecas, ¿no? Que ha fantaseado con su discurso de aceptación de un Oscar antes de haber hecho una película. —El público se ríe y ella lo hace también—. El caso es que siempre me he imaginado así: con estos pantalones desgastados que siempre he considerado que me dan suerte, el pelo recién cortado y la guitarra eléctrica que me acompaña desde la infancia. Me preguntaba qué canción de mi disco debería cantar, cuál de ellas era mi favorita... porque estaba claro que tenía que lucirme y darle vida a alguna de esas canciones que no ha escuchado nadie más que los amigos de mis padres. Que tienen muchos amigos... pero ya me entendéis.

El público se ríe también ante este último comentario y Arizona esboza una media sonrisa.

—No voy a hacer eso. Porque, desde luego, esta final está siendo distinta a la que tenía en mi cabeza, este concurso ha sido distinto a lo que creía y hasta yo he cambiado un poco. —Arruga el papel que tiene en las manos—. Así que hoy cantaré una canción que no es original, porque resulta que a veces ser honesta es más fácil cuando utilizas las palabras de otro... En fin, iremos a eso más adelante.

Abre el papel y lo sitúa delante de ella.

—Ayer, en clase de interpretación, nuestros profesores... esos que tenéis por ahí sentados... nos animaron a escribir una carta a alguien y querría leerla hoy, porque la persona a la que se la dedico está aquí y creo que esta es la mejor oportunidad que tendré para que me escuche.

Alguien en el público grita de pura emoción.

—¡Chrissy! —oigo mi nombre, pero Arizona ni se inmuta. Mis compañeras, a mi lado, me miran también. Enara tiene los ojos brillantes de la ilusión.

Yo, en vez de ilusión, siento unos nervios que me devoran el estómago como si fueran pirañas.

Arizona carraspea.

—Esto... voy a leer directamente, ¿vale? Y prometo que después de esto cantaré, que es lo que he venido a hacer aquí, pero antes debo leerlo. —Respira hondo y yo lo hago con ella, después empieza a hablar—: La lista de cosas que me gustan de Chrissy Dubois es inversamente proporcional a la lista de cosas que detesto de ella. A cada cosa agradable que descubro, un defecto tonto desaparece. O quizás no desaparece, quizás es que me deja de importar, porque cuanto más tiempo pasa, juro que se convierte en virtud.

El corazón me late desbocado en el pecho. De alguna de mis compañeras se escapa un «ohh» agudo y que se prolonga por todo el público.

Todas las estrellas del cielo están en los ojos de Arizona cuando me mira otra vez, me mira a mí, y empieza a hablar.

—Uno: esto es bastante obvio, pero es preciosa. No hablo del color de su pelo, ni de su nariz redondita, ni de que tiene la cara tan expresiva que siempre parece que esté a punto de romper a llorar o romper a reír... no hablo de eso, o al menos, no solo de eso. Hablo de que toda ella emana esa belleza abrumadora... y tiene sentido. No sé cómo. Todo en ella tiene sentido. —Ya está, ya estoy llorando—. Dos: siempre me llama por mi nombre de pila. Cuando tus padres son dos de las personas más famosas del planeta... no sé, todos me conocen como Yagami. Perdón, papá. Siempre soy Yagami. Salvo con ella. Ella siempre me llama Arizona y siempre hace que sienta que me ve, y al hacerlo, yo también me veo, aunque a veces no me guste lo que veo.

Baja la mirada y en la pantalla se ve el papel que agarra entre las manos y su letra manuscrita y cada frase enumerando esa virtud.

—Tres: está llena de historias, y siempre que me cuenta una la siento como un regalo. Es atenta y es la mejor escuchando, pero cuando empieza a hablar, el mundo se calla y yo desearía escucharla para siempre. —Sonríe de medio lado—. Cuatro: tiene talento, tanto talento que a veces me intimida. Me molesta que haya gente incapaz de ver su talento, pero también me molesta un poco saber que inevitablemente el mundo entero lo verá algún día. —Las manos le tiemblan y respira hondo antes de seguir hablando—. Cinco: camina de puntillas sin darse cuenta, ¡juro que se mueve bailando! Seis: es como si supiese qué momento va a ser importante antes de que lo sea. Por San Valentín, me regaló una concha que cogió de la playa esa noche en la que salimos sin ser vistas, esa playa que después sería... nuestra playa, en la madrugada que después sería... nuestra madrugada. Ella apareció envuelta solo en una toalla y pensé que se iba a desnudar a modo de regalo... —El público ríe y ella se sonroja hasta las cejas, al mismo tiempo que lo hago yo—. Pero no era eso. Era la concha.

Yo también me estoy riendo y creo que llorando, todo a la vez.

—Me he perdido... —suspira.

—¡Vas por la siete! —grita alguien en el público.

—¡Gracias! Siete: es inteligente. Sabe cosas que yo nunca habría aprendido sin ella. Ocho: tiene un sentido del humor impresionante y que me vuelve completamente loca. De verdad. Nueve: cuando empezamos toda esta... relación. Ya sabéis, esa que yo empecé porque quería una relación falsa para salvarme de la expulsión del programa... yo no veía nada más de la academia. No veía futuro. Ella sí. Ella siempre lo vio. No sé de qué manera eso es una virtud, pero os juro que lo es.

Se muerde el labio y yo no sé ni en qué estoy pensando porque juro que no escucho con el cerebro sino con el corazón.

—Hemos dormido en la misma cama o en el mismo sofá, ¿cuánto? ¿Mínimo una semana? Todas esas veces me he dormido pensando en ella... joder, no sé por qué he dicho esto. Quería decir diez cosas, pero esta no es la última... Yo... A la larga esto puede ser una mierda, pero en las noches que no he dormido en la misma cama también me he dormido pensando en ella y sé que será un problema, pero las veces anteriores, al menos, servía para que me olvidase de todo el agobio de estar jugándote tu carrera musical en un concurso. —Se ríe y el público se ríe con ella—. Voy a la diez, ¿vale? Y después ya canto. Yo inicié la relación falsa, yo le hice la propuesta, y juro que antes de que me dijese que sí ya sabía su respuesta. Le dije cosas que le hicieron daño porque ella es tan trasparente que es fácil saber qué hay que decir... Dije cosas que no eran ciertas, Chrissy, y supe que me dirías que sí porque eres amable, eres buena y eres generosa y nunca me habría arriesgado a nada así con otra persona porque tú, ante todo, eres honesta. Eres de verdad, Chrissy. Eso es lo que más me gusta de ti... de todo lo que he dicho, y eso que he dicho muchas cosas. No hace falta que me perdones. Pero si quieres, perdóname. Y si no, no. Solo... intento ser honesta. Esta canción no es mía, pero es de verdad.

El corazón sigue latiéndome desbordado en el pecho.

—Chicas, me voy... —susurro a Enara y Sindy, que me miran sorprendidas.

—Pero si va a cantar —dice Enara con urgencia.

—Ya lo sé. Voy a verla —respondo sonriendo.

No quiero causar demasiado revuelo al moverme, aunque, por supuesto, lo hago. Si alguien me dice alguna cosa, no lo oigo. Por supuesto que quiero verla y por supuesto que quiero escucharla, es solo que necesito hacerlo entre bastidores. Sola.

No son sus ojos los únicos que me siguen cuando me levanto de la silla, pero sí son los únicos a los que presto atención. Mis compañeras me dejan pasar hasta que llego a la parte de atrás del escenario desde la que puedo ver a Arizona mirándome a los ojos a través de la pantalla.

Creo que espera a que esté sola para empezar a cantar.

No lo creo, lo sé.

Se coloca la guitarra eléctrica delante con un movimiento ágil y certero. Coloca los dedos finos en las cuerdas y después empieza a rasgarlas en una melodía que conozco bien pero que nunca había sido para mí.

No como ahora.

—*Wise men say, «only fools rush in»*. —El plató se queda en silencio en cuanto empieza a cantar y mi mente calla también—. *But I can't help falling in love with you.*

Mientras sigue la canción, Arizona baja un poco la cabeza, se mueve por el escenario hacia delante y el público chilla al tenerla cerca, pero no les mira a ellos. Ni una sola vez.

—*Like the river flows shortly to the sea, darling, so we go. Some things were meant to be.* —Me está hablando a mí. Solo a mí—. *Take my hand, take my whole life too.*

»*'Cause I can't help falling in love with you*

»*'Cause I can't help falling in love with you*

»*But I can't help falling in love with you*

La miro una vez más. Entonces llegan los aplausos y los gritos emocionados cuando veo, por el rabillo del ojo, a los mismísimos Ichiro Yagami y Laura Lago entrar en el escenario para saludar a su hija.

Pero quiero que este momento siga siendo para mí, así que desaparezco.

Necesito respirar.

—¿Estás bien? —pregunta el regidor.

—Sí, gracias.

Debe de preguntarlo porque estoy llorando. Pero, de verdad, estoy bien.

La música sigue sonando en mi mente.

But I can't help falling in love with you[5].

Lo oigo con toda la fuerza, lo repito en mi mente como un mantra y entonces aparece. Arizona sigue teniendo la guitarra en la espalda, aunque sin cables, y, sin intercambiar palabra conmigo, me coge de las manos. No me puedo creer que esté aquí. Debería seguir en el escenario, con sus padres y con los halagos del público y el jurado. Sigo enfadada, pero... cuando me coge las manos, no puedo estarlo.

—Perdón. ¿Estás bien? ¿Estás muy enfadada? —pregunta. Sus manos son igual que siempre, suaves y duras, y siguen despertando en mí un sinfín de reacciones eléctricas. Me río. Niego con la cabeza, porque no estoy enfadada.

—No entiendo nada, Arizona —suspiro.

—Supongo que la única forma de que me escucharas era pidiéndote perdón en la final de un concurso de televisión —dice—. Y también quería que lo supieras: que te quiero. Que estoy enamorada de ti. Que es de verdad.

---

5 Los sabios dicen
Que solo los tontos se precipitan
Pero no puedo evitar
Enamorarme de ti
Como un río que fluye
Seguro hacia el mar
Querida, así funciona
Algunas cosas están destinadas a suceder
Toma mi mano
Toma mi vida entera
Porque no puedo evitar enamorarme de ti
Porque no puedo evitar enamorarme de ti

Debo de estar llorando otra vez porque la mano de Arizona está ahora en mi cara y me aparta una lágrima de la mejilla con delicadeza.

—Eres tan predecible, Ari... —suspiro sonriendo.

—¿Entonces sabes qué voy a hacer? —pregunta ella.

—Tengo mis sospechas.

Sus manos siguen en mis mejillas y yo agarro también su cara, así que no me pilla por sorpresa el roce de sus labios con los míos. La dulzura. El anhelo. Muerdo su labio y acaricio su pelo mientras ella sigue acaparando mi espacio hasta terminar arrinconándome en la pared.

—Yo también estoy enamorada de ti, Ari —susurro en su oído y cuando un escalofrío recorre su cuerpo, la sacudida llega hasta el mío también—. Pero nos espera una conversación difícil a la salida del concurso y tienes que dejar de ser imbécil.

—Prometido —dice ella con una sonrisa.

Entonces, mi cuerpo entero frena y se tensa. Ella, al sentirlo, frena también.

Es otro regidor, vestido de negro y con los auriculares puestos, nos mira con repentina seriedad.

—Chicas, os están esperando en el plató —dice.

—Sí, perdón —murmuro. Intento ponerme bien el pelo, que deduzco que llevo fatal, y el hombre sonríe de medio lado.

—Me alegro de que hayáis hecho las paces —murmura cuando nosotras ya nos dirigimos al plató.

—Están todos implicadísimos en nuestra movida... —suspira Arizona.

—Normal, después de lo que has hecho... Has estado increíble —digo, y le doy un nuevo beso que ella me devuelve al instante.

—Tú sí que has estado increíble. Vas a ganar este concurso. Lo sabes, ¿verdad? No puedo esperar a que ganes. Quiero que ganes. Y vas a ganar.

Me sonrojo de nuevo y freno en nuestro camino al escenario.

—Vas a ganar tú —digo—. Si querías que ganara yo, no haber cantado tan bien —vacilo.

—Ahora es tu momento de bailar, Chrissy. Y sé que vas a ganar, has nacido para ello.

¡Mierda! ¡El baile! En cuanto recuerdo lo que tengo que hacer, mi cuerpo lo recuerda también.

Me acerco al regidor de la gorra:

—Ahora me toca actuar a mí, ¿puedo ir ya a prepararme o tengo que salir antes?

—Prepárate —dice.

Asiento.

—¡Arizona Yagami! ¡Qué manera de desgarrar al público! ¡Creo que nadie aquí se ha librado de derramar una lágrima! ¿Cómo te sientes?

La voz de Olimpia se deshace en mi interior mientras repaso la actuación que debo realizar y siento la música temblándome en la punta de los dedos.

—Chrissy, te toca —dice el técnico.

Asiento.

Estoy preparada.

Arizona

DOMINGO

23:50

Mi cuerpo entero está vibrando, como si estuviese conectado con pura química al público y a Chrissy, que rueda por el suelo. Siento una descarga eléctrica al verla caer y al verla mover su melena recogida en una coleta.

Nunca me cansaré de verla brillar.

No respiro hasta que acaba la actuación y ella se pone de pie para recibir los aplausos y los gritos que llevan su nombre.

Ya ha ganado. Ha ganado este concurso.

La familia de Chrissy entra entonces en el escenario. Juro que mientras su padre, su madre, su hermana y ella se están abrazando, veo a su hermana guiñarme el ojo. Son como dos gotas de agua. Pasan unos segundos así, con el público coreando su nombre, hasta que la familia le da un último abrazo y la deja sola en el escenario.

—Tu actuación ha sido formidable. Toda la comunidad de bailarines está agradecida por la representación y la visibilidad que nos has dado en los últimos meses. Yo, por mi parte, he contenido el aliento en cada segundo —dice Olimpia cogiendo el micrófono y acercándose a ella, con una brillante sonrisa en la cara.

El público se ha puesto de pie y aplaude con fuerza mientras Chrissy mira.

—¿Qué has sentido mientras bailabas? —pregunta Marina Mandarina—. Ha habido instantes en los que he llegado a pensar que te estabas haciendo daño.

Chrissy se muerde el labio antes de responder.

—Yo... no puedo describir lo que siento al bailar. Es como si el resto del mundo se callara, o quizás es como si pudiera escucharlo mejor. Desde luego, mi mente también se calla. Solo oigo la música.

—Es precioso eso que has dicho —dice Daniella Ella—. Y tu actuación tiene muchísimo mérito, ya no solo por la técnica sino por la pasión que pones a cada movimiento. Y, bueno, teniendo en cuenta lo que ha pasado antes con Arizona, tiene todavía más mérito, debes de tener los nervios a flor de piel. Y de ella quizás toca hablar luego, porque os habéis comido el tiempo destinado a su valoración.

No puedo evitar contener una carcajada al pensar que sí, literalmente nos hemos comido ese tiempo.

—Pero este ha sido tu momento —dice Lucas.

—Desde luego. La actuación de Arizona ha sido... bueno, ya la habéis visto, nunca pensé que viviría nada así. Pero... al bailar no pienso en nadie, ni en mí, ni en ella.

Sonrío.

—Chrissy Dubois, enhorabuena. Ahora puedes despedirte de tu familia y regresar con tus compañeras —anuncia Olimpia, dándole carta blanca a la chica para que se acerque a sus padres, y después mira fijamente al público—. Y ahora sí, empieza la valoración final. Está en vuestras manos y en las manos de todas las personas que nos están viendo, decidir quién de nuestras tres finalistas se llevara la corona.

Chrissy abandona el escenario y abraza primero a su hermana y después a sus padres. Yo busco a los míos entre la gente y me muerdo el labio con fiereza al no encontrarlos.

Sé que deben estar cerca de mí. Al fin y al cabo, subieron al escenario tras mi actuación. Yo me alegro de haber ido detrás de Chrissy al acabar, pero nunca me había imaginado cuánto desearía que me dieran un abrazo.

Cuando Chrissy desaparece, una azafata del concurso entra en escena. Lleva consigo una vitrina de cristal que mueve con unas ruedas y en el interior hay una corona. Nunca me han gustado las princesas ni las cosas que brillan en general, pero esta... esta corona es espléndida.

Esta corona es para ella, para Chrissy. Me sorprendo a mí misma al pensarlo de verdad: no quiero ganar yo, quiero que gane ella. No solo porque la quiera, sino porque sé que es mucho mejor que yo. Ya puedo verla con ella puesta.

—Ha sido espectacular, tía —me susurra al oído Enara, quieta a mi lado—. Siempre he confiado en vuestra pareja, de verdad. Llegan a cantarme algo así a mí y me muero. Y estabas preciosa.

Sonrío. Esta chica sigue siendo un sol.

—¿Y qué me dices de Chrissy? Ella sí que es espectacular —comento.

—Sí, es imposible apartar los ojos de ella...

Enara me coge de la mano y pega el hombro al mío.

—Va a salir todo bien —dice.

—Tiene que ganar ella—susurro.

Nunca he tenido nada tan claro antes. La pelirroja regresa al grupo con una enorme sonrisa en la cara que hace que todo estalle en pedazos. Solo pienso en ella.

Olimpia da unos toquecitos al micrófono antes de hablar.

—Vamos a dejar unos minutos más a nuestra audiencia para deliberar. Mientras tanto, repasaremos algunos de los momentos de la academia.

Las imágenes empiezan a sucederse en la pantalla. En la primera semana, Bea Pecas y yo hicimos un número conjunto y nos enfadamos desde el primer momento, aunque después la actuación salió genial. La busco con la mirada. Bea Pecas frunce el ceño, pero está sonriendo. Al mirarla, recuerdo la conversación que tuvimos hace semanas. En su momento no la entendí, pero creo que ahora sí. Ella quiso decirme lo que después confirmó, que quería a Chrissy, que estaba enamorada de ella. ¿Cómo no hacerlo? Chrissy es el sol.

Yo solía creer que las relaciones surgían como puras casualidades del destino, pero no es así. Desde el momento en que la vi, yo elegí a Chrissy. La elegí mucho antes de hacerle esa estúpida propuesta, y ella me eligió a mí.

Las imágenes se suceden una tras otra, como a fogonazos, y me doy cuenta del tiempo que ha pasado. No era consciente de los meses que habían sucedido, de todas las experiencias, de todas las personas. Madre mía. He hecho cosas buenas. Muchas cosas buenas.

Miranda aparece también en las imágenes, con mención especial al momento de la semana del circo en la que, en mitad de su actuación de trapecio con Bea Pecas, se cayó y se rompió el codo. Vuelvo a buscar a Bea con la mirada y estiro un puño en su dirección. Ella me devuleve el gesto.

Pero hay cosas que no se muestran: como la noche que Chrissy y yo compartimos sofá o cuando sentí que me moría al revelar sin querer que mis padres no estaban juntos. No muestran la manera en que ella me tocó, la manera en que me besó y la manera en que acabamos empapadas en las duchas.

Ahora ya no quiero chocar el puño de Bea en un gesto de camaradería. No, ahora recuerdo lo que dijo en la última gala y cómo destrozó mi mundo en apenas unos instantes y el único sitio en el que quiero chocar el puño es en su cara.

El público estalla en aplausos cuando llegamos a las escenas finales. En la última instantánea aparecemos todas, las trece, en esa primera gala. Nos veo hasta más mayores. Sigo observando al público, dándole la mano a Enara, y me siento un poco orgullosa al pensar que sí, les hemos dado a todos ellos lo que querían y, al menos por un tiempo, no nos van a olvidar.

—Ha llegado el momento —anuncia Olimpia—. Por favor, finalistas, podéis poneros de pie y acompañarme.

Bea se pone de pie, tiembla como una hoja, y yo, al situarme a su lado, me doy cuenta de que también estoy temblando. Chrissy se pone de pie y me da la mano, estrechándola con fuerza, y Bea Pecas se sitúa a su lado, cogiéndola también.

Tengo ganas de vomitar.

—¡Chrissy ganadora! —grita alguien en el público.

—¡Yagami presidenta! —exclama otra persona.

¿Presidenta? Por favor, espero que no me hayan estado votando para lo que no era.

—¡Pecosa hasta la muerte! —oigo también.

Madre mía, cómo está el patio. Nadie va a morirse aquí, ¿verdad?

Por el rabillo del ojo observo esa corona que brilla más que mi futuro.

Olimpia, por favor. ¿Puedes proceder ya?

Otra azafata aparece entonces con un sobre rojo.

El público chilla. Chillan tanto que estoy a punto de perder de vista a mis padres, que en algún momento han regresado a las gradas. Me parece que mi madre me sonríe, pero creo que solo estoy flipando. Olimpia tiene el sobre en las manos y lo abre con sumo cuidado.

—En primer lugar, voy a dar el nombre de la concursante que ha quedado en tercera posición, y que por tanto no luchará por la corona. —Aprieto tanto la mano de Chrissy que creo que la estoy destrozando. Me quedo sin aire, y cada segundo que Olimpia pasa alargando el silencio añade un clavo a mi corazón—. Y la concursante que queda en tercera posición es... Arizona Yagami.

Soy yo. He perdido. He fallado.

Arizona Yagami: siempre la tercera.

Las lágrimas empiezan a brotarme de los ojos, pero yo consigo disimularlas. Tengo la mente embotada, mis compañeras me abrazan y me dicen algo mientras yo me aparto de los focos. Se ha acabado. Me tiemblan las piernas, pero miro hacia delante y encuentro a mis padres, que, aunque solo sea por quedar bien, siguen sonriendo.

Joder, yo quería esto, yo no quería ganar. Ahora tiene que ganar ella.

Aun así, la decepción me atraviesa como un cuchillo afilado. Me parece que una compañera me abraza y yo espero haber reaccionado como debería. Tengo la cabeza embotada, como si llevase mucho tiempo sumergida en el agua, y pataleo para llegar a la superficie.

Tiene que ganar ella.

Tiene que ganar Chrissy.

La corona está situada delante de unas emocionadas Bea Pecas y Chrissy, y desde aquí puedo incluso olerla.

Olimpia no se hace esperar mucho más, vuelve a abrir el sobre y empieza a hablar.

—Ha llegado el momento que estábamos esperando. —La mujer se quita una lágrima de la cara con suavidad—. En unos instantes daré el nombre de la ganadora, pero antes, quiero dar las gracias a todas mis chicas por haber depositado su confianza en mí, a mis maravillosos miembros del jurado, a todo el equipo docente y a todos vosotros, los fans. Sin vosotros, nada de esto habría sido posible. Ha sido un viaje con muchos, muchísimos, altibajos, pero estoy agradecida y feliz del camino recorrido.

Hay más aplausos, y me fijo en las caras de las chicas: Chrissy tiene los ojos cerrados y las fosas nasales se le mueven lentamente al ritmo de su respiración. Bea Pecas, en cambio, parece que no respira y tiene la mandíbula tan tensa que podría reventar.

—La lucha por la corona ha estado muy reñida. Los votos no han dejado de cambiar y nos encontramos con un cuarenta y cinco por ciento contra un cincuenta y cinco. Ha estado muy justo, chicas, enhorabuena.

—Gracias —murmura Chrissy.

Siempre tan adecuada. Siempre sabiendo qué debe decir.

Las dos se agarran las manos con más fuerza.

—Ahora sí —dice Olimpia—. La ganadora de la primera edición de *Las chicas de Olimpia* es....

LAS CHICAS DE OLIMPIA: RESUMEN DE LA GALA FINAL. LA *INFLUENCER* BEA PECAS SE CORONA COMO GANADORA DEL *REALITY SHOW* DEL MOMENTO

La joven de veintiún años acumula ya 30 millones de seguidores y se ha hecho con el premio después de una desgarradora actuación en la que ha demostrado su talento como actriz, y que seguro será premonitoria.

La final del concurso del momento, *Las chicas de Olimpia,* ha llegado a nuestras pantallas con casi una semana de antelación y fue precedida de la polémica de la relación falsa entre Arizona Yagami y Chrissy Dubois, dos de las finalistas.

Sin embargo, hemos disfrutado de una noche extra larga, con casi cinco horas de números espectaculares para las que han regresado todas las concursantes expulsadas, a excepción de Miranda, aunque hemos encontrado unos cuantos carteles a favor de la joven.

Nuestras chicas de Olimpia han demostrado todo su crecimiento personal en el concurso con unos números que nos han dejado sin aliento. La primera eliminada, y que por tanto no llegaría a coronarse entre las tres finalistas, fue Celia Anís, quien también ha estado implicada en el desmantelamiento de la relación «falsa».

«Yo no quería delatar a nadie. Simplemente tenía curiosidad sobre la relación de mis compañeras y busqué el teléfono. Siempre me han gustado mucho los juegos de detectives», ha explicado la escritora, que ha deleitado al público con el primer capítulo de su nueva novela, *Ocho promesas bajo la luna llena*.

Las actuaciones de las tres finalistas han sido de lo más emocionantes. Chrissy Dubois ha realizado una segunda pieza de baile de corte contemporáneo tras su coreografía de *El lago de los cisnes*. Bea Pecas ha continuado sorprendiéndonos con sus dotes interpretativas con el monólogo en el que simulaba un discurso de aceptación de un Oscar a mejor actriz, y, tras salvarse de la nominación, Arizona Yagami nos ha regalado el momento de la noche: un enorme gesto romántico para reconquistar a Chrissy Dubois con una canción y repasando los momentos vividos juntas en la academia y que nos ha demostrado que, a pesar del engaño, la suya es una relación verdadera.

Las jóvenes no han hecho declaraciones sobre su relación, pero algunas cámaras y muchos asistentes han afirmado en redes sociales haberlas visto dándose un beso detrás de las cámaras. Así, todo indica que el amor entre ellas está más vivo que nunca.

Aún no hemos conseguido testimonios ni suyos ni de sus familiares.

«Siento que todo ha merecido la pena», ha declarado presa del llanto Bea Pecas, la ganadora de la primera edición de *Las chicas de Olimpia,* coronada por Olimpia y vitoreada por todas sus compañeras. La *influencer* ha dedicado la mitad de su premio a una organización benéfica que ayuda a adolescentes LGTB que viven en las calles.

Chrissy Dubois se ha convertido en la segunda clasificada y Arizona Yagami en la tercera.

Una gala y un concurso llenos de emociones sobre los que todavía nos quedan muchas incógnitas por responder.

«¿Quién sabe? Quizás tengamos una nueva edición del concurso más pronto que tarde. Por ahora, ¡larga vida a mi digna sucesora!», ha declarado Olimpia.

@cleo_patria Este concurso me ha dado la vida estos meses y ha hecho que no supere casi ninguna asignatura del trimestre, jajajaja, pero me da igual, estoy muy agradecida. Viva #chrisami y viva Bea Pecas! Merecidísima ganadora!

@andreatf Qué pena que Celia haya quedado cuarta, pero no la conocía y ahora compraré su libro!!!! De hecho, sigo a todas las concursantes! Espero que hagan grandes cosas! Enhorabuena, Bea!! Muy bien!!

@luciamg Yagami mantiene su carpeta falsa hasta el final. Tía, no cuela!!!

@geranio_azul Arizona ha demostrado que está enamorada de Chrissy. Chrissy, entiendo que te ha hecho daño, pero dale otra oportunidad! Os queréis mucho! No hay mentiras en eso! #Chrisami4EVER

@mario_v_l Pues al final ha ganado la que tenía más seguidores, menuda sorpresa...

@dakotalajota Justicia para Miranda!!!! Me parece fatal que no la hayan dejado participar en la final.

@mariana Gracias Chrissy por demostrar lo que es ser una bailarina y lo duro que es este mundo. Merecías ganar!!!! Bea es una friki!

@leona Arizona merecía ganar!!!! Su actuación ha sido increíble, he estado de público en la gala y me he sentido como dentro de una película.

@raquel_abracadabrantes Qué pena que todo haya acabado ya, me siento muy feliz y muy triste! Menudo viaje! Cuánto hemos aprendido de las chicas!

¿QUIÉN ES REALMENTE LA GANADORA DE LAS CHICAS DE OLIMPIA?

Dos semanas después del final de la primera edición de *Las chicas de Olimpia*, nos preguntamos quién es realmente Beatriz Galdeano Roma (Bea Pecas), la ganadora del concurso.

La joven de 21 años se coronó como la digna sucesora de Olimpia y recibió 250 000 euros para el impulso de su carrera y otros 250 000 para una asociación benéfica a su elección, en su caso, la asociación *Estrellas Encontradas*, que ayuda y protege a adolescentes LGTB sin hogar.

Desde el final del concurso, Aitor Galdeano y María Roma han visitado diversos platós de televisión regularmente para hablar de su hija y de su problemática adolescencia.

«Beatriz siempre ha sido una niña muy pasional. Nos dejó a los diecisiete, tras una discusión. Siempre hemos querido lo mejor para ella. Es una pena lo que ha dicho de nosotros, porque nos ha perjudicado a nosotros, a su hermana y a su abuela, que está enferma», ha declarado María Roma en su entrevista con la revista *Sábado noche*.

«Nos duele que nuestra hija, a sabiendas de nuestras dificultades económicas, nunca nos haya ayudado. También nos duele que no haya ido a visitar a su abuela al hospital. Ella es la más afectada por esta situación», afirmó ayer Aitor Galdeano en el plató del programa *¿Y ahora qué?*

Virginia Galdeano, la hermana de Bea Pecas, se ha mantenido alejada de los medios, pero sí que declaró sentirse traicionada por su hermana ante su paso por el concurso.

Las redes de Beatriz Galdeano están ardiendo entre comentarios de apoyo de sus fans y un nuevo aluvión de *haters*. La *influencer* del momento no ha retomado su trabajo en redes sociales, aunque sus seguidores no han dejado de crecer y superan ya los 40 millones, y se mantiene recluida en su lujoso apartamento.

¿QUIÉNES SON REALMENTE #CHRISAMI?

Un mes después, seguimos sin superar la final de infarto de *Las chicas de Olimpia* y la historia de Chrisami.

Chrissy Dubois, bailarina profesional e *influencer*, estuvo a punto de obtener la corona con un espectacular cuarenta y cinco por ciento de los votos.

Arizona Yagami, la hija de los actores Ichiro Yagami y Laura Lago, obtuvo el tercer puesto y nos regaló el momento más emocionante de la noche.

La historia de #Chrisami empezó con un acuerdo para conseguir la atención del público, y vaya si la consiguió, pero después se convirtió en un romance más que real.

Pero ¿qué pasó a la salida del concurso?

Tras la actuación de Arizona y ese *Can't Help Falling In Love*, que se ha convertido en un vídeo viral, muchos espectadores afirmaron haber visto a Arizona y Chrissy besándose entre bastidores.

Desde su salida del *reality,* se ha visto juntas en muchas ocasiones a Arizona Yagami y Chrissy Dubois. Nos han llegado fotos de la pareja desayunando en una terraza, conversando frente a la zapatería de la familia Dubois, cenando con algunas de sus excompañeras del concurso, yendo al cine con Ángela Dubois, la hermana de Chrissy Dubois, y, la más reciente, comiendo helado junto a Nil Riera, el hijo de la agente de toda la familia Yagami.

«Estamos muy enamoradas y felices de iniciar una relación fuera del concurso», declaró Arizona Yagami en la rueda de prensa tras el concurso.

La cantante aún no ha publicado nada en sus redes, pero sus sencillos *Escape* y *Dame tu voz* han ocupado puestos entre los más escuchados, así que todo indica que retomará su carrera musical.

Chrissy Dubois, por otro lado, sí ha reanudado su actividad en redes y ha aprovechado cada ocasión para dar las gracias a sus casi diez millones de seguidores.

«Mi vida ha cambiado por completo. Quiero tomarme un tiempo para pararme, procesar bien todo lo que ha sucedido y barajar bien mis opciones profesionales. ¡El futuro es emocionante!», declaró en sus redes sociales.

No nos cabe duda de que, sea como sea, afrontarán ese futuro juntas.

Agradecimientos

El 3 de junio de 2022 publiqué el siguiente tuit: «Tengo un examen hoy a las seis, mi cerebro está desbordando creatividad y enfocándola en proyectos que no tocan... ha nacido *Las chicas de Olimpia*».

Por aquel entonces yo estaba en el último curso de Sociología y Ciencias Políticas, dedicando mis ratos libres a acabar otra novela y a ver *Rupaul's Drag Race* en los descansos. Desde luego, no era el momento ideal para empezar un nuevo libro, pero ahí estaban, acababan de nacer Arizona, Chrissy y el concurso que les cambiaría la vida.

La historia fue creciendo en mi mente poco a poco hasta que en enero de 2023 empecé a planificarla y, en febrero, a escribirla.

Los siguientes fueron meses de escritura compulsiva. De detallar personalidades, de inventarme pruebas, de hablar durante horas con mis amigas de lo mucho que adoraba a Bea Pecas (si queréis un *spin off* con ella como protagonista, pedidlo, porque lo tengo bien planificado en mi cabeza), de volver a ver *Operación Triunfo* por motivos de documentación y de disfrutar muchísimo.

Ante todo, escribo porque me divierte, y esta novela ha sido la prueba de ello. ¡Ojalá se haya visto reflejado!

Cuando los concursantes salen de un *reality* siempre dicen algo como «es una experiencia que solo puede entenderse si la has vivido». Supongo que tienen un poco de razón. Y supongo que, en realidad, con escribir pasa lo mismo y también te ata a todas las personas que te han acompañado en el proceso.

Por eso, tengo mucho que agradecer.

En primer lugar, gracias a Marta, la razón de que este libro esté en nuestras manos y la mejor editora con la que podría soñar.

Gracias por ser mi Olimpia particular, por confiar en mí y por ese mensaje directo que recibí en la maldita Fontana di Trevi y que no olvidaré jamás.

A mi familia, que estuvo ahí para evitar que me cayera al agua cuando me llegó el mensaje. A mamá, que ha leído este libro mil veces. A papá, que ya ha reservado billetes para una hipotética firma en Sant Jordi. A Dani y Andrea por confiar tanto en mí.

En mi veintitrés cumpleaños, mis amigos y yo realizamos una especie de círculo de invocación: nos pusimos todos juntos dándonos las manos y deseamos muy fuerte que este proyecto saliera bien. ¡Y salió bien! ¡Gracias por eso!

Gracias a Mar, Roser y Alba que han estado conmigo desde la infancia. La vida adulta da menos miedo con vosotras al lado y me consuela saber que siempre estaremos chillando y alegrándonos por todo lo que conseguimos.

Gracias a Marina y a Lucía, me metisteis en el mundo *Drag Race*, lo que fue la primera semilla de este proyecto. Marina, ¡gracias por convencerme de que este libro ya tenía un buen título desde el principio!

A Irene y a Paula, gracias por formar parte de todos los círculos de la invocación desde la distancia. Pensar en *Operación Triunfo* me recuerda de manera inevitable los primeros años de la universidad, y eso me lleva a vosotras.

Gracias a Lucía, Bruna y Andrea, mis amigas de Erasmus. Gracias también a Andrea por la cena de sushi de celebración. Al final me mudo a Madrid, ya verás.

El mundo de la escritura y el mundo de las redes también me ha traído a gente maravillosa. Muchísimas gracias a María, a Aintzane y a Alicia. Gracias también a todas las personas con las que me reencuentro en los eventos literarios. Me llenáis el corazón y siempre se me hace corto veros.

Gracias a Sindy, por cada mensaje que llega justo en el momento oportuno. Muchísimas gracias a las maravillosas cuentas de *bookstagram* que me han arropado en cada una de mis publicaciones. ¡Gracias sobre todo a Helena, por hacer publicidad siempre de mis libros! Cuando di nombre a las participantes de este concurso me lo pasé estupendamente metiéndoos como podía.

Gracias a Nerea y a Michelle, ¡menuda suerte haber conectado con vosotras en los últimos meses!

Gracias infinitas a Celia y a Amnesia, por su apoyo constante en esta aventura y por todas las reuniones que son un 90 % cotillear y un 10 % escribir. ¡Vamos a conquistar el mundo!

Gracias a mis abracadabrantes. A todos los lectores que me han acompañado desde *Mío*, *Operación Cliché*, *Diana en el laberinto* o *Perdona si te llamo Cayetano*. Estáis haciendo que mi sueño se cumpla y sin vosotros nada tendría sentido.

Muchísimas gracias a Gema Vadillo. Sigo tu arte desde siempre y me hace una ilusión tremenda que hayas sido tú la que le ha dado vida a Chrissy y Arizona y hayas hecho la cubierta más bonita del mundo.

Gracias a Nathalia, por ser la mejor lectora de sensibilidad y por ayudarme a perfilar el personaje de Chrissy. Gracias también a Letizia Conceta, por mandarme audios tan amables y responder todas mis preguntas.

Muchísimas gracias también a todas las personas que han hecho posible la publicación de esta novela entre bambalinas.

Y, por último, gracias a ti, lector. Gracias por darle una oportunidad a esta historia, por tenerla en tus manos y por leer hasta la última página. Ojalá hayas disfrutado mucho de estos personajes y de sus idas y venidas.

Si quieres hablar de qué te ha parecido, puedes encontrarme en mi web (*abracadabrantes.com*) o en mis redes sociales (soy @raquel_abracadabrantes en Instagram y TikTok y @raqueltiradofdz), ¡me encantará hablar contigo!